JN067749

夜行堂奇譚《やこうどうきたん》

参

嗣人
TUGU
HITO

産業編集センター

『夜行堂奇譚 参』人物

桜 千早
Sakura Chihaya
隻腕の見鬼。
夜行堂の使い走り。
大野木宅に居候。

夜行堂店主
Yakohdou Tensyu
骨董屋
「夜行堂」店主。
正体の知れない
存在。

大野木龍臣
Ohnogi Tatuomi
県庁生活安全課
勤務。
オカルト嫌い。
筋トレに励む。

柊
Hiragi
桜千早の元姉弟子。
酒精をこよなく愛する。
葛葉
Kuzuha
帯刀家に仕える
使用人。
菩薩のように
優しい。
帯刀
Tatewaki
帯刀家当主。
管理する山から
下りられない。

口絵：げみ

夜行堂奇譚　参

目次

序

ひぐらしの鳴く声がする。

山村の一切が茜色に染まる夏の夕暮れ。

便りもなく屋敷を訪ねてきたのは、初老の男と若く美しい着物姿の女だった。羽織に棕櫚《しゅろ》の紋を入れ、その手には鉄扇が握り締められている。小豆色の瞳が静かに正面を見据えていた。

「ごめんくださいまし」

鈴を転がすような美しい声が、薄暗い屋敷の廊下へと響く。

返答はない。戸を開け放ったまま何処かへ出かけたか。あるいは逃げたか。

ややあって、老人が小さくため息を零《こぼ》すと、呼吸を整えてから大きく柏手を二度打った。

淀んだ屋敷の空気と、そこかしこで二人の様子を窺っていた魑魅《ちみ》魍魎《もうりょう》がキィキィと悲鳴をあげて逃げてゆく。

沓脱で雪駄を脱いで玄関へ上がると、いつになく険しい眼差しを屋敷の奥へと向ける。ただそれだけの所作で、廊下に張られた幾重もの結界が鈴の落ちる音と共に弾け飛んだ。

「ご主人様」

「仕方あるまい。こうなっては他に手段は幾らもないのだ。上がりなさい、葛葉《くずは》」

葛葉、と呼ばれた美女が小さく会釈をしてから、主人の後に続く。

彼女が仕える男が、これほどの怒気を発するのはどれくらいぶりだろうか。此度のことがよほど腹に据えかねたらしい。

鈍い飴色をした廊下を進んでいくと、床の間に腰を下ろした大柄な男が胡乱《うろん》げに来客を見た。酒に酔っているのか。赤銅色の顔はいつにも増して血の気が多いようだ。

「帯刀《たてわき》家の当主が態々《わざわざ》山から下りてくるとはな。ご苦労な事だ。葛葉、貴様は相変わらず艶があるな。とても化け狐とは思えん」

酒器に口をつけ、呷《あお》るように中身を飲み干す。男の纏う着物の肩口は赤黒い血に染まっていた。

「しづりが文を寄越してきたのだ」

「あの石女が。余計な真似をしおって」

空になった酒器を壁へ投げつけると、それは弾けるように砕けて畳の上へ無惨に散らばる。

「そう思うのなら離縁してやれ」

「もうとうに暇を出したわ。それにな、貴様には関係のない話よ。そんなつまらんことを言いに、山を下りたのか。いや、此処も貴様の管理する山だ。愛弟子からかけられた呪《じゅ》には触れんか」

口元を歪めて男は笑うと、忌々しげに帯刀と呼んだ男を睨みつけた。

「なぜ伴侶も作らず、世継ももうけなんだ。当主ともあろう者が山の神との契約を忘れたか。それとも分家には語るまでもないか。既に南家は滅び、北家も幾許《いくばく》も保つまい。犬ころを守護に与えたようだが、あんなものが何になるというのだ」

「……綻びは先代よりも前からあった。我が一族は充分に繁栄しただろう。だが、それはいつまでも続くものではない。どれだけ富み栄えても、いずれは衰退し滅びる。永劫に続くものなどない」

「繁栄だと？　女は孕まず、産んでも五つと生きられん。これが呪いでなく、なんだというのだ。どうして先祖たちの栄達のツケを子孫が払わねばならん」

男が握り締めた拳が軋んだ音を立てる。

「子がもうけられぬのであれば、盗んでくればいいというのか」

「盗んだのではない。買うたのだ。どのみち忌み子として縊《くび》り殺すというのでな」

「ならば貴様の子として、帯刀西家の後継として養育すれば良かろう」

どうしてそれをしないのか、と問う帯刀の言葉に男は立ち上がって激昂した。

「アレは人ではない！　人の心を読む化け物だ！　アレが家に来てから、我が家の奉公人は皆逃げ出した！　村の者共も寄りつかんのだぞ。アレのせいで何もかもがめちゃくちゃだ」

「それでも、しづりは『あの子を助けてください』と私に言うたぞ」

知らぬわ、と男は自嘲するように笑う。どうでもいい、と吐き捨て投げやりに背を向けた。

「何処へ行く」

「貴様には言いとうない。……ああ、そうだ。誰が言うものかよ」

襖を開けて、眩い西日から逃れるように薄暗い屋敷の奥へと消えていった男を、しかし帯刀は追おうとはしなかった。

「……仲の良い従兄弟だったのだがな」

引き留めれば惨めにさせる。当主に選ばれなかった我が身を恨み続けた従兄弟も、とうとう男の元を去ってしまった。

「ご主人様。幼子の気配が致します」

た。

「何処からだ」

「二階ではございませんか？」

屋敷の最奥、外からはおよそ窺い知れぬような場所に設けられた急勾配の階段を上がっていくと、八畳ほどの板張りの空間へと繋がっていた。換気ができていないのか。酷くすえた匂いがする。男の記憶では、かつて物置だった場所だが、今はそこに座敷牢が作られていた。

座敷牢の中央に、粗末な着物を着せられた五つくらいの幼女が正座をして、静かに二人を見ている。その目には感情らしい感情が残っておらず、まるで機械のように無機質な瞳をしていた。

「なんと惨いことを」

髪も爪も伸びるに任せたまま、きっと湯浴みもさせていないだろう。垢と汚れで肌が黒く見える程だった。手足は痩せ細り、頬がこけてしまっている。

「ご主人様は下でお待ちくださいませ」

「何を馬鹿な」

「幼なくとも女は女。殿方には分からぬことも、分かり合えるものでございます」

そう言うなり、閂《かんぬき》を外して牢の中へと入っていく。何をするつもりかと窺い見ていた帯刀を急に振り返り、いつになく強い瞳で睨みつけた。

「二度、三度と申し上げねばなりませぬか？」

気圧されて階下へと逃れ、暫くすると幼女を抱いた葛葉が階段を降りて戻ってきた。見れば、すぅすぅと穏やかな寝息を立てている。

「驚いた。どうやって懐柔した」

「二、三言葉を交わしたまで。ご覧ください、この幼い寝顔を。本当に愛らしい」

「……安心したのだろう。しかし、どうしたものか。攫《さら》われたのなら親元へ返してやるが、売られたとあってはそれも酷なことになるだろう」

人の心を読む者は、特に迫害され、時に殺されてきた。人は自分の理解できない者、異端を決して許容できない。

「弟子として育てるのが宜しいかと」

唐突な申し出に帯刀は言葉を失ったが、やがて観念したようにため息をこぼした。

「この歳になって、今更子育てをすることになろうとはな」

「ふふ。きっとこの子は類稀な術者となるでしょう」

「しかし、名は何とする」

「この子が、そこな窓から常に眺めていた木がございます。あれを名とします」

「柊《ひいらぎ》か。悪くない」

甘く香る花をつけながら、その棘のついた葉で悪しきものを退けるという。

「去る者を数えるばかりと思っていたが、これもまた定《さだ》めか」

西の山の背に入って間もない夕日に照らされて、屋敷も木々も田畑までもが茜色に染まる。

群青色の東の空には青白い顔をした月が浮かび、昼と夜を分かつ時を眺めていた。ひぐらしの切なげに鳴く声が、山間に響き渡る。

夕陽が稜線の向こうへ沈む頃には、二人と幼子の姿は村落の何処にもなかった。夜の帳《とばり》が落ちた村のあちこちで蛍が舞い、光が踊る。棄てられた屋敷はやがて朽ち果て、山の一部へと還るだろう。

白華

微睡から目覚めて身体を起こすと、まだ窓の外は薄暗い。最初の頃こそ辛かったが、今ではすっかり日の出と共に起きる生活も習慣づいた。

簡単に身支度を整え、部屋を出て早々に困った事態になってしまった。お師匠の部屋がある方へは、どちらに行けば良いのか分からない。生来の方向音痴なので、こういう時はいつも困ってしまう。

「参った。どっちに行けばいいのか。皆目見当がつかない」

どうしたものかと悩んでいるうちに、やってきた仲居さんと鉢合わせした。いや、美しい着物を着ているので女将さんかもしれないが、とにかく従業員の方であることに違いはないだろう。

「おはようございます。昨夜はよくお休みになれましたでしょうか」

「はい。おかげさまで。あの、すいません、連れの部屋がどちらにあるのか分からなくて」

昨日も道を訊ねてしまっているので、こうして何度も聞くのは申し訳ない。

「お連れ様のお部屋は東側の離れに。翡翠《ひすい》の間でございます」

「ありがとうございます。それと朝食はそちらで頂きたいのですが」

「承知致しました。では、そのように」

仲居さんはお辞儀をして、仕事へと戻っていった。

京都の嵐山《あらしやま》界隈にある高級旅館、そのＶＩＰ室で昨日からお師匠は寝起きしている。一泊幾らするのか知らないが、決まった住まいを持たないお師匠はこういう旅館やホテルで生活するのが常だ。

花々の咲き誇る見事な日本庭園の中庭に伸びる渡り廊下。離れに続く廊下からの景色は壮観で、贅《ぜい》の限りを尽くすとはこのことか、という程だ。

翡翠の間、と書かれた離れへ小走りで向かう。障子の前に膝をつき、中へ声をかける。

「おはようございます。お師匠。もう起きていらっしゃいますか？」

返事がないので、障子を開け、座敷の中へ。一歩足を踏み入れた瞬間に、甘い香りが鼻をくすぐる。

なんと言ったか。お師匠が好んで焚かせる香の一つだ。

私の部屋の三倍はあろうかという座敷には、一人で横になるには大きすぎるほどの布団が敷かれ、その中央で横になっているお師匠は浴衣の前が完全にはだけてしまっている。

「風邪をひきますよ」

乳房が丸見えになっているので、とりあえず布団をかけて隠す。毎朝のことだが、起こしに来いという割に、起こしても中々起きようとしない。

一枚貼りの巨大なガラス窓の外には苔生《こけむ》した庭があり、色とりどりの花々が目に美しい。いかにも春めいていて心地よい。換気のために脇の小窓を開けると、朝の冷たい空気が流れ込んでくる。嵐山の向こうに見える空がもう白み始めていた。

「寒いので、窓を閉めてくださいな」

声に振り返ると、身を起こして目を擦るお師匠の姿があった。

「おはようございます。お師匠。それと前くらい隠してください。乳房が出ていますよ」

「わたくしの肢体に今更、恥ずかしがるようなこともないでしょうに」

欠伸をしながら、とんでもないことを言う。誓って私はお師匠とそのような関係にはない。強いて言えば、毎朝こうして一方的に乱れた格好を見せられているだけだ。動揺したのも最初の何日かだけ。毎日のことなので、もうすっかり慣れてしまい、今では何も感じなくなってしまった。それに、元々は全裸で寝ていたのを、ようやく浴衣を着てもらえるようになっただけ幾分かマシというものだ。

「誤解をされるようなことを仰らないでください」

「ふふ。よく眠れましたか？　相変わらず眠そうな顔をしていますけれど」

「これは生まれつきです」

「いつも年寄猫みたいな顔をしているんですから。もっとこう精悍な顔つきをしなさいな」

年寄猫というのはあんまりだろう。

お師匠は立ち上がって、浴衣を肩から滑り落とす。そのまま鏡台の前へ行き、椅子に座る。

「あら。わたくしの櫛は何処でしょうか」

「こちらにありますよ。……お師匠、下くらい穿いてもらえませんか」

「締めつけられるのが嫌いなんです。それに跡がついてしまうでしょう？」

「もう好きにしてください」

お師匠は美しい人だと思う。美女と言って良い。白磁のように白く透き通った肌、くびれた腰つき、細くて小さな顔、四肢は長く、その黒髪は鴉《からす》の濡羽色に喩えられる。湖の上を歩いて見せたり、嵐山の空高くへ舞い上がったこともある。鏡の中へ入ったり、花の蜜から清酒を作ったりもする。なんとも人間離れした人だ。

「貴方の髪も櫛を通してあげましょうか？」

「癖毛ですから、櫛を入れても一緒ですよ。すぐクシャクシャになります」

「ふふ。猫っ毛ですものね」

応えながら着替えや諸々の準備をこなす。朝餉が運ばれてくるまでに、せめて着替えは済ませておかないと。

「今日の依頼はありますか？」

「一件だけ入っています。呉服屋の御主人様からの依頼です。曰く、娘に狐が憑いているので祓《はら》って欲しい、と。報酬は言い値で構わないとのことですが、迅速にお願いしたいそうです」

「狐憑き。ふふ、憑かれた者同士、貴方と話が合うかもしれませんね」

着物を着付けながら、左手の痕跡に目をやる。かつては罅割《ひびわ》れるように走った火傷の跡が、今はもう痣《あざ》のようにしか見えない。

「まだ痛みますか？」

「いえ。もう殆ど」

竜の仔が宿っていた痕跡、今はない絆がたまに無性に恋しくなる。しかし、それはお師匠にも言えない。

「湯豆腐」

「は？」

「今夜は湯豆腐を食べましょう。せっかく京都に来ているんですから。それと夜桜を眺めに祇園《ぎおん》の白川《しらかわ》へ行きますから、お供をお願いしますね」

まだ依頼主に会ってもいないのに、夕餉のことを考えているなんて、お師匠らしい。

ちょうど身支度を整えた所で女将さんが朝餉を持ってきた。質素なようでいて、最高級の食材を用いた和食はお師匠にとって外すことのできないこだわりだ。

「お師匠。狐憑きとはなんなのですか？」

「貴方の時と同じモノです。ただ憑物というのは、まず最初に詐病を疑うべきです。いもしないものを祓うことは誰にもできませんからね。事実、狐憑きだという方の殆どが詐病や精神障害でした。そうですね、本当に憑かれていた方は全体の一割くらいでしょうか」

お吸い物を召し上がりながら、お師匠がどこか楽しげに言う。

「では、今回の依頼も詐病だと？」

「わたくしも、この目で見て確かめてみなければなんとも申せません。ただ、本物であれば御家族の方は大変な苦労をしていらっしゃるでしょう。狗神筋《いぬがみすじ》のように、その血に怪異を宿す者もいますが、狐憑きはそのようなケースは少ないのです。狗神筋は血筋に連なる者を守るもの。本人が望まなくとも、害を為したと判断した相手を八つ裂きにしてしまう。対して、狐憑きは本人が望まなければ憑かないものなのです」

「本人が、望む？」

「同意が必要なのです。大なり小なり。意識的にしろ、無意識にしろ。怪異というものは強大ですが、同時にとても儚くもあるのです」

怪異を受け入れること。互いの了承が必要だということか。

増水した疏水《そすい》を泳ぐあの仔を見つけた時、私の中にも同意に似たものがあったのだろうか。

「怪異に理由を求めてはいけません。あれらは在るべくして在るだけなのですから」

お師匠の言うことは難しい。

しかし、やはり彼女は私の求める答えを持っているような気がした。

◯

京都御所の程近く、一見して由緒ある高級呉服店にお師匠と共にやってきた。

着物姿のお師匠を見るなり、呉服店の店員たちが息を呑むのが分かった。私は着物のことなど大して詳しくはないが、お師匠が所有している着物はどれも何百万という代物ばかりらしいから、呉服屋の人からすれば上客になるやもと思うに違いない。

「柊と申します。御店主様に取次願えますでしょうか」

お師匠の問いに従業員が頷いて、慌てて奥へと引っ込んでいくと、すぐに大柄な禿頭の男が足音を響かせて現れた。いかにも呉服屋の主人といった風で、お師匠を頭の先から足元まで舐め回すように見ると、慇懃な笑みを浮かべて頭を下げた。

「お待ちしておりました。翁美屋《おうみ》の店主を務めております三和《みわ》と申します。柊様、此の度は私の愚娘の為に御足労頂きましたことを感謝致します。なんでも柊様は一見の客はお断りなさるとか」

「上総宮様《かずさのみや》たっての御紹介とあれば、喜んで御受け致します」

一見の客の依頼は受けない、というのは正確ではない。

お師匠の場合、依頼を受ける金額が埒外に高額なので、あらかじめそうして篩《ふる》いにかけているのだ。本人の気が乗りさえすれば、無料で依頼を自ら引き受けることもある。極めて稀ではあるけれど。

「公方様の御愛顧あればこそ、この京の都で商売を続けられております。どうぞ、こちらへ」

一瞬、値踏みするように店主が私のことを見た。眼鏡に適わなかったのか、鼻で笑われたような気がした。やっぱり着物でないと駄目だったのだろうか。

上京区《かみぎょうく》にこれほどの屋敷を所有しているのだから、その資産は相当なものなのだろう。

通されたのは二十畳以上はあろうかという座敷で、床の間には如何にも高価そうな掛け軸、刀の大小が飾り立てられている。違棚に置かれた小さな肩衝《かたつき》が、なんだか妙に気になった。

店主はお師匠を上座に案内し、自分は下座に腰を下ろす。

「娘に異常が現れたのは、もうふたつきも前の話でございます。まるで人が変わったかのように唸り声をあげて、壁や畳に爪を立て、本や布を食い破るのです。話をしようにも大変暴れようで、父親である私の腕に噛みつく次第でして。もうこれは狐に憑かれたに違いない、と」

お師匠は慣れた手つきで、何処からともなく取り出した煙管《キセル》を咥《くわ》え、また何処から取り出したのか分からない肘置きに身体を預けた。

「失礼。煙を吸わないと、わたくしは枯れてしまう身体なのです。どうぞ、お気になさらないで」

ふぅーっ、と紫煙を吐く。甘い煙は朦々と天井へと昇り、網を広げるようにして座敷全体を覆って落ちていく。チィチィと店主には見えないであろうモノどもが悲鳴をあげて煙から我先にと逃れていく。魑魅魍魎、あるいは雑鬼と呼ばれるモノが屋敷のあちこちに棲みついているらしい。

「御息女の名はなんと？」

「梨香《りか》と申します。姉の静香《しずか》に比べて知恵もなければ器量も悪い、愚鈍な娘でございます」

謙遜か何か知らないが、言い方に棘がありはしないだろうか。わざわざ長女と比べる理由もあるとは思えない。

「今は何処に？」

「土蔵に閉じ込めております。なにせ暴れて手に負えぬのです。人様の目に触れては店の評判にも繋がりますでしょう。あそこならば幾ら叫んでも聞こえませんから。家人に害を為すこともありません」

「なるほど。御食事は？」

「日に一度、口の固い社員に運ばせておりますが、文字通り、獣の如く食い散らかしておりまして。家人も恐ろしくて近づくことさえできません」

お師匠は微笑みながら、座敷から見える庭の土蔵へ視線を移した。

「では、わたくしと弟子の二人で参りましょう。他の方はどなたも決して近づかれませんよう、厳命をして頂いても構いませんか？」

「ええ、ええ。勿論でございます。その、柊様。一つだけ宜しいでしょうか？」

「はい。なんでしょう」

店主は愛想笑いを浮かべて、揉み手をしながら視線をあさっての方へと逸らす。

「その、もしもです。もしも娘が一生あのままということになった場合には、御一筆頂けませんでしょうか。なんと申しますか、土蔵に閉じ込めても止む無し、とお墨付きを頂ければ幸いなのですが」

そういうことか、と内心辟易とする。憑き物を落とせれば良し。万が一、しくじったとしても公家の推した霊能者の一筆があれば娘を閉じ込めておくための大義名分ができる。

しかし、お師匠はクスクスと微笑う。僅かな怒気が混じっているのを感じ取って、ほんの少しだけ後ろへ下がる。

「翁美屋様。随分と面白いことを仰るのですね。それはつまり、わたくしが失敗すると？　宮様の御愛顧を頂く、このわたくしが？　この京の都で憑き物如きに不覚を取ると。そう仰るのですね」

店主の顔が青ざめるのを通り越して、土気色に染まっていく。

「い、いや！　まさか！　そのようなことは！　決して！」

「どうだか。都の方は本心を隠すのが得意と聞き及びます。口ではなんとでも申せましょう。さぁ、どうしたものでしょうか。わたくしでは力不足となれば、上総宮様へ謝罪に参らなくてはいけません。翁美屋様の御慧眼によって、わたくしは怪異を前にすることすらできませんでした、と」

煙管の手元を叩き、火を畳の上へ落とす。そうして、笑みを消した。

「お墨付きが欲しいのでしょう？　どちらへ書いてあげましょうか。ああ、そうですわ。いっそのこと屋敷を店諸共に叩き潰して、瓦礫の柱にでも書けば良い。そうすれば誰が見ても、何が起きたのかは一目瞭然というもの」

落ちた火が、畳を焦がして煙をあげた。煙はやがて小さな火となって、にわかに大きくなっていく。

「も、申し訳ございませんでした！　その、出すぎたことを申しました。しかし、決して柊様を軽んじたなどということはなく。どうか平にご容赦を」

お師匠が畳を燃やす火を掌で勢いよく叩き潰した。そうして、さっと手を退けると、畳の上には焦げた跡すら残っていない。掌にも汚れ一つ、ついてはいなかった。

その様子に店主が息を呑む。

「ふふ。余興はこの辺りまでとしましょう。そうですわね、翁美屋さん」

「も、もちろんです」

「では、今すぐ席を外して頂いても？　貴重な時間を随分と無駄にしてしまいましたから」

店主は殆ど転がるようにして座敷から逃げ出していった。

「お師匠。平気ですか」

ふん、と珍しく鼻息荒く怒っている。

「ああいう俗物の相手には慣れていますが、彼女の境遇を思うとつい熱くなってしまいましたわ。貴方こそよく堪《こら》えましたね」

「不愉快です。幾ら報酬を貰うと言っても」

「これも仕事ですから」

らしくないことを言う。お師匠は気に入らなければ指先一つ動かしたりはしない。きっと依頼人ではなく、その閉じ込められている娘さんの方に興味を抱いたのだろう。

沓脱石に用意されていた雪駄を履き、中庭へ降りる。

「さぁ、参りましょう」

「はい。お師匠」

手入れの行き届いた庭の先、塀の隅にうずくまるようにして土蔵が鎮座している。分厚い扉には堅牢な南京錠がかかっていて、肝心の鍵を貰いそびれていることに気がついた。

「鍵を預かってきます。少しお待ちを」

「構いませんよ。この程度であれば、造作もないこと」

お師匠が涼しげな顔でふぅーっ、と紫煙を吹きかけると、錠前がひとりでに解けるようにして外れて落ちた。

「それ、どうやったらできるようになりますか」

「いずれは。一つずつ覚えていけば、できるようになるやも」

すい、と右手を水平に動かすと、門を閉じていた巨大な門が真横に吹き飛び、庭の石灯籠を横倒しにしてしまった。ガラガラと砕けた破片が辺りに無惨に転がる。

「まぁ、思わず手が滑ってしまいましたわ」

特に悪びれた様子もなくそう言うと、お師匠が中へ入った。一階は埃被った骨董書やガラクタばかり。しかし、二階から唸り声が低く響いてくる。鼻を突く獣臭に眉を顰《ひそ》めずにはいられないだろうに、お師匠は涼しい顔をして階段を上がっていった。

「お師匠。平気ですか」

「慣れておりますよ。嗅ぎ慣れた臭いです」

視界に飛び込んできた光景に、思わず言葉を失った。次いで激しい嫌悪と切なさが胸の内に湧き上がってくるのを感じて、目頭が熱くなる。

「座敷牢も久しぶりに見ました。なるほど、これなら好きなだけ見て見ぬふりができようというもの」

これは座敷牢というのか。太い柱を編むようにして組まれた檻。中には畳が敷かれ、その中央に一人の少女が立っていた。項垂れるように顔を伏せている。振り乱した髪で表情は見えないが、彼女の足元、いや、畳や壁を含めたあちこちに深い爪跡が縦横に走っていた。およそ人間の、それも子どもによるものとは思えない。

「お師匠。彼女は、」

「静かに。身動《みじろ》ぎ一つせず、声もあげぬよう」

お師匠が指先で錠前の縁をそっと撫でると、拳大ほどもある錠前が音を立てて床へ落ちた。

師匠が平然と牢の中へ入ると、少女がゆっくりと顔を上げる。歯を剥いて、唸り声をあげる姿はまさしく獣のそれだった。鋭く伸びた犬歯が赤い血に塗れている。

「このような境遇では、狐憑きになるのも無理はありませんね」

にわかに少女の身が獣のように跳ねた。お師匠の首筋に歯を立てようと顎を開いた瞬間、お師匠が細く吐いた紫煙が蛇のように少女の身体に巻きつく。一瞬で自由を奪われた少女の身体が、畳の上に転がる。手足をばたつかせるが、煙は外れることなく拘束し続ける。

威嚇するように牙を向ける少女の額を、お師匠の指が押さえるように触れた。

「眠りなさい」

二回、複雑なリズムで額を叩くと、糸が切れたように少女は気を失ってしまった。

「まだ声をあげないよう。これからですよ」

少女の唇の隙間、そこから滑るようにして白い毛皮のようなものが飛び出していく。

それは一匹の白狐だった。ぶるぶると身悶えするように身体を震わせて、お師匠を鋭く睨みつける。胴体よりも大きく膨らんだ尾が、根元で二つに裂けていた。

狐は横たわる少女を守るようにお師匠の前に立ちはだかると、白毛を逆立てて威嚇の声をあげる。

「まぁまぁ、随分と執心していること」

お師匠はクスクスと笑って、少女に巻きついていた煙を溶かした。

「自分の子のように思っているのですか？　あの女と言い、狐は情が深くていけませんね。その子に助けを乞われたのでしょうが、人の子は獣のようには生きられないのですよ？」

白狐は応えず、変わらず唸り声をあげている。

「お前のように歳若いものは人との関わり方を心得ていませんね。もう少し賢いやり方があったでしょうに。牙を剥いて、爪を立てるばかりでは、この子はますます疎外されてゆきますよ」

お師匠は、まるで人に話しかけるように静かに、力強く言葉を続けた。

「この子を守護したいというのなら、わたくしの言いつけを守りなさい」

説得するのに、それほどの時間はかからなかった。

白狐は、じっとお師匠のことを睨みつけていたが、何かに気づいて視線をゆるめた。

やがて、白狐が横たわる少女の影へと飛び込むと、呑み込まれたように姿を消してしまった。

「もう良いですよ。中へ入って、この子を介抱してあげなさい」

少女の身を起こすと、手足のあちこちに小さな傷があるものの、それほど酷いものではない。それよりも衰弱の方が深刻だ。あの店主の話よりも長い間満足に食事をしていないように見える。

「お師匠。怪異は祓えたのですか？」

「いいえ。まだその子の中にいますよ。祓う必要なんてありませんでしたから」

「しかし、それでは」

この子を救えないのではないか。このまま座敷牢で暮らし続けるだなんてあんまりだろう。

「良《よ》いのです。これで」

お師匠は微笑んでから、私に少女を背負うよう言った。

驚くほど軽い少女を背負い、階下へ降りる。土蔵の外へと出ると、あの不愉快な父親が妻らしき女性を連れて庭に出ていた。二人の表情は娘を心配するものではなく、どうして外に出したのか理解できないと訴えていた。母親の方に至ってはヒステリックに罵詈雑言を叫んでいる。

「柊様！　何故、それを外へ出したのですか！」

「翁美屋様こそ、何故わたくしに嘘を？」

「は？　わ、私は嘘など……」

「狐憑きだなんて。真っ赤な嘘。出鱈目です。貴方の嘘の所為《せい》で、もう少しで店は衰退し、潰れてしまっていたことでしょう。この子は狐憑きなどではありませんよ。この子に憑いているのは伏見《ふしみ》稲荷《いなり》の神使様。京の都でこれほどの加護を持つ神はいらっしゃらないでしょう」

「ふ、伏見稲荷!?」

動揺する夫婦を、お師匠が視線で射すくめる。圧倒的な迫力を前に、二人がたまらず背筋を伸ばした。

「翁美屋。身を正してお聴きなさい。この子は伏見稲荷大明神の神使、その依代《よりしろ》として選ばれたのです。これは大変名誉なこと。それを憑物と判じて牢へ閉じ込めた罪、決して軽くはないと知りなさい。さもなくば、家の気運は絶たれ、その血筋もまた同じ運命を辿るでしょう」

お師匠の声には不思議な力がある。圧と言っても良い。聴く者の心を捉え、揺さぶるような力が。

「彼女を巫女として立て、昌運を問いなさい。最早、翁美屋の趨勢《すうせい》は彼女次第。庭の一角に鳥居を立て、お稲荷様の社を築くのです。場所は、あそこが良いでしょう」

お師匠が指差した先、桜の樹が二人の前でみるみる蕾をつけ、満開に花咲いた。おお、と夫婦が感嘆の声をあげた。水の上を歩いたり、空を飛んだりするような人だ。今更、これくらいではもう驚かないが、効果は抜群だ。

「狐憑きなど此処にはおりません。良いですね？　くれぐれも、彼女の機嫌を損ねることのないよう。さもなくば」

お師匠がスッと店主の耳元で小声で囁くと、血の気の引いた顔の店主が何度も激しく頷いた。

「宜しい。では、約束の御代を頂きましょうか」

宿へ戻る途中、下鴨神社《しもがもじんじゃ》の境内を私たちは散策していた。

桜はまだ蕾ばかりだったが、それでもお師匠は不平を漏らすでもなく、夕闇の迫る境内を楽しげに歩いた。京都という土地はお師匠にとって特別だというが、それ以上は何も語ってくれない。私と出会うより以前のことも殆ど話してくれたことはなかった。偶《たま》に酒に酔い、かつての師や不出来だという弟弟子の話をしてくれることもあるが、それも殆ど説明してはくれない。

私は、お師匠は一体何者かと考えることがよくある。霊能者、陰陽師、仙女、魔女などと様々な名前で呼ばれているけれど、弟子の立場からしたら魔女という言葉が最も近い気がするが、これもまた正確ではないような気もする。

かつて、我が身に宿った竜の仔が一条の雷となって空に帰っていった時、私は自分のいた世界がどれだけ小さなものなのかを思い知った。自分が大いなる世界に属しているのだと感覚として理解できた。

お師匠は湖の上を歩き、空を飛翔し、闇に溶ける。大いなる魔女だ。

不肖の弟子に、そんな師の思惑など理解できる筈がない。

「お師匠」

「なんでしょうか」

「伏見稲荷の神使というのは、嘘ですよね」

お師匠は嬉しそうに微笑み、小さく握った拳を唇に当てて肩を揺らして笑った。

「ええ。嘘ですよ。でも、良いではありませんか。これであの子が虐げられることはないのですから」

「でも、神使ではないのでしょう？」

「そうでしょうか。祟るものを狐憑き、加護を与えるものをお稲荷様と呼ぶのではありませんか？　あくまで同じものの二面性でしかないのでは？　そんなものは人間の都合でしかないのですよ」

「でも、実際に彼女はそのせいで座敷牢へと追いやられていました。それでも彼女は守られていたと仰るのですか？」

「そうです。あのような場所ですら、彼女にとっては最後の砦だった。どういう縁で取り憑いたのかまでは分かりませんが、助けを請い願ったのは紛れもなく彼女の方です」

「……。しかし、狐憑きが治らなければ、最終的には今と何も変わりませんよ」

「ですから、言いつけておきました。この子を守護するのなら加護を与えなさい、と。名前で縛りつけてしまうよりも、やはり二人の契りを重んじるべきでしょうから。詳しい誓いは、当人同士で決めたら良いのです」

意味が分からない。お師匠の言うことは難解だ。

「お師匠が何を仰ろうとしているのか。私には分かりません」

「わたくしが守護神だと言えば有り難がって崇拝する。崇拝された者はやがて神になるのです。怪異は奉られ、恐れられ、敬われなければなりません。神もまた然り。そこに差異がありますか？」

「呼び方の問題だと？」

眉を顰めた私を、お師匠は笑う。

「人の物差しで何を測ろうというのですか。人間の悪い癖です。霊長などと嘯《うそぶ》き、世界の真理を手に入れたつもりでいる。目蓋を開きなさい。あるがままに世界を視るのです。正邪は入れ替わる。生と死もまた然り」

お師匠が手で煽いだ瞬間、桜の木々が一斉に花を咲かせる。

「夜桜を見ると言ったでしょう？」

「何だか上手く誤魔化されている気もします」

ふふ、と無邪気な顔で笑う。少女の気配をまだ身に纏ったまま大人のふりをしている、そんな顔。久しぶりに見た彼女の素顔だ。

「私は、お師匠のようになれるでしょうか」

「精進なさい。才能は人並み以下、感性もまた然り。でも、一度繋いだ縁だけは紛れもない本物。再会を果たせるかどうか。あとは貴方次第ですよ」

お師匠はそう言って、私の手を引いて石畳を歩き始める。

夕闇を背に、光によって彩られた桜は息を呑むほど美しかった。

刀慈

その男は既に老齢に達し、余命幾許もない身でありながら独り鍛冶場に立った。

弟子たちに鍛冶場へ入らぬよう厳命し、鋼《はがね》の選り分けから男が行う。純度の高い鋼を、炎で灼かれずに残った左眼で一つ一つ拾い上げていく。

鉄を沸かし、積み上げて、炎へとくべる。鞴《ふいご》を押し引き、風を送る度に火が白く燃え上がった。

鋼が馴染むよう、一つに融け合うように、沸き立つ炎の微細な色の揺らぎを灼かれた右眼で視る。

火箸を掴む手には、かつての如き力は残されていない。

大小槌を振り上げる腕も、鉛のように重い。

ひとたび金床へ打ちつける毎に骨が軋み、肉が悲鳴をあげる。

長年酷使してきた肉体が、今まさに朽ち果てようとしているこの刹那、しかしその業は極まりつつあった。

祐筆が研ぎ澄まされて、やがては草書へと至るように。

磨き続けた岩肌が、鏡面と化すように。

極限まで不純を削ぎ落とした刀匠の業は、死の間際に完成しようとしていた。

一打、一打と魂を込めて鉄を鍛え上げる。

紅蓮の炎に身を焦がし、五感の全てを灼かれながら尚、その腕が止まることはない。

血反吐をこぼし、火箸を持つ力さえなくなっても、老いた刀鍛冶は怯まなかった。

白く灼熱した刀を素手で握り締め、苦悶一つ漏らさない。

一念、ただそれだけを胸に抱いて金槌を振るった。

五つの刀を拵《こしら》えることのできるほどの鋼を全て打ち込んで、一振りの刀にするべく鍛え上げる。

不純を叩き出し、魂を刻み込むように。

大願成就の為、己一人でやり遂げてみせると神前で請願を立てた。

四日五晩、刀を打つ音は途絶えることなく続き、ようやく静寂が落ちた。

刀匠の弟子たちが鍛冶場へ踏み入ると、そこには亡骸と化した師が横たわり、両腕は手首から先が炭と化していた。焼け死んだ骸《むくろ》と何が違うのか。

亡骸の笑みの先に、叩き上げられた至高の一振り。

弟子たちは額を土につけて、首《こうべ》を垂れる。

我が師の一念、神に通ず。


天目一箇、鍛冶の神よ。

この無銘の一刀に、神威を与え給へ。

○

雨合羽を着るのは仕方ない。

なにせ俺には右腕がないので、傘を持ったらそれでおしまい。他には何も持てなくなってしまう。

「それでも、このド派手な黄色はあんまりだ」

小学校に入学したばかりの一年生じゃあるまいし。山の中で目立つとはいえ、これは流石に辛い。

『仕方ないじゃありませんか。他の色が売っていなかったんですから』

耳につけたイヤホンから大野木《おおのぎ》さんの言い訳じみた声が聞こえてくる。

「横着しないで家にあるのを持ってくれれば良かった……」

『ですから、あれほど持参した方がいいと忠告したんです』

山の天気が変わりやすいことは身を以て学んだ筈なのに。なぜ今日に限って雨なんて降らないと思ってしまったのか。

鬱蒼と木々の生い茂った山の中を、靄《もや》のような雨を浴びながら歩き続ける。霧雨とか言うのだろうが、とにかく湿気が身体にまとわりついて不快だ。湖の底を歩いているような気分になる。

「本当にこの先に神社なんかあるのか」

『ある、と店主は仰っていましたよ。少なくとも昭和七年時点の地図上には存在しています』

夜《や》行堂《こうどう》の店主。あの化け物が言っていたのなら、まず間違いなくあるのだろうが、一体どれほど歩かされるか分かったものじゃない。以前にも『ちょっと歩くだけ』と聞いていたのに、山中を六時間も歩かされる羽目になった。時間の感覚がずれているのか。それとも俺たちが空でも飛べると思っているのか。どちらにせよ、あいつのお使いは毎回骨が折れる。

「そんなとこで待っている依頼人なんて、本当にいるのかよ」

『さぁ、どうでしょうか。にわかには信じられませんが』

「大野木さんはいいよな。エアコンの効いた車の中でシート倒して、適当に話しかけてればいいんだから」

『私がサボっているかのように言うのはやめて頂きたい。GPSと地図に齟齬がないか、私がしっかりとナビゲーションをしているおかげで迷わずに済んでいるというのに』

「だって暇なんだよ。似たような景色ばっかりで」

『仕方ありません。人呼んで『迷わせの禁足地』ですから。それに言わせて貰いますが、私だってここで一人で待っているのは恐ろしいんです』

大野木さんは影響を受けやすいのか。二人で足を踏み入れると、どうやって歩いてみても同じ場所に戻ってきてしまった。結局、俺一人で行けば少なくとも入り口に戻るようなことはなくなったので、こんな悪天候の山の中を一人で散策する羽目になったのだ。

「その依頼人はどうやって、その神社とやらで待ってんだよ」

『私に聞かれても困ります。千早《ちはや》君、そこから右へ。二時の方角へ進んでください。しばらく進むと渓谷がありますから足を滑らせないように』

こういう時、殆どの場合は電子機器は使い物にならない。携帯なら電波は届かないし、パソコンの類はまともに動かない。磁場が狂っていることも多いので、方位磁石さえゴミと化す。

それなのに、今回はなんの問題もなく使えている。招かれていると言うほどではないが、頑なに拒絶されている訳でもない。入り口の鍵は開けているが、そこまでの道案内はしないらしい。

「まるで試されているみたいだ」

『同感です。右眼には何か見えますか？』

「いいや。残念だけど、何も視えない」

さっきから何度か試してはいるが、歪んでいるというか、捻れているというか。山そのものが閉じてしまっているような気がしてならない。

『もしや、依頼人の方はそこから出られなくて困っているのでしょうか？　登山客ならあり得るかもしれませんよ』

「それなら山岳救助隊を呼んでくれ」

ついでに俺も背負って帰って欲しい。

修行時代に山は散々走り回っていたおかげで、それほど苦には感じないけれど、こうも蝸牛のような歩みだとストレスが溜まってしょうがない。

「それにしても蒸すな。あちぃ」

『今日は気温も湿度もかなり高いですから』

七月に入って久しぶりの雨だが、どうにも煮え切らない。もっとこうしっかり降ってくれたらいいのに。

雨露に濡れた杉の木立、足元の腐葉土から立ち昇る発酵した土の匂い。それほど深い森ではないようだが、人の出入りは殆ど感じられない。禁足地として避けられているからだろうか。

『その先から傾斜地になります。階段のようなものは』

不意にノイズが走り、通信が途絶える。首から下げている携帯電話に目をやると、通話状態のままだ。

「大野木さん。聞こえない。もしもし」

『…………』

回線が不安定らしい。このまま回復するのを待つか。それとも一度、試しに通話を切ってみようか。

そんなことを考えていると、不意に石段が足元に現れた。顔を上げると、そこには山頂へ続く古い石段が真っ直ぐに伸びている。相当年季の入ったもので、平坦な部分が殆ど残っていない。

「足を滑らせたら下まで真っ逆さまだな」

『若者の癖に弱気なことを言うものだ』

イヤホンに響く、聞き覚えのない男の声。妙な迫力のある、低い声だ。どう考えても大野木さんのものじゃない。

「誰だよ、アンタ。大野木さんはどうした」

『彼は無関係だ。そんなことよりも早く階段を上がってくるといい。話をせねばならん』

相手は大野木さんの携帯電話からかけてきている筈だ。それなのに、どうして階段を上る必要があるのか。ここで引き返して、車まで走れば間に合うだろうか。いや、俺よりも遥かに腕の立つ大野木さんが、難なく携帯電話を奪われるような相手なら、俺がどうこうしたところで勝ち目はない。

「……俺は別に話なんてないけど」

『お前は私を迎えに来たのだろう』

妙に会話が噛み合わない。

「まず確認させてくれ。大野木さんは、無事か？」

『無論だ。私はお前たちを害するつもりなどない。声を伝えるには、この波を用いるのが都合がいい』

波云々はよく分からないが、とにかく大野木さんは無事らしい。

「ならいい。上に行けばいいのか？」

『そうだ』

他に選択肢はないらしい。とにかく足を滑らせないよう、一歩ずつ石段を上がっていく。手すりの一つでもついていればいいのに。およそここ半世紀は人が上ったという感じがしない。

それでもどうにか階段を上りきると、今までの霧雨が嘘のように吹き抜ける風によって晴れていく。山全体を覆っていた何かが溶けて消えていくようだった。

赤い鳥居。草木で荒れ果てた石畳、その向こうに見える手水台は崩れてしまっている。その先にあるのは半壊し、屋根の落ちかけた神社の本殿だった。茅葺の屋根からは緑の草木が芽吹き、あちこちに紫陽花が狂い咲いている。

『そのまま拝殿へ来い』

「今にも倒壊しそうなんだけど」

『そう思うのなら、今すぐに来い』

仕方がないのでさっさと拝殿へ靴のまま上がる。崩れた屋根の下を潜って中へ入るが、そこには誰もいなかった。朽ちかけた御簾《みす》がぶら下がり、壁の柱には赤い顔をした天狗の面がかけられている。神社ではあまり見かけることのない面だ。

『どこを見ている。ここだ』

「いや、何処だよ。こっちはもう拝殿の中だぞ」

『御簾をどけろ』

いちいち命令口調なのが頭に来る。

御簾を左手で剥ぎ取ると、その向こうの台の上に布に包まれた長い棒のようなものが恭《うやうや》しく置かれているのを見つけた。長さはだいたい六十センチと少しくらいか。

『手に取り、布を外せ』

「へいへい」

手に取った瞬間、ぞわぞわと総毛立った。持ち上げてみると、想像していたよりもずっと重い。布越しでさえも、これが一体なんなのか、解く前から想像がついて、冷や汗が滲む。

「おいおい。マジか」

布を解くと、そこには一振りの日本刀が鞘《さや》に入った状態で収められていた。短くはないであろう時間を、こんな場所に放置されていたとは思えないほど、真新しく見える。鞘も鍔《つば》も、朽ちて錆びるどころか、黒い艶を放っていた。

『よく迎えに来てくれた。長年、この時を待ち侘びたぞ』

耳元で笑う声に、ようやく合点がいった。

「驚いた。お前、この刀か」

『他に何がある』

「どうして刀が話すんだよ」

たわけ、と端的に罵られる。

『刀は話す。当然のことだろう。寡黙な者が多い。ただ、それだけのことだ』

刀は不機嫌そうにそう言った。

○

布を解いて持参した刀を夜行堂の店主に見せると、今までになく満足した様子で目を細めた。

「よくやってくれた。今まで何度も縁を結ぼうとしたんだが、どうにも上手くいかなくてね。半ば諦めていたのだが、ようやく上手くいったようだ」

薄暗い店内の椅子に腰掛けて、煙管を咥える仕草が心なしかいつもより楽しげだ。

「でも依頼人は結局いつまで待っても現れなかったぞ。とりあえずこいつを連れてきたけど」

「構わないよ」

店主はそう言って、台の上の刀へ視線を投げた。装飾の欠片もない、とにかく無骨に作られた刀という印象で鍔にさえ模様一つ描かれていない。普通、神社に奉納されるような刀なら白木の鞘に入っていそうなものなのに。

『まるで伏魔殿《ふくまでん》だな。そこかしこに鬼がいる』

イヤホンから聞こえる刀の声。その声に応えるように店主が微笑む。

「君があそこから離れずにいたのは、あの神社の御神体としての矜持かい？　それとも僅かな崇敬でも残っているうちは、あそこから離れる訳にはいかなかったのか」

『刀は相応しい時が来るまでは、鞘の内で眠りについているものだ。時が来たからこそ、招きに応じたまで』

「ふむ。相応しい時とは、どういう時のことかな」

『知れたこと。斬るべき相手を、斬る時が来たということだ』

「ふふ。ああ、それでこそ刀というものだ。そうでなくてはね」

化け物同士の会話をイヤホンで盗み聞きしているような気分だ。

「なぁ。もう帰ってもいいか？　大野木さんの仕事も手伝わないと。あとは二人で盛り上がってろよ」

『待て。こちらの仕事の方が先だろう』

怪訝に思ったが、ようやくこの時になって俺は店主の言っていたことを理解した。

「……お前が依頼人かよ」

『いかにも。他に誰がいるというのだ』

馬鹿にしきった言い方に、思わず閉口する。断言してもいい。こいつを打った誰かは碌《ろく》でもない奴だ。

「俺たちに何をさせようって言うんだよ」

『我が主に危機が迫っているのを感じた。猶予は幾許もない。一刻も早く見つけ出さねばならん』

どんな難問が来るのかと身構えていたが、なんてことはない。この店は物と人の縁を結ぶのだ。こいつの選んだ持ち主とやらも、ここへやってくるのは間違いない。

「俺たちの手を借りるまでもないだろ。その気になれば、お前たちの方から持ち主を招くことができる筈だ」

力の弱い品ならばともかく、これだけの力を持った刀なら造作もないだろう。本人からすれば、急に居ても立っても居られなくなる筈だ。

『それはできん。下手に動けば命に関わる』

こいつの言い方からすると、持ち主になるべき人物というのは身動きが取れないでいるらしい。病気でも患っているのか。入院あるいは意識がないような状態なら、確かに動くことすらままならないだろう。

「分かった。なら俺たちが連れて行ってやるよ。どこに居る？」

『分からぬ』

「なら名前とか、大体の場所とか。何かあるだろ」

『それが分からぬから、お前たちを呼んだのだ』

結局、何一つ分からなかった。この刀は何がしたいんだ。

「なら、どうやって持ち主を探し出すんだよ。俺は探偵じゃない。なんなら、知り合いの刑事を紹介してやろうか？　日本の警察は優秀だぜ」

権藤《ごんどう》さんにこの喋る刀を見せたらどんな顔をするだろう。きっと忌々しそうな顔をして、一通り文句を言うに決まっている。いや、銃刀法なんちゃらで捕まるかもしれない。

「手伝ってあげるといい。君の眼でなくば、辿れるものも辿れはしないだろう。君はどちらの領分にも立つとそう言ったじゃないか」

「……なんでそんなこと覚えてるんだよ」

「忘れないさ。私は君よりも、ほんの少しだけ君のことを知っている」

こうやっていつも煙に巻かれるのだ。

「割り増しで報酬は貰うからな」

「勿論だ」

まんまと掌の上で転がされているような気がしないでもないが、俺が助けることのできる誰かがいるのなら仕方ない。他の誰でもない、自分自身に誓ったことだ。

『主人の気配を辿ることは難しいことではない』

「なんだよ。それを先に言えよ」

『だが、一筋縄ではいくまい』

「どうして」

気配が辿れるというのなら、そのままを主人の元へ持っていってやればいい。それだけのことがどうして難しいのか。

「私が説明しよう。彼はね、君たちの言葉で言う『妖刀』というものだ。君らのように普段から怪異に触れる機会の多い人間ならともかく、そういう免疫のない只人が彼を目にすればひとたまりもないだろう」

「どうなるっていうんだ」

「簡単なことだよ。使いたくなる。どうあってもね」

「……刀の力に心を囚われるってことか」

「その誘惑に勝てる人間はそうはいないだろう」

『刀は斬るべき者を選ばないというが、あれは人の方をこそ指す言葉だ。多くの人間が力を欲し、誘惑に勝てず、心を喪った。それ故に刀鍛冶どもは社にこの身を奉納したのだ』

どうせ曰く付きだとは思っていたが、これは少し事情が違ってくる。最悪、運んでいる途中で俺たちが襲われてしまう場合もあるだろう。

「布越しでもダメか」

『闇を抱かない者ならば問題はあるまい。闇を抱え持つ人間であれば、どうしようもなくこの身を欲するだろう』

「要するに、邪念がある奴か」

『ああ。だからこそ我が身を欲し、奪い合う。力づくでな』

「やベー奴しか寄ってこないじゃん」

いよいよ面倒な事態になってきた。ここまでの道中、車で運んでいたから支障はなかったのかもしれないが。それも何処まで効果があるのか分からない。きっとそんな簡単な話でもないだろう。

「……とにかく行くか。方向くらいは分かるんだろうな」

『問題はない』

「とりあえず大野木さんの車で移動しよう。流石に徒歩で行くのは周囲に影響が大きすぎる気がするしな」

刀を手に取り、布で包んでぐるぐる巻きにして肩に担ぐ。地味に重いので、後で大野木さんに運んで貰おう。

「それじゃあ、行ってくる」

「ああ。しっかりやるといい」

夜行堂を後にしてから、刀を抱えて小走りで表通りへと出る。幸い、雨が降っているおかげで人通りは殆どない。道路脇に駐車している大野木さんの車を見つけて、なるべく人目につかないよう急いで助手席のドアを開けて中へ飛び込んだ。大野木さんが驚いた犬のように座席の上で飛び上がったが、すぐにほっとしたように胸を撫で下ろした。

「ああ、驚いた。入る前にノックぐらいしてください」

「思春期の女子かよ。そんなことより早く車出して」

「何を慌てているんです？　あっ、その刀！　どうして持って帰ってきてしまったんですか。夜行堂に引き取って貰うのでは？」

「事情が変わったんだよ。こいつが依頼人だったんだ」

大野木さんは眼鏡を指で持ち上げながら、怪訝そうに眉を顰める。

「この刀が？」

「しゃべるって話しただろ。さては信じてなかったな」

シートベルトを締めながら文句の一つでも言ってやろうとした瞬間、助手席の窓を誰かが叩いた。

驚いて振り返ると、そこには見覚えのない中年の男が立っていて、血走った目で車内の俺たちを見ていた。いかにも近所のおじさんという格好だが、その手には穏やかではない金属バットが握り締められている。玄関先の傘立てに不審者撃退用に突っ込んであるようなバットだ。

「ここを開けてくれ」

瞳孔の開き切った目で男が微笑む。口は笑っているが、目がまるで笑っていない。

「ここを開けるんだ。ほら」

突然の恐怖に固まる俺たちの背を叩くように、車のスピーカーから声がした。

『来たぞ』

次の瞬間、バットを猛然と振り上げて窓ガラスを叩き割られた。衝撃と音、飛び散る破片に思わず体をすくめる。

聞いたことのないような悲鳴をタイヤがあげたかと思うと、体がシートに押しつけられるようにして車が発進した。二撃目は車のテールランプを木っ端微塵にしたようだが、とりあえず走行に支障はない。バックミラーを覗き込むと、おじさんがバットを振り回しながら奇声をあげていた。

「早速かよ。やばいストレス溜まってそうなおっさんだったもんな」

破片を足元に払い落として、刀はとりあえず大野木さんと俺の間に立てかけておく。窓から雨と風が容赦なく飛び込んでくるが、我慢するしかない。

「危なかったな。大野木さん」

そうですね、と返ってくるかと思っていたが、返事がない。ハンドルを握る大野木さんは驚いたような、泣きそうな、なんとも言えない表情で前方を凝視している。

「なんですか。今のは」

「流石に説明する前に襲われるとは思わなかった」

「それと、先ほど車から妙な男性の声が聞こえてきましたが。気のせいでしょうか」

努めて冷静でいようと大野木さんが深呼吸をしている。まぁ、無理もない。社用車の窓ガラスをいきなり叩き割られたら誰だって同じような表情になる。

『包みが少し解けていた。その所為だろう』

「あ、ホントだ」

よく見ると柄の部分が少し見えてしまっている。後で何か袋を用意してもらった方が良さそうだ。店に立ち寄るのも危険な気もするが、このままというのもマズい。

「今のスピーカーから聞こえた声が、まさか刀の？」

『お前たちは何故か刀が話すのを好まないな。必要であれば話す。当然のことだろうに』

会話が成立して、大野木さんが目を白黒させている。しかし、すぐに疲れた笑いを浮かべて開き直った。

「今更ですね。なるほど。刀は喋るのですね。勉強になりました」

ははは、と笑っているが、これはかなり動揺していると見た。まぁ、大野木さんのことだからなんだかんだ自分で見聞きしたことなら信じるだろう。

俺はとにかく事情を説明し、この刀が主人だという人間の元へ連れて行くのが今回の依頼内容であることを伝えた。依頼人が刀という事実にショックを受けているようだったが、以前にも死者や人形からの依頼はあったのですぐに納得したようだ。

『このまま北へ向かえ』

「分かりました。都度、指示をください」

もう平然と刀と会話をしている。普段から堅物な公務員だが、仕事である以上はどんな異常なことでも平然と片付けようとするのが面白い。怪異は恐ろしがる癖に、妙に堂々とした所を藤村《ふじむら》部長あたりに見込まれたのだろう。

本人からすれば、不運以外の何物でもないが。

「大野木さん。なるべく人通りのない道を走ってくれ。刀は隠しているんだけど、こいつから力が漏れ出ているんだ。力が強すぎる」

右眼に視える青い視界の中で、この刀から炎の揺らぎのようなものが絶えず発散されているのが分かる。鞘に収まっているのに、これだけの力だ。抜いてしまえばどんなことになるのか想像もつかない。

「万一、お前が抜かれたらどうなる」

『斬るべき相手が現れない限り、鞘から抜かれることはない』

よく分からないが、抜けないということでいいのだろう。

車は国道ではなく、川沿いの県道を走らせることにした。

途中、周囲に人気《ひとけ》のないことを確認してから大野木さんが半透明の養生テープを窓に貼ってくれたので、幾らかはマシになった。視界は殆ど利かないが、雨風は入ってこない。シートが濡れていたので、刀と共に後部座席へと移ることにした。

「なぁ、お前の主ってのはどういう奴なんだ」

『会ったこともないのだから、為人《ひととなり》など知る筈がないだろう』

「それなのに主なのかよ。人違いだったらどうするんだ」

『刀が己の主人を誤まることはない。たとえ、その手に握られたことさえなくとも主を知っているものだ。火と鉄の中より生まれた刹那に、巡り合う日を待つのが刀というものだからな』

断言する口調に、どことなく懐かしさを感じてしまうのはどうしてだろう。

ああ、そうか。この刀はどこか葛葉さんに似ているのだ。あの迷いの無さというか、自分の中に決して揺らがない在り方を持っている。人間は中々こうはいかない。

「主を見つけたら、最初にどうして欲しいよ。やっぱり使って貰いたいのか？」

『阿呆。我が為に主従になるのではない。主が為にならんと主従となるのだ。決してその逆ではない。刀は主人を選ぶ。それは主を守る為だ』

なるほど。妖刀なんてものは、人が勝手につけた呼び方でしかなく、その力に心を喪う方が未熟なのだろう。どこまで突き詰めても道具は道具でしかない。使う人間の心持ち一つというわけだ。

「怪異が斬れるなら、大野木さんが持っておけばいいのにな」

「よしてください。銃刀法違反で捕まります」

「漫画みたいで格好いいじゃん」

こいつなら怪異を斬るくらい造作もないのだろうが、俺たちではきっと鞘から抜くことさえできないだろう。

ふ、とこいつを打った刀鍛冶のことを想った。

どんな人間がこいつを打ったのだろう。刀の中に芯のような、核のようなものを感じる。鉄と火と、祈りを込めて打たれたに違いない。

「千早君」

いつになく強張った声を出した大野木さんが、青ざめた顔でバックミラーを凝視している。慌てて背後を振り返ると、狂ったように蛇行しながらこちらへと追い縋る白い軽自動車が見えた。道中、ぶつけたのだろう。車のあちこちが凹んでしまっている。

「おいおい。嘘だろ」

ほぼ真横に並走してきた車の運転手と目が合う。さっきバットで突撃してきた中年男。額の上をぱっくりと切ったまま、血走った目でこちらを睨みつけてくる様子に血の気が引く。

「大野木さん、追いつかれてる！　もっと飛ばせ！」

「もう制限速度一杯です！」

「そんなことを言っている場合か！」

後続車は他にない。少しでも人気のない道を選んで正解だった。ほんの一瞬だけ刀を見た人間が、これほど囚われてしまうのだ。考えたくはないことだが、万が一、誘惑された人物から周囲に影響が伝播するようなことがあれば収拾がつかなくなる。

「一度、停車します。話し合うか、最悪の場合には制圧します」

名案だ。しかし、相手は俺たちが想像している以上に狂気に支配されていた。

男が一度、左へ振りかぶるようにハンドルを切った。次の瞬間、何が起こるのかは想像するまでもない。拳を振り上げたのなら、問題はどこへ振り下ろすかだ。

男が何か叫んでいる。

猛然と迫った軽自動車が助手席に勢いよくぶつかる。衝撃が弾けた瞬間、車が右へ逸れたのが分かった。大野木さんが何か叫んだような気がする。対向車線へ飛び出した車が、ガードレールにぶつかり、車体が浮き上がったのが分かった。

車が横転する様子が、やけにゆっくりと流れて見える。

衝撃が全身を襲い、目の前が真っ暗になった。

○

「千早君！」

何度目の呼びかけだったのだろう。

大声に応じるように瞼を開くと、仰向けに横たわって空を見ていた。鉛色の空の端にオレンジ色の火柱が上がっている。身体を起こそうとすると、慌てた大野木さんが視界の中に現れた。お気に入りの眼鏡には亀裂が走り、フレームが歪んでいるのか少し斜めになってしまっている。

「動かないで。頭をぶつけているかもしれません。そのまま大人しくしていてください」

「……もしかして、事故った？」

「すみません。避けきれませんでした。対向車線へ飛び出し、ガードレールにぶつかって横転、木に衝突して止まりました。幸いエアバッグのおかげで無傷で済みましたが、エンジンから煙が出ていたので千早君を連れて外へ逃げたのです」

言われてみれば、あちこち痛い。後部座席にはエアバッグがないので頭をぶつけたらしい。正確には額をぶつけたようだ。触れると、鈍く痛い。これはタンコブになりそうだ。

「そうだ。刀。刀はどこにある」

「安心してください。此処にあります」

大野木さんが布に包まれた刀と、イヤホンを寄越した。

「さっきのおっさんは？」

「無事です。無傷ではありませんが。車がひしゃげて運転席から出てこられないので図らずも拘束することができました。権藤さんに通報し、事情も説明してあります」

相変わらず手際がいい。その間、俺は一人で寝ていたという訳だ。

「面目ない。足を引っ張っちまった」

「何を言っているんですか。あれだけの事故です。死者が出ていてもおかしくはなかったのですよ。頭部の怪我は油断できません。とにかく、まずは病院へ行って検査と治療を受けないと」

イヤホンを耳に嵌めながら、首を横に振ろうとするが、肩が痛んで首が動かせない。

「そんな時間ねぇよ。急がないと」

「ダメです。今回ばかりは許容できません。今はまだ興奮状態にあるので痛みを感じにくくなっているだけです。もうじき救急車が来ますから」

「救急車なんか」

いらねぇよ、と身体を起こそうとして左足に違和感を覚えた。自分の足ではないような感覚に眉を顰める。恐る恐る下に視線を落とすと、俺の足首がおかしな方向に曲がってしまっていた。どう控えめに見ても折れている。

「ああ、くそ。病院なんか行っている暇ないってのに」

「まずは病院へ行きましょう。それから、どうするか考えるべきです」

「病院みたいな人の多い場所に刀なんか持っていっていいのかよ」

「布の上から私の背広で包みます。人目にさえつかなければ、どうとでもなりますよ。そんなことよりも自分のことを心配してください。千早君の依頼を軽くみているわけでは決してありませんが、私にはそんな刀のことなどよりもあなたの怪我の方が重要です」

ぴしゃり、と怒るように言われて思わず返す言葉が見つからなかった。

何も言わずに大野木さんは立ち上がると、どこかへ電話をかけ始めてしまった。おそらく夜行堂へかけているのだろう。普段なら嫌がって自分からはかけたがらないくせに。

『それでいい。その男の言っていることは何一つ間違っていない。やはりお前たちを運び手に選んだのは正しいことだったようだ』

イヤホンから聞こえる刀の声は、この事態に一切動揺していないらしい。

「いいのかよ。お前の主がヤバいんだろ」

『その通りだ。危険は去っていない。だが、これでいい』

怪我を自覚したせいか。足首の痛みが強くなってきた。言葉にできない強烈な痛みに思わず呻く。

確かに大野木さんの言う通り。これは交通事故だ。死者が出なかったのは不幸中の幸いで、俺たちは勿論のこと無関係な第三者が巻き込まれていたとしても不思議じゃない。

「いや、不思議なのはどうして大野木さんだけ無傷なのかってことだよ」

普段から鍛えているからだと答えるんだろうが、どうしても納得がいかない。

有り難いことに、痛みにのたうち始めてすぐに救急車とパトカーがやってきてくれた。事情は大野木さんが説明してくれるだろう。女性の救急隊員がハサミで俺のズボンを切って、テキパキと処置をしていく。

「あの、痛み止めとか打ってもらえないんですかね。痛みが消えるような奴」

救命士のお姉さんがしっかりとした顔で頷く。よかった。これで少しは楽になれる。

「ごめんなさい。それは病院で処置してからになります。私たちは医師ではないんです」

「え？　お医者さんじゃないんすか」

「私たちは消防士なの。救命士の資格は持っているけど、麻酔や鎮痛剤の投薬は救命処置の範囲じゃないんです」

「おお、マジか」

なんてこった。つまり病院に着くまで我慢しなければいけないということか。

乗り込んできた大野木さんが刀を包んだ背広を手に傍に座る。日本刀を手にしている罪悪感からか。顔色が酷い。もっと涼しい顔をしていればいいのに、とも思うが、日本刀を持ち歩いていたなんて知られたら公務員としての立場も危ういだろう。

「それでは発進します。動かないでくださいね」

聞き覚えのあるサイレンを鳴らしながら救急車が発進した。何度経験しても、これは少し緊張する。

「いてて」

「大丈夫ですか。痛みますか?」

「死ぬほど痛い。なぁ、大野木さん。公務員をクビになったら二人で探偵事務所でもやろうか。曰く付き専門の」

「縁起でもないことを言わないでください」

安定とは程遠いだろうが、それでも食えなくなるなんてことはないだろう。依頼が尽きることはきっとない筈だ。特にこの屋敷町なら、もう暫くは今の状況が続くだろう。

「そういえば、彼はなんと?」

彼、と言われて一瞬なんのことか分からなかったが、すぐにそれが刀のことを指しているのだと気がついた。

「ああ。大野木さんは間違っていないってさ。そして、これでいいんだと」

「これも織り込み済みということでしょうか。突発的なアクシデントだと思うのですが。何か視えましたか？」

「いいや。何も。せめて、こいつの刀身が見えれば」

思わず滑った俺の口を、大野木さんが慌てて手で塞ぐ。イヤホンから嘲笑うような声が聞こえてきたが、ただ黙って聞いておくしかない。

「手がかりはないということですね」

「病院で診て貰ったら車を借りてきてくれよ」

「いや、そんな簡単な処置で済む怪我じゃないと思いますよ。おそらく手術になるでしょうし」

手術という言葉に我が耳を疑った。

「なんでさ。足を折っただけだぜ」

「前にも骨折した時に骨を固定する為にボルトを入れたじゃありませんか。入院したでしょう」

「そうだっけ」

意識が殆どない間に何もかも終わっていたので、いまいち覚えていない。言われてみれば、そもそもこの右腕を失くした時だって大掛かりな手術になった筈だ。

「病院で何かあっても、なんの役にも立てそうにねえ」

「仕事のことはいいですから。今はとにかく安静にしていてください」

窓の外へ目をやると、大きな病院が見えてきた。病院名には見覚えがある。この辺りでは割と大きな総合病院だった筈だ。

『此処だ』

刀が囁くように告げる。

『此処に、我が主人がいる』

俺は眉を顰めて、大野木さんと顔を見合わせた。

◇

私はきっと生まれついての欠陥品なのでしょう。

幼い頃から、人が美しいと言うものが分からず、いつも困惑していたのを覚えています。

例えば、花。

例えば、星。

例えば、海。

誰もが美しいと評するそれらが、私にはどうしてもそうは思えないのです。

花は植物の花弁でしかなく、星は宇宙に浮かぶ岩石でしかない。海は大きな水溜まり。

そんなものの何が美しいのか。

美というものが、私には理解できない。

そんな私が美しさを知ったのは中学校に上がって暫く経った頃でした。

友人の一人が遊んでいる最中に躓《つまず》いてしまい、窓ガラスを割ってしまいました。鋭利な破片は友人の二の腕を深々と引き裂いたのです。青白い血管が透けて見えるような白い腕と、滴り落ちる血の鮮やかさに心を奪われました。

直感的に、本能的に、これが求めていた美しさなのだと理解したのです。

幸い友人は腕を何針か縫うだけで済みました。

もう一度、あの美をこの目にしたい。

でも、誰かを傷つけたりするのは代償が大きすぎる。

私は思案した結果、医師になることに決めました。幸い、家が裕福だったので優秀な家庭教師をつけてもらい、塾にも通うことができたので高校からは受験に強い進学校へと進み、高校三年間はとにかく、医学部のある大学に入学し医師になることだけを目標にしたのです。

医師になれば、医師にさえなれたなら私は美しさと共に生きていける。それだけが私の生き甲斐でした。

そうして医師になって十余年。

あれほど渇望していた感動は、それほど長くは続きませんでした。

私は変わってしまったのです。

当初は流れ出る様を眺めるだけで恍惚としていた心が、多忙で煩雑な日々に磨耗していく。大勢の人間が血を流して死んでいくのを間近で眺めるだけの日々。新鮮に感じられた光景は、ただの日常に成り下がり、輝きを失ってしまいました。

そんなある日、私は普段は立ち会わない心臓の外科手術に立ち会いました。医学生の時に検体を用いて心臓の解剖はしたことがありましたが、心臓外科医の手術に立ち会う機会はなかったのです。

衝撃的でした。

外科用の鋭利なメスが煌めくと、肌に赤い極細の線が一筋走ります。そして、一瞬遅れて丸く赤い粒が浮かんだかと思うと、鮮血が迸るのです。その飛び散る血の美しさは筆舌に尽くしがたいものがありました。全身に心地よい痺れが走り、頭の奥がとろりと弛緩するように蕩けるのです。

そして、医師を続けていくうちに一つの発見がありました。

血液型などとは無関係に、血液というものは一人一人その色が異なっているのだということ。宝石に同じ色彩を持つものが二つとないように、人の体の中を縦横に駆け巡る命の根源たる血液にも、同じ表情をしたものは二つとないのです。

不摂生で脂質異常の患者の血液は黒みが強く、鮮やかさに欠けます。子どもの血液は鮮やかで美しいのですが、色彩が足りない。男性よりは女性が良く、老いているよりも若い方がいい。調べてみなければ分かりませんが、おそらくは処女であることも関係があるのでしょう。

私は患者の個人情報を一つ一つ精査しながら、その美しさの傾向を調べました。

勿論、気になる患者の血液が簡単に手に入るとは限りません。

そういう時には点滴を打ったり、多少強引に血液を採取したりすることもあります。

中には、そういう医療行為に対して、不満を抱く患者の親御さんがいるのも事実です。

過保護で神経質、他責主義の俗物たち。

彼女あるいは彼らがいなければ、もっと私の研究は捗《はかど》るでしょう。

私が至上と思えるものと出会う為になら、私は手段を選びません。いえ、選ぶべきではないのです。

私には夢があります。

美しく鮮やかな鮮血を頭から浴びながら絶頂することです。

それが叶うのなら、もう死んでもいい。

法を犯すくらい、なんだというのでしょう。

○

懐かしい消毒液の匂いがする。

「……病院は嫌いだ」

「好きな人なんていませんよ」

「そういう問題じゃないんだけど」

さっきから、人の右腕に触れたり、揶揄《からか》うように撫でていったりする感触。右眼には黒い靄のような輪郭のはっきりとしない影たちが、あちこちにひしめいているのが視える。死者というよりは、死に際に取り残された意思の残滓のようなものだ。何をするでもなく、漂っているうちに自然と消えていなくなる。別に害がある訳ではないのだが、あまり気持ちのいい場所じゃない。

病院の待合室で車椅子に乗った俺は、診察の順番が来るのを待っていた。

「救急車で搬送されたから、すぐに治療して貰えると思ってたのに。普通に待たされるのか」

「緊急性はないと判断されたのでしょう。良かったじゃありませんか」

大野木さんはそう言いながらも、表情が強張っている。無理もない。腕の中に日本刀を隠し持ったまま病院の待合室にいるのだ。警備員が近くを通る度に青い顔をする辺り、妙な所で肝が小さい。

「おい。お前の主人は本当に此処にいるんだろうな」

『間違いない』

刀はそう言うと、それきり何も話さなくなる。

俺にもなんとなく、事態が大きく動こうとしているのは感じ取れる。右眼に映る刀から発せられる力の余波というか、波のようなものが此処へ来て一際、大きくなっているような気がした。

「危機が迫っていると言っていましたが、病院の中に危険などがあるでしょうか」

『害意を持って近づく輩《やから》がいるのは、間違いない』

夜行堂の店主は、俺にしか辿れないものもあると言っていたが、それはまだ目の前に現れていないような気がする。人と物の縁を繋ぐと店主はよく話しているが、俺にはそれが目の前に現れないとはっきりとは視えないのだ。

『小僧。貴様の役目はもう終わりだ』

「あ？」

『刀は自らは動けぬ。人の手によって運ばれなければ』

「なんだよ。気が早いな。まだ持ち主にも、その危険とやらにも遭遇できてないぜ」

『いいや。後は、我が役目よ』

刀がそう宣言するように言った瞬間、エレベーターの扉が開いて中から親子が現れた。母親とパジャマを着た幼い娘。入院しているのであろう、その幼女を右眼で捉えた瞬間、刀と少女の間に糸のようなものがピンと張り詰めたような気がした。

幼女があどけない顔を大野木さんへ、いや、隠し持っている刀へと向ける。その瞬間、包んでいる布や大野木さんの腕を透過するように刀が床に落ちた。

ガシャン、と音を立てて転がった刀を、背後から勢いよくやってきた誰かが鞘ごと掴み上げる。白衣の裾がはためくのを見た瞬間、背筋に鳥肌が立った。刀に誘惑され、自我を喪うには充分すぎるほどの動機のある者がいたのだ。

「大野木さん！」

俺が叫ぶのと、大野木さんが飛び出すのはほぼ同時だった。

刀を手に駆け寄ってくる女に、親子は悲鳴一つあげない。きっと何が起きているのか理解できていないのだろう。きょとんとした顔で女のことを眺めていた。

女は笑っている。その背中がどうしようもなく歓喜に震えているのが分かる。

左手で鞘を乱暴に抜き放ち、上段に構える。素人丸出しの仕草だが、体重を乗せた斬撃は華奢な子どもの身体など一瞬で両断してしまうだろう。

大野木さんが悲鳴じみた声で叫んでいるが、女は止まらない。誘惑などではない、自分の意思で子どもを斬り殺そうとしている。

やめろ、と叫んだ瞬間、閃く白刃を視た。

右眼を通して脳髄に深く流れ込んでくる、刀の記憶。

名工と謳われた刀鍛冶。右眼を灼かれた白髪の老人。かつて作った刀が罪もない子を斬るのに用いられた。旗本の嫡男が酔いに任せて、なんの罪咎もない幼子を無礼打ちにしたという。失望と罪悪感、そして己が築き上げてきたものは全てが徒労であったのではないかという絶望。幾ら技を磨いても、用いる者が錆びつき、歪んでいては、どんな名刀も包丁同然。幼子を斬り殺すような悪鬼を討ち滅ぼす刀が要る。天地神明に誓って、そのような悪鬼を滅ぼさねばならぬ。鉄を鍛えるのではない。火を鍛え上げるのだ。男は命と引き換えに一振りの刀を鍛え上げた。五振りもの刀を作る鉄を用いて、鋼も挟まず、研ぎもせず。ただ、そうあるべしと魂を槌に込めた。

一瞬の白昼夢。右眼を通して視えたからこそ、この先に起こることは全て分かった。

女が奇声をあげて両手で刀を握り締めると、渾身の力で幼女を、咄嗟に庇った母親もろとも叩き斬る。

肉と骨を断つ、おぞましい音が病院の待合室に響き渡った。

◇

休憩を終えて、診察に戻ろうと待合室へやってきた瞬間、それは私のほんの数歩先に現れたのです。

一振りの日本刀。それを目にした瞬間、思わず生唾を飲み込まずにはおれませんでした。私はこれまで生きてきて、恥ずかしながら日本刀という代物を一度も目にしたことがありません。大昔の野蛮な侍が使っていた、武器だという認識でしかなかったのです。

それだというのに、一目見ただけで骨身に沁みるほど『人を斬る』ということだけに研ぎ澄まされた代物だというのがはっきりと分かりました。皮や筋肉を切る為ではなく、一太刀で骨も臓器も断ち切ってしまえるのだと。これに比べれば、私が普段から使用してきたメスなどは玩具のようなものです。

切れるハサミが手元にあったなら、使ってみたくなるでしょう。

それと同じことです。

私の前には人を斬ることのみを目的に作られた刀があり、そこからほんの数歩先に柔らかそうな幼児がいるのです。一生に一度も望むことのできない、まさに千載一遇の機会が唐突に現れたのです。

気がつけば、私は走り出していました。刀を拾い上げ、幼児とその親を斬ろうと決めた。私の患者なので、名前も性格もよくよく知っている人間である筈なのに、そんなことはちっとも考えませんでした。

鞘を投げ捨てて、両手で柄を握り締めると、刀と私が混然と一つになったような気がしました。この時になって、ようやく母親の顔に恐怖が浮かびましたが、やはり子どもというのは無垢なもので、いつもと同じ光を弾くような眼で私のことを見ているのです。

袈裟懸けに斬る、と決めていました。庇おうとする母親の右腕もろとも幼児の左鎖骨を断ち切り、心臓や肺、肋骨を斜めに斬り裂いて、脊椎を両断する。そのまま右腰の下まで振り抜くつもりでした。

実際、そうしたのです。

ですが、不思議なことが起こりました。

刀の切先が幼児に届くか否か、という瞬間に、私の右肩に痛みが走りました。そうして勢いは止められないまま、私の鎖骨を、心臓を、肺を、脊椎を背後から斬り裂いたのです。冷たい氷の刃が身体の中を激痛と共に通過した直後、痛みは灼熱の熱さとなって全身を貫きました。

斬られた。そう思いました。

私はまるで、背後から自分によって斬られたのです。

はっきりと刃が自分の内側を通過していくのを感じました。

仰向けに倒れた私の上に、夥《おびただ》しい血飛沫が雨のように降り注いだのです。

私は自らの血を浴びながら、ようやく理解しました。

追い求めていた鮮やかで重厚な血の持ち主は、他ならぬ私自身だったのだと。

○

結論から言えば、誰ひとり犠牲者は出なかった。

突如として襲いかかった女は気絶し、駆けつけた警備員に呆気なく拘束された。一瞬だけ病院は騒然となったが、あっという間に事態は収拾したので大した騒ぎにはならなかったのだ。

大野木さんが権藤さんに事情を説明してくれていたので『刀らしきもの』を病院へ持ち込んだ俺たちのことも有耶無耶になった。

「そもそもコイツには刃がついてない。よって刀とは言えん。まぁ、どんな曰くがあるのか知らんが、さっさと引き取れ」

迷惑だ、と苦虫を噛みつぶしたような顔でそんなことを言われた。

「証拠品として押収しなくていいのかよ」

「署にそんな厄介なものを持ち込ませてたまるか。さっさと手術でもなんでもしてこい」

それから足の骨を繋げる手術をして、数日間入院することになったが、その間も刀は俺の病室に置いたままになっていた。あれから一度も刀は話しかけてこないし、こちらの呼びかけにも応じない。

「もう話すことはない、か」

急がずとも、いずれあの女の子は夜行堂へと辿り着くだろう。刀と自分の間に結ばれた縁を、意識的にか、あるいは無意識に辿って自らの道具を手にするのだろう。

それまでは、きっと話すことはない。元々、刀は寡黙だと言っていたのだ。

「それにしても暇だな。大野木さんが見舞いに来るまで散歩でもするか」

大野木さんに頼んで持ってきてもらった漫画もあらかた読み尽くしてしまった。このままでは身体が鈍る。普段ならどれだけでも怠けていられるが、大人しくしていろと言われると退屈を感じるのが人間だ。

松葉杖を突いて病室から出ると、件《くだん》の母娘とすれ違った。可愛らしい花束を持って、母親と嬉しそうに喋っている。俺の病室の前までやってくると、不意に部屋の方へと顔を向けた。まるで何かが聞こえたみたいに。

それから応えるように頷くと、また母親の手を取って歩き始めた。

「何が寡黙だよ。全く」

きっと大人になるまで待つつもりはないのだろう。

刀があの子と、どんな約束をしたかは誰も知らない。

二人だけの秘密だ。

鯨歌

社会に出てたった二年、と誰もが言う。

不景気の中での就職活動は、思い出すのも嫌になるほど結果が出ず、面接に行ってはお祈りの手紙を貰う日々が続いていた。

僕の魂と肉体はどうしようもなくすり減ってしまい、ある朝にどうしてもベッドから起き上がることができなくなって、全てを諦めて郷里の親に助けを乞うた。

限界というものは、本当に呆気ないほど唐突にやってくる。大丈夫、大丈夫と自分に言い聞かせていても疲労は澱《おり》のように心と身体の両方に降り積もっていた。

両親に連れていかれた病院で鬱病と診断され、人生が終わってしまったような気さえしたが、もう職場に戻らなくて良いのだと思うとほんの少しだけ心が軽くなった。

故郷である小さな港町に戻った僕を母は優しく迎え入れ、対照的に厳格な父は情けないと一言で切って捨てた。『そんなザマで生きていけるか』と吐き捨てるような言葉が、何よりも深く心を抉った。

それからは自室に貝のように閉じ籠もり、自分の息で窒息してしまうのではないかと思うほど息を潜めて過ごした。言葉を発したら、誰かが自分を見つけて叱責に来そうな気がしてしょうがなかった。

閉じたカーテンの隙間から窓の外を窺うと、故郷の友人たちが楽しそうにしているのを何度か見かけて、その度に言いようのない切なさと嫉妬を覚えたが、暫くするとそれは自分への嫌悪感となって身を灼いた。

どうしてこうなった。こんな有様に成り果てたのか。

来る日も来る日も、そう自問しながら布団の中で声を押し殺して泣いた。幼い頃に過ごした子ども部屋の記憶が、大人となった自分の尊厳を容赦なく切り刻んでいくような気がした。

こんな筈じゃなかった。

母に申し訳なかった。もう決して若くない母が、慣れないパートに出て仕事をしている。それなのに若く働き盛りの筈の僕は自室で無為に過ごしている事実が、死にたくなるほど辛かった。かと言って働いてみようと思えるほど、僕の心は強くなかった。

実家の二階で気配を殺して、潜むように日々を送る。たまに、かつての友人たちが訪ねてきたが、自分が惨めになるだけなので居留守を使ってやり過ごした。携帯電話も会社を辞める時に捨ててしまった。何もかもが煩わしい。

辛くなるほど正しく動いていく現実から逃れたい一心で、誰も彼もが寝静まった真夜中に起きて、朝になると眠るようになった。夜の町はいい。僕を責めてくる者は誰もいない。まるで、この世界に僕だけがこうして夜の散歩をしているような気になる。

ある夜、子どもの頃にさんざん遊び回った砂浜を歩いていると、不意に音が聞こえた。管楽器の奏でる重低音、それをもっと重く、強くしたような音に大気が揺れる。決して音量は大きくないのに、胸の底に響くような音だ。

何処から聞こえてくるのか、辺りを見渡したが、それらしいものは何もない。

それは断続的に、リズムを変えながら、長く長く響いていく。

そして、不意に止んだ。虫の声が聞こえてきて、もうあの胸に響くような音は聞こえない。

「ふーん、ふんふん、ふん」

名残り惜しくて、思わずハミングしてみたくなった。単調なリズムのようでいて、微妙に違う音が高音と低音を混ぜて続く。

「あ」

そうか、あれは歌だ。歌っているんだ。まるで誰かに話しかけるように。

翌日の夜も海へやってきて、あの歌を聴いた。浜辺に腰を下ろして、音に耳を傾ける。遥か彼方より聞こえてくるそれを聴いている間は、辛いことを全て忘れられた。

陽が昇る頃、家に帰ると居間で父が待ち構えていた。不機嫌そうなその顔を見ただけでさっきまでの軽やかな気分は溶かされた鉛のようになって、重く胸の底へ流れて落ちる。

「昼間働きもせず、真夜中に遊び歩いているのか」

言葉が鈍い鋭さを伴って、心に突き立っていくのを感じた。同時に僕の顔から表情が消え、目の前の男を機械的に眺める。言葉に反論しても意味はない。気分転換に外出することでさえ、今の僕にとっては苦痛を伴う。そのことを理解して貰おうと思う方がどうかしているのかもしれない。

「働け。もう充分、休んだだろう。いつまでこうしているつもりだ」

「すいません」

「もう子どもじゃないんだ。大人なら自分の食い扶持くらい稼げ。あいつは昔から一際お前に甘かったが、やはりろくなことにならなかったな」

そう言って、そのまま関心を失ったように僕に背を向けた。

「どうしようもない奴だよ、お前は」

震える足で二階へ上がり、ベッドに横になってしばらく呆然としていた。頭の中を父の言葉がぐるぐると回り、諦めと悲しみを混ぜ合わせたような感情が滲むように心を蝕んでいく。

固く目を閉じて、耳を澄ますと、あの歌が微かにまだ響いていた。

あれから真夜中になると家を出て海へ向かい、父が出社した後の時間帯になってから帰宅し、就寝するようになった。顔を合わせるだけで辛いけれど、生憎僕にはもうほかに行くところがない。

砂浜に腰を下ろして、夜の海を眺めながら頭上から響いてくる歌に耳を傾ける。

太陽が昇るまでの時間が、今の僕にとっての世界の全てだった。

朝陽に照らされながら家路につく。登校中の小学生たちが随分と眩しく見えた。彼らの目に僕はどんな風に映っているのだろうか。人生の負け犬のように見えるのだろうか。

「情けないな。僕は」

彼らには輝かしい未来がある。いや、僕にもかつてはあったんだ。ただ、僕には手に入らなかった。その資格がなかったんだ。

そんなことを思っていると、前からやってきた低学年くらいの男の子が僕の足元を見ながら立ち止まった。黄色い帽子を被った小さな子だ。その目を丸くして、ぽかん、と口を開けている。

「？」

怪訝に思っていると、彼が僕の背後を指差した。

「お兄ちゃんの影、泳いでるみたい」

振り返り、朝陽に照らされて地面へ伸びた自身の影を見て言葉を失う。

踵《かかと》から生えるようにして伸びた魚影。その巨大な影がアスファルトの地面の上を悠然と泳いでいる。あまりの大きさに全体が把握できない。

恐ろしくなり、逃れるように走り出したが、それは泳ぐようについてきて足元から離れない。そもそも僕自身の影は何処に行ってしまったのか。

家に辿り着き、二階の自室へ駆け上がる。照明に照らされた足元を恐る恐る見ると、なんの影も落ちていない。

カーテンの隙間から窓の外をそっと窺うと、家の周囲をぐるぐると巨影が泳いでいるのが見えた。

「空になにかいるのか？」

影があるのなら、影を落とす本体が空にある筈だ。

中庭へ降りると、待っていたとばかりに足元に影が食いつくように張りついた。しかし、空を仰いでも雲一つない青空が広がるばかりで、何もそれらしきものは見えない。

「なんなんだ、これ……」

影の落ちない夜は、いつもと何も変わらなかった。

あの歌を聴きに海辺へ向かい、朝方に家へ戻って息を潜めて寝る。

そんな日々が無為に過ぎていった。

○

その日、深夜テレビで環境をテーマにしたドキュメンタリーが放送されていた。鯨を専門に撮影する外国人のカメラマンがシャツを脱ぐと、身体を埋め尽くすようにタトゥーが彫られていた。写実的なものではなくて、壁画に描かれるような原始的な絵が全身に刻まれているのに目を奪われる。

『動物は歌が好きです。彼らは求愛にも威嚇にも歌を使う。鯨は中でも特に壮大なスケールで歌う歌手なんです。彼らは北極と南極ほど距離の離れた場所から歌を使って意思を疎通するんですよ。もっぱら恋の歌ですが』

場面が変わり、ザトウクジラの歌が流れる。聞き覚えのある音に思わず立ち上がった。

メロディこそ違っているけれど、これは紛れもなく毎晩、あの夜空から響いてくる、あの歌だ。

『海の中は、数えきれないほどの温度の異なる水の流れが複雑に絡まり合う場所です。私たちにはただの液体ですが、彼らには全く違う姿で視えているのかもしれない。幾つもの水の束が、筋肉のように作用し合い、動いているように知覚しているのかも。結局、世界の見え方なんてものはバラバラで、私たち人間でさえ誰ひとり同じものを共有していないのかもしれません』

テレビを消して階下へと降りると、スニーカーの踵を踏むのも構わず外に走り出す。運動不足の身体はすぐに悲鳴をあげたが、少しでも早く浜辺に行きたかった。

息も絶え絶えになって、どうにか砂浜に辿り着くと、珍しく先客がいた。

こんな田舎には不似合いの着物姿の女性と若い男が立っている。デートかと思ったが、彼らは僕を見つけると、砂を踏んでこちらへ近づいてきた。

ぎょっとして思わず逃げそうになったが、やってきた男の顔が月明かりに見えた。顔立ちは整っているのに、なんだかひどく眠たそうな顔をしていている。

「あの、つかぬことをお伺いしても良いでしょうか？」

年齢は僕とそう変わらないくらいだろうか。なんだか敬語の使い方が堂に入っている。最近、人と全然口をきいていなかったので、まともに話ができるかどうか不安になった。

「この辺りで、根付を見ませんでしたか？」

「根付？」

「帯につける、ストラップみたいなものです。形はこう丸いんじゃないかな？　いや、細長いかも」

なんだか要領を得ない。

「あの。僕は毎日、ここへやってきますが、そういうものを見かけたことはありません」

「そうですか。ありがとうございました」

彼は女性の元へ戻っていくと、事情を説明し始めた。

彼女が落とし物でもしたのだろう。しかし、こんな砂浜で見つけ出すのは至難の業だろう。手伝ってあげたいが、こう暗くてはどうにもならない。

今夜は三日月、うっすらと周囲が見えるくらいだ。落とし物を見つけたいのなら昼間に出直した方がいいだろう。

そう思った矢先、歌が始まった。夜空に響き渡る歌声に耳を傾ける。

「ああ、やっぱり。これは鯨の歌だったんだ」

どうして海中にいる鯨の歌が、こうして砂浜で聞こえるのかは分からないけれど、僕にとって理由なんてどうでもいい。砂浜に腰を下ろして、ぼんやりと夜空を眺めて、時折、波が寄せては返す夜の海を見ているだけで満足だ。

今夜の歌は、とても楽しげだ。恋の歌というのなら、これは恋人との逢瀬を楽しんでいるみたいに聞こえる。

いつの間にか背後に先ほどの女性が立っていた。

「こんばんは」

着物姿の女性は艶やかに微笑むと、うっとりとした様子で目を閉じた。長い睫毛《まつげ》と美しい顔立ちに思わず目を奪われる。

「なんて美しい歌声なのでしょう。本当に綺麗」

僕は頷いて同意した。

「鯨の歌声みたいですよね」

「ええ。ほら、あそこを見てご覧なさいな。ずっと貴方のことを見ていますのよ」

すぅ、と彼女の白くて長い指が夜空を差す。

一瞬、彼女が何を指し示しているのか、僕には皆目見当がつかなかった。

頭上に広がる星空、夜空を縦に割るように伸びる、白い天の川の只中を何かが横切る。いや、あれは泳いでいるのか。

目を擦りながら、思わず立ち上がる。

そこには巨大な鯨がいた。ゆったりとたゆたうように大きく体を揺らし、悠然と夜空という海を深く潜っていく。

「僕は、幻覚でも見ているのでしょうか……」

「よほど貴方に見つけて欲しかったのでしょう。ああして恋の歌を毎夜、歌い続けるなんて」

「見つけるとは、どういう意味ですか？」

「夜空に映し出されているのは彼女の影に過ぎません。貴方の手に辿り着くまで、いつまでもこうして貴方を待ち続けていたことでしょう。彼女の写し身《うつみ》は他にあります」

「もしかして、さっきの人が探していると言っていたものですか？　でもこんな砂浜からどうやって見つけるっていうんですか」

「いいえ。貴方になら何も難しいことはありません。主人だと彼女に選ばれているのなら、探す必要さえないのです」

「まさか、そんな」

言いながら後ずさろうとして、尻餅をつく。咄嗟に手をついた瞬間、指先が砂の間に硬い感触を捉えた。石のように硬いのに、どこか柔らかく、熱を帯びているようだった。

探り当てた感触を、恭しく両手で掲げるようにして持ったのは、きっと僕にはそれが命のように感じられたからだろう。

それは夜の海を鯨の形に固めたような根付だった。歌がいつの間にか止み、頭上から影が消えている。知性を感じさせる鯨の瞳が、僕のことをじっと見ていた。

「どうして、僕なのでしょう？」

「さて。恋心を当人以外が知るのは野暮というものなのでしょう？　彼女が選んだのは貴方。それだけで充分ではありませんか」

その根付を手に、不思議と涙が溢れてしょうがなかった。

誰からも必要とされず、なんの価値もないと思っていた自分を選んでくれたという事実がこんなにも嬉しい。

彼女に背を向けて、涙を拭う。

「残念です。これだけの逸品なら好事家に言い値で売れたでしょうに」

ダメですよ、と背後から声がかかる。振り返ると、先程声をかけてきた男性がこちらに駆け寄ってきていた。

「お師匠の悪い癖です。先に見つけていたら、どうするつもりだったのですか」

「勿論、譲渡の価格は相談に応じますよ？」

くすくすと悪戯っぽく微笑んで、着物の袖で口元を隠す。

「僕みたいな奴に、こんな素晴らしいものを持つ資格があるんでしょうか。もっと相応しい方がいるんじゃ……」

僕はきっと相応しくない。この子の期待に応えられず、失望されてしまう。

「貴方の価値は、貴方自身が決めること。他人の言葉を鵜呑みにして、自分の価値を貶めてはいけませんよ。少なくとも、彼女にとって貴方は唯一無二の主なのですから」

掌の中の根付が、彼女の言葉を肯定するように身じろぐ。

僕は応えるように、根付を優しく握り締めた。

「お師匠。帰りましょう」

「ええ。徒労に終わりましたが、中々のものを見せて頂きました。どうぞ、その栄誉に恥じぬ人となられますよう」

そうして、彼女たちは帰っていった。

ひとり、夜の海の浜辺に腰を下ろして、閉じた指を開く。鯨の根付が僕の目をじっと見つめてくる。それがなんだか妙に気恥ずかしくなって、思わず笑ってしまった。

「――歌を聴かせてくれないかな。君の歌が好きなんだ」

応えるように、夜空から鯨の歌が降り注ぐ。

他の誰でもない、僕だけに向けられた恋の歌。

熱を放つ根付をそっと握り締め、僕は今日初めて星空を眺めた子どものように、光瞬く星々の彼方を茫洋と眺め続けた。

紫歌

依頼人である篠宮《しのみや》氏の年齢は二十代半ば、淑やかな印象の女性だった。落ち着いたデザインの服に身を包み、所作も丁寧で美しい。しかし、対策室のドアを叩いてやってきた時から、彼女は一言も言葉を発していなかった。

マスクの下がどうなっているのかは分からないが、なんらかの理由があって話せないようだ。その為、これまでの会話は全て筆談で行われ、私もデリケートな内容に安易に触れるわけにもいかず、淡々と事情について聞き取りを行うことにした。

「では、早速ご相談内容を伺ってもよいでしょうか」

篠宮さんがボールペンを手に取るのと同時に、対策室のドアが勢いよく開く。人間というのは不思議なもので、ドアの開け方一つで誰がやってきたのか手に取るように分かった。

「すげぇ雨。もう靴下までぐしょぐしょ。大野木さん、俺の予備の着替えどっかなかったっけ？」

応接用の空間を作っている衝立の向こうで、靴を乱暴に脱ぎ散らかす音がする。放り投げた靴下がべちゃり、と壁に張りついてから床に落ちた。

「お客様がいらしてますから、お静かに」

へいへい、と気のない返事が衝立の向こうから返ってくる。

「すいません、篠宮さん。あの、彼が業務を委託している霊能者でして」

床に落ちたずぶ濡れの靴下をバケツへ放り込みながら、桜さんがこちらへ視線を寄越す。そうして、珍しく心底驚いた表情をすると、素足のままずんずんとやってきて、仄かに青く光る右眼で彼女のことを覗き込んだ。

「アンタ、凄いのに呪われたな。いや、呪いを直接受けたのは父親か。親父さんが亡くなって、アンタがたまたまそれを引き継いじまったってことか」

篠宮さんが目を白黒させる中、桜さんは私の隣に腰を下ろし、くしゃみを一つ鳴らした。

「ああくそ、寒い。風邪ひきそうだ」

「タオルなら引き出しに入っていますよ」

「そんなことより、こっちだろ。ちなみに、この人の声は聞いた？」

「その質問は、篠宮さんに対して失礼ですよ」

「なるほど。本人も自覚はしている訳だ。まぁ、そうでなきゃわざわざ相談に来ないよな」

興味深そうに篠宮さんを眺める桜さんが何を考えているのか、まるで分からない。彼には一体何が視えているのか。

篠宮さんが慌てた様子で紙にボールペンを走らせる。紙には『助けてください。私の声を聞いた人は、不幸になるんです』と乱れた字で書かれていた。

「マスクを外して見せてくれ。大野木さんにも説明しないと」

彼女は一瞬だけ不安そうな顔をしたが、やがて意を決したようにマスクの紐に手をかけた。

喉元から下顎や首の後ろ、胸元へと広がるそれは、枝葉を伸ばす植物の蔦によく似ていた。赤黒く変色した肌が、罅割れのように深く皮膚に刻みついている。

「これが、呪いですか」

今まで見てきた、どんな症状とも違う。なんというか、悪意というものを感じられない。不謹慎極まりないが、この痣には一種の美しささえ感じられた。彼女の白い顎や、耳元へと伸びる蔦の一つ一つが荘厳なものに見える。

「人がかけた呪術とは訳が違う。なぁ、この蔦はどこまで下に伸びてる？」

彼女は少しだけ躊躇って服を脱ごうと裾を掴もうとし、それを桜さんが止める。

「いや、脱がなくていいよ。患部が視たい訳じゃない。今朝、どこまで蔦が伸びていたかが知りたいだけだ。少しずつ下に伸びてきていないか？」

『はい。今は鎖骨の少し下辺りです』

「痛みは？」

『少しだけ』

「いつからこうなった？」

『二ヶ月前です。最初は、こんなに大きな痣ではありませんでした』

「なるほどね。なら、口を開けて舌を見せてくれ」

んあ、と篠宮さんが目を閉じて口を開く。口蓋の中にある小さな舌、それを見て私は思わず言葉を失った。無表情でいるように努めたが、どれほど上手くできたか分からない。これはもう舌とは呼べない。喩えるのなら、幾百年の時を経た古木だろうか。変色して乾き、罅割れて、まるで岩のようになってしまっている。

「辛かっただろ。でも、もう大丈夫だ。声も出したいだろうけど、もう少し我慢して」

その言葉に篠宮さんの目に涙が浮かんだ。手で顔を覆い、声を殺して泣き出してしまった。

「私には何が何やら。説明をお願いしたいのですが」

「呪言って聞いたことない？　強烈な言霊って言った方が分かりやすいか。力を持った言葉は、現実に作用するんだ。この舌で言葉を紡げば、それが呪いとなって実現する」

「実現する？　言葉一つでということですか？」

「そう。だから悪態一つつけやしない。敵意を込めて人に使ったら酷い事になるぜ」

にわかには信じられない内容に首を捻る。もしもそんな力があれば、なんでもアリではないか。

「つまり、転倒しろ、と言えば実際に転倒すると？」

「まぁ、そういうことなんだけどさ、悪態つく時にそんな周りくどい言い方するか？　普通、相手への悪意なんてもっとシンプルだろ。死ね、とかさ」

言葉の強さにギョッとした。しかし、考えてみればそういう過激な言葉を乱用する者は多い。その言葉に限らず、拒絶の言葉は、相手を傷つけるものばかりだ。

「それが、現実になると？」

「なるさ。呪いの言葉はこの世界の深い部分から泡みたいに浮かび上がって、現実に重なるんだ。まぁ、そうそうあることじゃないけどな。人間にどうこうできるようなことじゃない」

まるで魔法の呪文ではないか。言葉が現実になるだなんて、にわかには信じられない。

『私は、付き合っていた恋人を傷つけてしまいました』

篠宮さんが震える手でペンを握る。

『くだらない、取るに足らない言い合いだったんです。同棲していて、喧嘩してしまうことは何度もありました。でも、今回だけは違ったんです。私は、この呪われた舌で彼を罵りました』

ぽた、と涙が紙の上に落ちて滲むように広がる。

『喧嘩の途中、不機嫌そうにベランダへ向かった彼に、消えてよ、と怒鳴ったんです。もう顔も見たくないと。何も分かっていなかったんです。いつもの私の声ではありませんでした。罅割れたような、重く響く声でした。彼はベランダから消えました。下で誰かの叫び声がして、ベランダから下を見ると、彼が血まみれで道路に横たわっていました』

「死んだのか」

『重症ですが、生きています。両脚を複雑骨折して、背骨や頭蓋骨にも罅が入っていました』

ハンカチで涙をぬぐいながら、彼女は言葉を書いていく。

『救急車を呼んで病院へ急ぎました。それなのに途中で渋滞にはまってしまい、私は思わず運転手さんに叫んだんです。止まらないで、と』

どうなってしまったか、それを想像して血の気が引いた。

『運転手の方はアクセルを踏み続けました。信号も無視して、他の車にぶつかるのもお構いなしに病院へ走り続けたんです。病院に着くまで一度も車は止まりませんでした』

そういえば救急車が乗用車数台にぶつかる事故があったというニュースを見たような気がする。死者こそ出なかったが、確か二十人以上の負傷者が出た筈だ。

『私のせいです』

「悪態くらい誰だって吐く。アンタのせいじゃない」

彼女はまた固く目を閉じて、ポロポロと泣き出してしまった。無理もない。相談内容を聞く前段階のヒアリングで分かったことだが、彼女はこれまでに三度、自称霊能力者を名乗る人物に大金を支払い、騙されている。その詐欺師たちは口を揃えて、彼女の前世や生まれが悪いと責め立てたという。

「先程、人の呪いとは違うというようなことを言っていましたが、それはどういう意味ですか」

「そのままの意味。この呪いをかけたのは人じゃない。まぁ、親父さんにバチが当たったんだ。その残ったツケをこの人が払わされてる」

「バチ？　神様のバチが当たるっていうアレですか」

眉を顰める私に、彼は至極真面目に頷く。

「仏じゃないんだ。神は祟る」

祟られたのはアンタの親父さんだよ、と桜さんは続ける。

『父は開発事業部の責任者でした』

「失礼ですが、お父様は？」

『半年ほど前に事故で亡くなりました』

「ああ、家系に祟るやつか。厄介だな。まずは親父さんが何をしたのかを視てみないと。親父さんの部屋からかな。ほら、車出してよ」

「篠宮さん。早速ですが、御実家に伺っても？　お母様に先に事情を御説明しておいた方がよいかと」

『数年前に離婚して別々に暮らしていますから、実家は空き家になっています』

「話が早くて助かるな」

デリケートに欠ける発言をした桜さんに、思わず言葉を失ってしまった。

○

篠宮さんの御実家は高速道路で一時間ほどの閑静な住宅街に居を構えていた。

どこにでもあるような住宅地、整然と似たような家が一列に並ぶ様子はいかにもバブル期の街づくりという印象を受けた。庭の植物は全て枯れ果て、中途半端に下ろされた雨戸がカタカタと音を立てる。外壁の塗装も剥がれ落ちている箇所が多い。かつては、ここに幸せな家庭の営みがあったのだと思うと、胸が締めつけられるような思いがした。

「建売なのに、ここだけ周りの家より少し大きいんだな」

言われてみれば、確かに少し敷地が広いようだ。

『父が開発に携わったので、その為かと』

手帳に書かれた篠宮さんの文字から、亡くなった御父上の為人がなんとなく分かったような気がした。

玄関のドアの鍵を開けて中へ入る。がらんとした殺風景な様子を想像していたが、玄関の調度品も照明もそのままだった。家主が亡くなって半年ほど経過しているのに、まるで片付けている様子がない。

『父の遺品整理も終わっていなくて。散らかっていてすいません』

「いいえ。お気になさらないでください。無理を言って押しかけたのはこちらなのですから」

居間の家具や調度品を見る限り、かなり裕福な家庭だったらしい。廊下の壁にかけられた絵画も保存状態は悪いが、レプリカではない本物の油絵だ。

「お父様は芸術に関心があったのですね」

『父はそういう人ではありませんでした。きっと投資だったのだと思います』

二階への階段を篠宮さんが先導して、その後に桜さんが続く。二階の廊下の突き当たりの部屋が御父上のものらしい。一枚だけ他の部屋の扉と材質もデザインも違う。

「無垢材の扉に、真鍮のドアノブ。こだわっていますね」

『父の書斎には、ほとんど入ったことがありません。仕事の資料もあるので立ち入らないよう固く禁じられていました』

ドアノブを回すが、しっかり鍵がかかっている。

「合鍵はお持ちですか？」

『父の遺品の中にあった鍵は、全て持ち歩いています』

差し出された四本の鍵。それを一つずつ鍵穴に差し込んでいくが、そのどれも合わない。

「この中に合鍵はありませんね。他に心当たりはありませんか」

彼女は少し思案したが、困ったように首を横に振る。

「仕方ない。蹴破ろう」

桜さんがそう言って、篠宮さんの顔を窺い見る。事情を察した彼女も渋々頷いた。

「よし」

私が止める暇もなく、彼が扉を勢いよく蹴りつける。しかし、何度やっても分厚い扉はびくともしない。

「変わりましょう。そうやってドアの中央を蹴ってはダメです。こういう時はドアノブの下を蹴らないと。鍵のかかっている金属部位だけ破壊すればいいのです」

「蘊蓄《うんちく》は、いいから。さっさと、してくれ」

ぜぇぜぇ、と肩で息をしている桜さんを脇にどけ、体重を乗せて蹴りを放つ。コツは踵で踏み抜くように蹴ることだ。

勢いよくドアが向こう側へと開き、壊れた金具が床に転がる。本で読み齧った程度の知識だったが、これほど上手くいくとは思わなかった。案外、私には格闘技の才能があるのかもしれない。怪異関係で役に立たない分、対人戦に備えるべきだろうか。

「申し訳ありません。これは後程、弁償致します」

『いいえ。どうせ取り壊すつもりでしたから』

書斎は左右どちらにも天井まで届くほどの本棚が並び、壁を埋め尽くしている。奥の窓に背を向けるようにして執務机があった。机の上のライトやパソコンは埃が積もっているものの、どれも一流の品ばかりだ。

「凄いバインダーとファイルの量だな」

「年代順に整理整頓されていますね。おそらくは電子化したものもパソコンに保存されているのでしょう。有能な方だったのが窺えます」

「仕事人間って奴だ」

「どうしますか。これは時間がかかりますよ」

「いや、多分見つけた。確認してくるから、ちょっと待ってて」

そう言って右奥の本棚にスタスタと歩いていく彼を眺めながら、篠宮さんが手帳を私へと見せる。

『本物の霊能力者に、初めて会いました』

「分かります。正直言うと、私も彼が初めてです。ですが、彼自身はそう思ってはいないようでして。ただ視ることしかできないと頑ななんです」

『お二人は、一緒にお仕事をして長いのですか?』

「いえ、ようやくお互い仕事に慣れてきた所です。私も対策室に配属されて、それほど経っていませんし、まだまだ手探り状態です」

依頼人にこんなことを言うのも不安にさせてしまうかと思ったが、安易に嘘をついて誤魔化す方が信頼を失いかねないと判断した。これまで詐欺師とばかり会ってきた彼女に虚偽を言うのは決して良い結果にはならないだろう。

『恐ろしくはないのですか』

「……恐ろしいですよ」

私たちが何気なく暮らしている普段の生活のすぐ隣に、暗がりの中に潜むように怪異は息づいている。かつての私がそうだったように、殆どの人がたまたまそうした隣り合うものに気づかないでいるに過ぎない。見えないからと言って、存在しないとは限らないのだ。

「しかし、恐ろしいからと言って職務を放棄してよい理由にはなりません。特別対策室はそうした常ならざる脅威に遭遇してしまった方にとっての命綱であるべきです。それに合理的に考えて、利益追求を是としない行政がそうした事象を解決するのは至極当然のことでしょう」

『父は、何をしたのでしょうか』

「現状では私にはなんとも。ただ、彼にはそれも視えているのだと思います」

大野木さん、と桜さんがこちらに手招きする。

「ここの上から二段目の棚。青いバインダーだ」

「これですね」

バインダーの背表紙にはタイトルの上から『開発中止』と赤文字が引いてある。手に取って机の上で広げると、書類が束になって挟んであった。事業計画から開発の経緯に至るまで子細に書かれている。

「多分、その中に何かある筈だ。ざっと目を通してみて」

「どうして、このバインダーだと？」

桜さんは一瞬だけ目を伏せてから、気まずそうに頭を掻いた。

「アンタの親父さんがさ、この本棚の下に立ってる」

篠宮さんが悲鳴を抑え込むように口に手を当てた。

私たちには何も見えないが、彼にはその様子がはっきりと視えているのだろう。

「誤解しないで欲しいんだけどさ、ここにいるのは残響みたいなものだ。あんたの親父さんの魂そのものが残っている訳じゃない。なんて言えばいいのか。焼きついた影みたいなもんだよ」

抽象的な表現だが、妙に的を射ているような気がした。

「分かりました。目を通してみましょう。暫しお待ちを」

バインダーに綴じられた書類にざっと目を通していく。どうやら外資企業と提携して県北の山岳地帯にスキー場などのリゾート施設を作ろうとしたらしい。確かに県北の山岳地帯は不自然な程これまで開発が進んでいなかった。県庁の街づくりにも、その名を連ねたことがない。

資金も潤沢。根回しも早くて適切だ。しかし、計画は頓挫してしまった。

そのきっかけは現地測量の為に山へ入った作業員たちが次々と行方不明になったことだった。測量の為に山へ入ると、決まって行方知れずになり、翌日になると何もかもを忘れて山から下りてくる。そういうことが何度も続き、とうとうどこの土木建築業者も現場に近づかなくなってしまった。

地域住民の反対も次第に大きくなり、その対応にも追われていたようだ。上層部からの圧力と差し迫る工期に苦しんでいただろう。

「この山は地元住民の信仰が特に厚い地域だったようですね」

報告書の中には、開発の目玉でもある高級ホテルの開発予定地に流れる川を潰すことを反対した地域住民の運動があった、と忌々しく綴られている。写真が数枚綴じられ、そこには美しい渓谷と、苔生した石を組んだ社が写されていた。数人の作業服を着た男たちが社を解体する光景、傍らには大きな丸い白っぽい石が砕け散って転がっている。その石にはどうやら文字が彫られていたようだが、写真の角度ではよく見えない。

「これは……」

「御神体だな。こいつら、川の神を祀る社を崩して、中にあった御神体を投げ捨てて砕いたのか」

馬鹿じゃねぇの、と心底呆れた様子で呟く。

眼を覆いたくなるような所業に絶句する。信仰を捨てさせる為か、それとも単純に嫌がらせのつもりだったのか。どのような意図があったにせよ、これはどう見てもやりすぎだ。

『神様も、やっぱりいるのでしょうか』

「いるとか、いないとかの話じゃねーだろ。誰かが大切にしてきた場所をこうやって壊すのは野蛮っていうんだ。アンタの親父さんがやったのか、指示したのかは知らないが、アンタを祟る原因はこれだよ」

篠宮さんが赤面して俯く。

「ちなみに神様はいるぞ。言っておくけど」

「そうなのですか」

「全知全能みたいな神様は知らんけど。畑に蓑や笠を着たすごい形のものは何度か視かけたことがある。稲刈りの後の畑とか行ってみろよ。運がよけりゃ、視えることもある」

いる、と断言されるとなんだかそら恐ろしくなる。桜さんは自分の視たものについて決して嘘はつかない。

「結局、開発計画は頓挫したようですね」

篠宮さんの御父上は責任を取らされただろうが、それについては知る術もない。

「どうしたら良いでしょう。新しい御神体を作って安置すれば解決となりませんか？」

「うーん。難しいだろうな」

「では、どうしたら良いでしょうか」

「悪いんだけど、ここから先は俺たちの力じゃどうにもならない。お手上げ」

篠宮さんの顔から血の気が引く。

「だからさ、少し力を借りようと思う」

「力を借りるとは言いますが、どなたに頼むのです？」

桜さんは少し気まずそうな顔をして、ため息を溢す。よっぽど気が進まないらしい。大抵のことはあっけらかんとしているので、こういうことは珍しい。

「……山で起きたことだ。帯刀老に頼むしかない」

「ああ。なるほど。それは名案です」

「普段の案件ならともかく、今回は事情が事情だ。重い腰を上げるかもしれない。あとは大野木さんの交渉次第じゃない？　まぁ、大野木さんはやたらと気に入られているから、門前払いってことはないだろ」

確かに帯刀老ならこれ以上ない人選だ。問題は、力を貸して貰えるかどうかだろう。

「万が一、門前払いをされてしまったらどうしますか」

「……その時は、もう柊さんに頭を下げて頼むしかない。ただ仮にも山の神やらが関わる案件だ。一体幾ら請求されるか分かったものじゃない」

何を大袈裟なことを言っているのか、と笑い飛ばしたい所だが、あの桁外れの成功報酬を考えればまるで笑えない。

「月賦払いではどうでしょうか」

「交渉してきなよ。蛙に変えられても知らないからな」

「ははは、まさか」

冗談だと思いたいが、彼女ならそのくらいはしてみせるかもしれない。

「とにかくさ。なんとかしてみるよ。ただ、アンタにも力を貸してもらうぜ。呪いを解く為には本人が行動しないとどうにもならないことが多いんだ」

篠宮さんは涙ぐんだ顔で頷いてみせた。

○

件の屋敷までの道中、篠宮さんは緊張の糸が切れたのか、後部座席に横になるとすぐに眠り込んでしまった。心なしか、喉元の痣が、少し広がっているような気がする。

「篠宮さんは大丈夫でしょうか」

「平然としているように見えるけど、あれはかなり痛む筈だ。もう何日もまともに眠れていなかったんじゃないかな」

痛みがあるのか。時折、強張った表情をしていたのはその為なのかと思うと胸が痛んだ。

「父親の罪と子どもは関係ないでしょうに」

「それは人間の理屈。血の繋がりってのは俺たちが思っている以上に深いんだ。親の因果が云々っていうよりも、血を辿って影響が出ちまうんだろうな」

助手席で欠伸をしながら、千早君が眠たげに言う。

「俺さ、帯刀老の下に弟子入りする前に山の神ってのに遭ったことあるんだ」

「山の神、ですか。どうでしたか」

「なんて言うのかな。人間の手に負えるもんじゃなかったよ」

言葉の通じる相手じゃない、とうんざりした様子で呟く。よほど酷い目に遭ったのだろう。

「どんな姿だったか、聞いても良いですか？」

「半神半獣」

「はい？」

「半分神様で半分獣なんだよ。いや、人と獣の混じりもの？　いや、全部が全部そうって訳じゃないと思うけど。正体というか、本性はそういうものなんだろうな」

そう言われてみれば、確かに古代の神話における神々というのは、世界中殆どの場合が人と獣が混じり合った姿で描かれているケースが多い。古代エジプトの神々然り、古代インドのハヌマーンや、古代中国における神仙も元々はそういう半神半獣の姿で描かれていたという。

「柊さんが言ってたよ。神に真なる姿なんてないし、姿形は本質じゃない。人だけが、獣じゃなくなった代わりに神様にもなれなくなったんだって」

獣の方が神に近い、というのはなんとなく分かるような気がする。

「悪い。話が逸れたな。なんでこんな話になったんだっけ」

「いいえ。構いませんよ。有意義な考察でした」

しかし、考えれば考えるほどそんな存在からかけられた呪いを解く術があるのだろうかと思ってしまう。これがホラー映画なら首を突っ込んでしまった私たちまで犠牲者になって終わりだろう。私のような無力な地方公務員などは序盤であっさり死んでしまうのが定石だ。

国道を抜け、県北部の山間部に入ると、急に車の調子がおかしくなってしまった。出してもいないウインカーが点滅したり、ワイパーが急に激しく動き出したりしてしまう。

「大野木さん。車を止めてくれ」

「しかし、まだ屋敷までかなり距離がありますよ」

「多分、山へ入れたくないんだ。その辺りに車を寄せて。これ以上先へ進むとまずい。川へ引きずり込まれるかもしれない」

いつになく緊張した横顔を見て慌てて車を路肩へと寄せる。

「大野木さんは運転席にいてくれ」

「いえ、私も行きます」

「女の人を一人にさせるのかよ。落ち着けよ」

言い聞かすようにそう言われて、自分が動揺していることを自覚せずにはいられなかった。なんとも言えない嫌な予感に、胸の奥に重い鉛が落ちたような心地がする。

「……気をつけて」

「へいへい」

雨は既に上がって久しいが、傍を流れる川は連日の雨で増水して暴れ狂っていた。

桜さんは車を降りると、薄暗い道の先へと無造作に進んでいく。足を滑らせて川へ転落したら、片腕の彼が生き残れる可能性はまずないだろう。いや、あれだけ増水していれば誰が落ちても同じことか。

不意に、前方の街灯の下に朱色の和傘をさした着物姿の女性が現れた。温和な微笑みを浮かべた美しい女性が、親しげにこちらへ手を振る。

窓を開けて桜さんへ声をかけると、拍子抜けしたように彼が大きくため息をついたのが分かった。

「なんだよ、葛葉さんか」

「お久しゅうございます。少し大きくなられましたね」

「子どもじゃないんだから、そんなに背丈なんて変わらないだろ」

「お元気そうで何よりでございます。大野木様も息災のようで」

「ご無沙汰しております」

窓から顔を出して声をかけると、葛葉さんはいつものように微笑んでくれたが、こちらには近づこうとしなかった。

「ご主人様から言伝を持って参りました。『穢れを連れて御山へ足を踏み入れることは罷りならぬ』と」

予想だにしていなかった強い否定の言葉に、思わず言葉を失う。

「穢れってのは、篠宮さんのことかよ」

「残念ながら。祟りを受けた者を御山へ入れる訳には参りません。特に今はご主人様も万全ではないのです。抑えが利かなくなっては、万が一のこともございます」

「親が犯した罪に対して与えられた罰が、娘にまで障るっていうのは均衡が取れてないだろ」

「お気持ちは分かります。しかし、御山へは入ることはできないのです。無理に通ろうとすれば、命に関わります。その方にかけられた呪いは、生半可なものではありません」

万事休すだ。これではもう打つ手がない。山そのものに入れないのであれば、相談以前の問題だ。

「桜さん。どうしましょう」

「どうすっかな。でも何か方法を考えないとな」

頭を抱える私たちを見て、葛葉さんは可笑しそうに小さく微笑った。

「これはご主人様の独り言を、たまたま私が耳にしただけのことなのですが。曰く『破門したとはいえ、祟りの散らし方の一つや二つも覚えていないとは情けない』とのこと」

「そんなこと言われても、才能がなくってどれもまともに扱えな……。ああ、そういうことか。はは、なんだ。馬鹿だな、俺は」

「思い出しましたか？」

「ああ。一度、見せて貰ったことがあったたな。忘れてたよ」

「それは良うございました」

「ありがとう。葛葉さん、帯刀老にも宜しく伝えておいて」

「有り難うございました。後日、改めて御礼に伺わせて頂きます」

「ええ、お待ちしております。さて、名残惜しいことではございますが、私はこれにて失礼致します」

傘を肩に、くるりとその場で踵を返した瞬間、葛葉さんは街灯の下から忽然と姿を消した。

「よし。これでなんとかなりそうだ」

「本当ですか。いや、安心しました。一時はどうなることかと」

桜さんが助手席に乗り込み、シートベルトを締めようとして急に顔を顰める。後部座席を見てから、いつになく青ざめた顔をこちらに向けた。

「どうしたんですか。そんな顔をして」

「大野木さん。篠宮さんがいねぇんだけど」

「え？」

慌てて後部座席へ目をやると、横になっていた筈の彼女の姿がなくなっている。後部座席のドアが僅かに開いていた。

「見張ってなかったのかよ。いや、それは俺もか」

「すいません。私の責任です」

「落ち込んでる場合じゃねえ。探しに行こう。徒歩なんだ、まだその辺りにいる筈だ」

車を降りると、増水した川の水がさらに勢いを増したように轟音をあげながら、猛烈な勢いで流れていく。万が一にも、篠宮さんが足を滑らせて川へ落ちていたなら。そう思うと、全身の血の気が引いていくような思いがした。

立ちすくむ私の肩を、叱咤するように桜さんが叩く。

「大丈夫。川には落ちてない」

青く燃えるような光を宿す右眼が薄暗闇に揺れていた。

「残穢《ざんえ》って呼べばいいのかな。泥のようなものが足跡みたいに続いているのが視える。これを辿っていこう。多分、夢現のまま車を出たんだ。連れていかれようとしているのかもしれない」

連れていく、という表現に背筋が震える。

「間違いない。この奥だ」

桜さんの視線の先には、鬱蒼と木々の生い茂った夜の森がその口をぽっかりと開けていた。この辺りは手つかずの原生林が多い為、昔から禁足地として知られている地域だ。

森の奥へ目を凝らすと、薄闇の奥で何かが動いているような気がしてならない。

「本当に行くのですか。ついさっき山へは入るなと警告されたばかりではありませんか」

「ああ。だから、ここから先は俺一人で行く。大野木さんは車で待機。危ないからな」

危ない、と断言するような場所へ単身足を踏み込んで行こうとする。

「待ってください。私も行きます。これも仕事ですから」

バッテリーは充分に溜まっているはずなのに、点滅する懐中電灯を震える手で握り締めた。

●

父は利己的な人間で、およそ善人と言えるような人ではなかったように思う。

人の価値というものは葬式の様子で分かるなんていうけれど、もしそれが本当なら父は孤独な人間だったのだろう。参列者は仕事関係の人ばかりだった。友人も来なければ、普段からよく話していた会社の人間は誰一人としてやって来なかった。

誰も父の死など悼んでいない。なんの感情もこもっていないお悔やみの言葉を機械的に吐く参列者に、何度も頭を下げなければいけないのが辛かった。

私にとって、父はそれほど悪人だとは思えなかった。子どもの頃はよく遊んでくれたし、相談にも乗ってくれた。仕事で出世してからは家族で出かけることさえなくなってしまったけれど、それでも父のことは嫌いにはなれなかった。

父はどんな人だったのだろう。

家族を顧みず、仕事ばかりしていた父。会社の内外を問わずに嫌われて、とうとう最期には神様に祟り殺されてしまった。同情の余地なんてないのだろう。葬儀の時、誰かが話していたのを私は聞いてしまった。父がこうして死んだのは、当然の報いなのだと。

確かに父の死は、ただの事故だと片づけるには少し奇妙だった。

警察の方の話では、父は真夜中の高速道路を制限速度を遥かに超えるスピードで暴走し、トンネルに差しかかったところで壁に激突。車は三分の一にまで圧縮されたように押し潰されてしまった。ドライブレコーダーには延々と父が誰かに謝る声が残っていたという。

父は何を謝っていたのか。

誰に謝っていたのか。

それが、今なら少しだけ分かるような気がした。けれど、その謝罪の言葉すら、自分可愛さの為のものだったのだろう。

気がつくと、私は霧がかった森の中に一人で立ち尽くしていた。

一瞬、何が起きたのか分からずに頭が混乱する。まるで夢の中のようだが、白く煙る霧の湿度は紛れもない本物で、そんな場所にただ一人でいることに恐怖を感じていない自分が不思議だった。

一晩中、夢遊病の患者のように森の中を歩き回っていたのだろうか。

桜さんと大野木さんは何処へ行ってしまったのだろう。あの二人と車に乗って、いつの間にか眠ってしまったらしい。川のそばの道で車が止まったような気がするのだが、その後のことが思い出せない。

記憶が曖昧だ。頭の中に靄がかかったように判然としない。

時折、喉から胸にかけて走る痣が刺すように痛んだ。シャツのボタンを外して胸元を広げると、亀裂のような痣が心臓のすぐ近くにまで迫っていた。

なんの根拠もないけれど、漠然と、これが心臓に達したら死ぬのだと分かる。

神様がかけた呪い。祟りだというが、父の犯した罪はそれほど重かったのだろうか。

いや、真実重かったのだ。だからこそ、父が背負いきることのできなかったものを、私がこうして背負っているのだから。

彼には悪いことをしてしまった。私のような恋人のせいで大怪我をして、きっと恨んでいるだろう。傷つけるつもりなんてなかったのに。

もしも生きて帰れたなら、彼を支えて生きていきたい。彼がそれを許してくれるのなら。

柔らかい風が吹いて、靄がにわかに晴れていった。

苔生した地面、鬱蒼と生い茂った木々の先に小さな泉が見える。水が湧き出ているのか、澄んだ水面が沸くように揺れていた。そこに何かが横たわっている。

なんと表現したらいいだろう。

羽毛を生やした白樺のような蛇。あるいは翼と足のない鴉か。私の知る動物の姿を混ぜ合わせたような姿に言葉を失う。ただ一つ、その額から伸びる長く尖った角は神話に出てくる一角獣のそれそのものだ。

眠っているのか。それは微動だにしないまま、水の底で横たわっている。

これまで私の見聞きしたことのあるどんな神様よりも神々しくて恐ろしい。

一歩でも動けば、目を覚まして私を見つけるだろう。

そうなれば、どうなるかは想像するまでもなかった。

その時、背後で誰かが滑り落ちる音がした。振り向くと、全身泥だらけになった桜さんと大野木さんが息を切らして斜面の下に倒れている。まるで一晩中、山の中を駆けずり回ったような有様に、思わず泣きそうになってしまった。

手を振って私へ声をかけようとした大野木さんの口元を、桜さんが慌てて塞ぎ制止する。それから私の前方にいるものを指差すと、大野木さんの顔からみるみる血の気が引いていった。

桜さんがなるべく音を立てないようにしながら、ゆっくりとこちらへ近づいてくる。右眼がまるで鬼火のように青く燃えている。

「呪いを解く方法を思い出した。正直、上手くいく保証はない。それでもやるか？」

どうしてそんなことを聞くのか。

目の前まで来た彼は、目を逸らさずに真っ直ぐに私を見ている。よく見ると顔のあちこちに、枝葉でやられたと思われる切り傷があり、うっすらと血が滲んでいた。ない筈の右腕が、青く透明に光っている。

彼は何も言おうとしない。それはきっと、私自身に決めさせる為なのだろう。怖がっている場合ではない。これは今、私が行うべき贖罪なのだ。

震える両手を強く握り締め、一度だけ大きく頷いた。

「分かった。いいか？　よく聞けよ」

そう前置きをしてから、呪いを解く方法を私の耳元で囁くように伝えた。

一瞬、意味が分からなかったが、ようやく彼の言いたいことが理解できた。

「この際、上手い下手は二の次だ。心を込めてやってくれ」

逡巡している暇はない。

呼吸を整えて、大きく息を吸い、咽喉を開き、心を込めて——歌った。

春の歌だ。

幼い頃に習い、大好きになった春の歌。

母がいて、父がいて。家族三人、手を繋いで歌った歌。

春の訪れを喜び、讃える歌。

――呪言、口にしたことが悉く真実となる呪い。

けれど、この歌には誰かを呪うような歌詞などは一片もない。

花々よ咲き誇れと願う言葉を音と共に紡ぐ。

愛しい日々を思い返すように。

いつの間にか、声が色を帯び始めていた。音に乗って言葉が蝶のように舞い、辺りへと翔んでいく。木々の枝に、まだついたばかりの蕾に次々と留まっていく。

声が咽喉から翔んでいくたびに、痛みが薄らいでいくのを感じた。

春よ、春よ、と捧げるように歌う。

歌を奉納するように。

やがて、それに応えるようにあちこちの木々の蕾が緩み、次々に咲き始めた。白梅に紅梅、山桜の花弁が開いていく。そして、歌が終わる頃には泉の淵にある大きな藤の木が、その花を狂い咲かせていた。

紫の小さな花弁が、朝陽を受けて光を弾く様子は言葉にならないほど美しい。

歌い終えて泉へと目をやると、そこにはもうあの美しくも恐ろしい神様の姿はなくなってしまっていた。苔生した泉の底から清水が静かに湧き出ているだけ。

「いなくなった訳じゃない。見えなくなったんだ」

「でも、私まだ許して貰っていません」

「謝罪には及ばないってことなんじゃねぇの。よっぽどアンタの歌が気に入ったのかもな。その証拠に、もう普通に会話できているだろ？」

そう言われて、ようやく私は自分の喉に感じていた痛みも、舌の異変もすっかり消えてしまっていることに気がついた。胸元に目をやると、あの蔦のように伸びた痣もほとんど消えかけている。そっと指で触れると、まだ喉の辺りには肉割れのようなものがしっかりと残っていた。

美しい藤の花を見上げながら、呆然と立ち尽くしてしまう。こんなに呆気なく終わるだなんて。

大野木さんが疲労困憊といった様子でこちらへ駆け寄ってきてくれた。

「篠宮さん。ああ、良かった。ご無事で何よりです」

「すいません。ご迷惑をおかけしてしまって」

「全くだ。山の中を夜通し探し回ったんだぜ。大野木さんなんか何度、すっ転んだことか」

「今その話をする必要ありますか？」

スーツのあちこちが破れてしまっている大野木さんを見て、私はとにかく頭を下げた。二人が私を見つけてくれなければ、一体どうなってしまっていたのだろう。

「桜さん。父の罪は、許されたのでしょうか」

私の問いかけに、桜さんは少し考えてからなんとも言えない顔になった。

「御神体を破壊した罪についてだけ言うなら、親父さんが報いを受けた。それでおしまい。娘の篠宮さんは試されたんじゃないかな。呪言は力を持った言葉そのもので、それ自体には善悪なんてないんだ。悪用する奴は人を呪うし、善行に使えば言祝ぎになる。アンタはその力で誰も故意に傷つけなかった。それが全てだと思う」

「……そういうもの、なんでしょうか」

「そういうもんだよ」

間もなく夜が明ける。

朝が来て、一日が始まる。

でも、昨日と同じ一日は二度とやってこない。今日という一日が、もう二度とやってこないように。

山を下りたなら、もう一度生まれ直した気持ちで生きていこう。

巻き込んでしまった、私が傷つけた人たちに償いをしなければ。

やるべきことは、沢山ある。

前向きに、けれど自分の罪は自身で背負って生きていくのだ。

行李

夏の初め。大学の先輩からバイトを持ちかけられた。

その先輩は女漁りをする為に在籍しているような、学生とは名ばかりの人物だったが、とにかく羽振りがいい。およそ学生とは思えない豪快な遊び方をしていた。大勢の女子を集めてあちこちの店をハシゴしたり、とても口には出せないような遊びもしていた。お世辞にも善人とは言えない小悪党だが、適当に相槌を打って、彼の傍にいるだけで女にも酒にも苦労をしない。

人生、世渡り上手が得をするのが常だ。

「四時間で三万も稼げるちょろい仕事がある。どうだ、手伝う気はねぇか」

バイト先が閉店してしまい、今夜の食事にも困っていた私はすぐに先輩の話に食いついた。

しかし、四時間で三万円というのは破格の給金だ。まず、まともな仕事だとは思えない。流石に犯罪ではないだろうが、万が一ということもある。用心に越したことはない。いざとなれば逃げ出してしまおうと密かに決めた。


当日、間もなく太陽が沈もうかという頃に先輩が迎えにやってきた。

愛用している派手なスポーツカーではなく、何処かで借りてきたらしい軽トラック。錆があちこちに目立つ荷台には、畳んで紐で縛ったビニールシートが端の方に固めて置いてあった。隙間から泥のついたスコップの先端が出ているのが、妙に気にかかる。

「お疲れ様です」

わざとらしいくらい大きく頭を下げるのは、先輩がこういう持ち上げられ方を好むからだ。

「おう」

車の窓から横柄な態度を取る先輩は、いつになく表情が硬い。

「誘って頂いてありがとうございます。今日はどんな仕事をするんですか」

煙草を口に咥えたまま、鋭い眼光で睨みつけられる。

「別に大したことじゃねぇよ。やることは毎回違うんだけどな。前回はどこぞの骨董店に着物を売り払いに行ったっけ。まぁ、要は金持ちの道楽に付き合ってパシリをやっているだけだ」

金持ちの道楽、という言葉に不穏なものを感じたが、笑みは崩さない。

「口封じも含めてるんだろうよ。口外するな、といつも厳しく言われてるからな。屋敷に行く時も決まって陽が沈んでからだ。昼間には訪ねてくるなって厳しくてな」

「なんだか気味が悪いですね。ヤクザですか？」

「さぁな。別にどうでもいい。そんなことよりも、今日は力仕事らしいからな。覚悟しとけよ」

助手席に乗り込みながら、先輩の顔が青ざめているように見えて仕方がない。

道中、先輩は殆ど口を開かなかった。いつもなら自慢話や武勇伝をうんざりするほどしつこく話してくるというのに。黙ったままハンドルを握り、こちらの話にも適当な相槌しか返してこない。

車は国道を通って近衛湖《このえこ》の方へと進んでいくと思ったが、途中から県道へと降りる。どうやら目的地は屋敷町らしい。なるほど、あそこなら金持ちも多いだろうと一人で納得した。

雇用主は屋敷町の片隅、小高い丘の上にある竹林、その先に大きな屋敷を構えていた。

どこか薄暗い印象のある屋敷で、なんだか酷く気味が悪い。風に揺られて擦れ合う笹の音が、まるで誰かの囁き声のようだった。

固く閉じた門前には、提灯を持った着物姿の老人が立っていて、私たちを値踏みするかのように鋭く見ている。

「くそっ。もう出てきてやがる」

悪態をつきながら先輩が玄関脇に車を停め、慌てて運転席から降りる。

「すいません。お待たせしました」

頭を下げる彼にならって、私も頭を下げた。ちらり、と窺い見ると、黒く変色した木製の表札には『木山《きやま》』と彫られている。

骨のように白い髪を頭の後ろでうろんげに結ぶ老人は痩せこけていて、まるで骸骨のようだ。その両眼だけが生気に満ちてぎらついている。狼のように獰猛な瞳に、思わず目線を逸さずにはいられなかった。

「挨拶はいい。先にこれを荷台に積んでくれたまえ」

老人は厳しくそう言って、足元にある大きな行李《こうり》を指さした。一抱えはあろうかという大きさだが、随分と古めかしい。行李は封をするように荒縄でぐるぐる巻きにされていて、およそ解くことなど考えられていないようだった。

「分かりました。おい、そっち持て」

「はい」

「落とすなよ」

抱えようとすると、ギョッとするほど重たい。何を入れたらこれほど重くなるのか。持ち上げようとして、行李の中で何かが激しく身じろぎ、思わず悲鳴をあげてしまった。どさり、と行李が地面の上に転がる。

その瞬間、頬に衝撃と痛みが走った。殴られたのだと理解するのに数秒かかった私の胸ぐらを先輩が掴み上げる。

「何やってんだよ！　ふざけてんじゃねぇぞ」

「すいません。でも、あの、これって……」

何かが動いたのだとは言えず、口を噤《つぐ》むしかない。

「無駄口はいい。とにかく積め」

すいません、そう謝ったものの、やはり行李は重たく、車の荷台へ持ち上げるのは一苦労だった。先ほどの生々しい感触を思い出して、思わず指先が震える。

あの感触は、どう考えても人間だった。

行李を積み終えると、老人が懐から取り出した巻き煙草を差し出してきた。

「ご苦労。吸いたまえ」

「いえ、私は」

喫煙者ではないが、先輩の見ている手前、ここで受け取らないのもばつが悪いので仕方なく煙草を受け取る。咥えるとマッチを擦って火を灯してくれた。

「君は煙草は嗜《たしな》まないようだが、これはその辺りで売られているような安物とは物が違う。肺には入れずに、ふかして味を楽しむものだ。試してみなさい」

観念して煙を吸うと、口の中を甘い煙が満たしていく。鼻腔から芳しい香りが抜け、舌先が酔ったように痺れるのを感じた。頭の中がふわりと浮かぶような酩酊感に驚く。

そんな私を見て、同じように煙草を咥える先輩が笑った。先輩は慣れた様子で煙を吐いて、どこか夢見心地といった風である。

「あの、これは麻薬か何かですか？」

煙を燻らせながら老人が歪《いびつ》な笑みを浮かべた。

「君は若い癖に、野暮なことを言うのだな。不真面目で欲望に忠実な彼とは随分と違う。臆病で、保身に走りがちなようだ」

馬鹿にされて苛ついたが、面と向かって憤慨するほど馬鹿ではない。私はいつものようにヘラヘラと笑って受け流そうとしたが、老人はそんな私の態度を嘲笑うように大きく煙を吐いた。提灯の明かりに照らされた紫煙がもうもうと男を包み込む。

「行李の中身が気になるかね」

試すような物言いに、私は首を横に振った。

「いいえ」

老人はくっくっ、と顔を歪めて笑う。髑髏《どくろ》がカタカタと笑っているみたいだった。

「恐ろしいのだろう？　正直に言いたまえよ。隠さずとも、私には君が酷く怯えているのが分かる」

痺れるような甘い味に頭がぼうっとしてきたように思う。もうこれ以上は吸ったらいけない、そう思いながらも口から煙草を離せなかった。

「この行李を指定する場所へ捨ててきて欲しい。私が望むのはそれだけだ」

「不法投棄をしてこいというんですか」

「心配せずとも、その辺りは私の土地だ。君たちは指定する場所へ向かい、ただその行李を捨ててくればいい。報酬は前金で払おう。文句はあるまい」

封筒を袂《たもと》から取り出すと、まだ煙草を吸うのに夢中になっている先輩に手渡した。先輩は恍惚とした表情のまま、口の端から涎《よだれ》を溢《こぼ》している。

「それと、友人や知人に今夜のことを話してはいけない」

忠告だ、と老人は腕を組んで低い声で言う。

「私は口の軽い人間を信用しない。逆を言えば、どれだけ利己的で薄情だろうと、口が固ければ共に謀ることができようというものだ。秘すべきことを余人に話せば、その口がたちどころに裂けてしまうぞ」

楽しげに咽喉を鳴らす老人の様子に鳥肌が立つ。恐ろしさのせいか、僅かに頭にかかった靄が晴れたような気がした。反射的に煙草を足元へ捨てて踵で踏み潰した瞬間、自分が酷く勿体無いことをしているような気がしてならなかったが、それもやがて何も感じなくなる。

「地図を書いておいた。少々入り組んではいるが、山に入ってしまえば一本道だ。川を越えたなら迷うことはなかろう」

こんな所にこれ以上長居したくない。まだ煙草の煙に酔っている先輩の手を引いて、車へ乗り込んだ。

「先輩。行きましょう」

「ん？　お、おお。そうだな。仕事、仕事だ」

ハンドルを握らせていいものかとも思ったが、ここで揉めるような事態になるのは避けたい。それに万が一、先輩が事故を起こしてしまったとしても同乗者の方がまだマシだ。

「縁があればまた仕事を頼むだろう。くれぐれも行李の中身を確かめようなどとは思わぬことだ」

それと、と老人がつけ加える。

「やはりもう煙草は止めた方がいい。健康を損ねてしまう」

先輩はにへら、と笑って頭を下げた。

にじり出るように車が発進する。バックミラーを覗き込むと、提灯を持った老人が歪な笑みを浮かべて私たちのことを見ていた。

○

指定された場所は車で一時間程の県境にある山奥で、『私有地につき立ち入り禁止』と書かれた立て札を幾つも見かけたが、どれも殆ど朽ちかけていた。あれではよほど注意していなければ見落としてしまうだろう。

ハンドルを握る先輩は、仕事はもう終わったとばかりに上機嫌に煙草を吹かしている。いつも吸っている愛用の煙草だが、さっきあの老人から貰った煙草に比べたら酷くつまらない。

舗装されていない山道を軽トラックで跳ねるように走っていく。ヘッドライトの光が、薄暗い森の闇を裂くように前方を照らし上げた。

「なぁ、チョロいバイトだったろう。時給幾らって話だよ。やっぱり金持ち相手の仕事が一番だ。貧乏人相手の仕事なんざ馬鹿らしくてやってられねぇ。付き合うならああいう金持ちでないと」

いつもの軽薄な笑みを浮かべて、先輩は楽しげにケタケタと笑う。

「あの行李の中身、何なのでしょうか」

私がそう言うと、先輩に頭を小突かれた。

「おまえ、まだそんなこと言ってんのかよ。余計な詮索するんじゃねぇよ。大人しく従ってれば楽に金が手に入るんだからよ。機嫌損ねるようなことを言うんじゃねぇよ」

「でも、あの中身なんか動いてましたよ」

「知らねーよ。犬か猫でも入ってんじゃねーの？」

「あんなデカい犬や猫がいますかね」

不機嫌に舌打ちした先輩が、私の肩に強く拳を叩きつけた。

「だからさ、そういうのマジでやめろ！　金貰ってるんだから文句言うんじゃねぇよ。犬猫でも俺たちには関係ねぇだろ。馬鹿が。ビビってんのかよ。おまえ誘ったのは失敗だったわ」

先輩からすれば関係の継続が第一なのだろうが、犯罪の片棒を担いで前科がつく訳にはいかない。あの老人と先輩が捕まる分には構わないが、加担したと判断されては困るのだ。

「先輩。もしも、あの行李の中に入っているのが人間だったらどうするんですか」

「あ？」

「もしも死体遺棄の手伝いをさせられてるのなら警察沙汰になりますよ」

「は？　俺たち関係ねぇじゃん」

「共犯扱いされますよ。金銭も受け取っているんですから。当然、逮捕されます」

逮捕、という言葉を聞いて先輩の顔色が青ざめる。

「俺たちは頼まれたことをしているだけなのに、どうして捕まらなきゃいけねぇんだよ」

常識のない男だとは思っていたが、ここまで間抜けだとは思っていなかった。そんな子どものような言い訳が通じると本気で思っているのか。

「確認しましょうよ。先輩の言うように犬猫なら良し、万が一にも人間だったなら通報しましょう。自分たちも騙されたと証言するんです」

「それなら捕まらないんだな？」

「共犯にされるよりはマシです。ともかく現地に着いたなら、まず中身を確認してみましょう」

「そうだな。中身を確認するだけだ。木山さんには分かりっこねぇ」

先輩は自分を励ますようにそう言って、咥えていた煙草を灰皿でもみ消した。

それから暫くして、ようやく目的の場所に到着した。小さな赤い鳥居を潜って車を停め、すぐに行李を荷台から下ろす。二人がかりだったが、乗せる時よりは幾分か楽に下ろすことができた。

「なんだかすげぇ不気味な所だな」

先輩の言うとおり、随分と気味が悪い。こんな山奥にある小さな鳥居。赤く塗られている柱が、あちこち剥げ落ちてしまっている。鳥居の先には深い竹藪《たけやぶ》が続き、奥に小さな祠《ほこら》のようなものが見えた。人のやってこないような場所でいったい何を祀っているのか。

車のライトを浴びながら、行李の前に屈み込む。

「こんな所に何を捨てるつもりなんでしょうか」

「知らねーよ。いいから早く開けろ」

車のダッシュボードに常備していた先輩のナイフを借りて、行李を縛りつけている紐を断ち切っていく。何本もの紐で縦横に縛られており、全て断ち切るのには相当な労力を要した。

「固いですね」

「結び目も何もあったもんじゃないな。貸せよ」

先輩が乱暴にナイフを叩きつけて、最後の一本を断ち切った、その瞬間。僅かに蓋が浮いたかと思うと、行李と蓋の隙間から幾つもの指が生えるようにして現れた。

「うわっ！」

思わず飛び退き、尻餅をつく。立ち上がろうとするが、目が行李から離れない。

青白い指が蠢《うごめ》くように行李の蓋を内側から持ち上げようとしていた。少しずつ開いてゆく蓋を前に、見てはいけないと直感しながら、瞼が硬直したように微動だにしない。悲鳴をあげようにも、あまりの恐ろしさに息を吸うことすらできなかった。

閉じることも、逸らすこともできない視界の中で、それはゆっくりと行李の中から這い出ると、肩を震わせて立ち上がる。人の形をした青白い何かが、目の前に立っていた。

人間ではない。それには性器もなければ、頭髪もなく、体毛という体毛が一切存在しなかった。指先が地面に触れてしまうほど腕が長く、瞼を紐で固く縫いつけられている。酷く痩せこけているように見えて、その手足には強靭な筋肉が要所にしっかりと備わっていた。

口を開くと、血の臭いと、磯のような香りが鼻腔を貫く。

それは視えない目の代わりとでもいうように、鼻をくんくんとひくつかせて周囲を嗅いだ。そうして、私と同じように腰を抜かして立てないでいる先輩の方へ顔を向けると、獰猛な笑みを浮かべる。

どうして、と先輩は顔を引きつらせていた。

煙草の匂いだ。この化け物は匂いで相手を見ている。ついさっきまで煙草を吸っていた先輩の匂いを、こいつは感じ取ったのだ。

限界を迎えた先輩の絶叫が暗闇に弾け、夜の山に寒々とこだました。

腰の抜けた先輩は立ち上がることができず、めちゃくちゃに手足を動かして、その場からなんとか逃げようとしたが、その場でのたうつだけで、ほんの少しも逃げることには繋がらなかった。

先輩が私を見た。恐怖と哀願の入り混じったような顔が、怒りへと変貌していく。罵詈雑言が先輩の口から迸ったが、私は物音一つ立てないよう、息を殺す。自分だけは絶対に見つかりたくはなかった。

「なんで俺なんだよ！　誰か早くどうにかしろよ！」

先輩の叫びを無視するように、其《そ》れは長く大きな手を伸ばし、先輩の口へとねじ込んだ。上顎を掴み、それから乱暴に肩へと担ぎ上げる。あまりの勢いに先輩の身体が一度大きく跳ねて、骨が折れる音が響いた。首が奇妙な方向へと捻じ曲がり、それから全く動かなくなる。先輩の首は、おそろしいほど長く伸びており、蛇口を捻ったように目と鼻からおびただしい量の血がこぼれ出るのを、まるで映画のワンシーンのように呆然と眺めた。

殺されたのだ、と頭の何処かが冷静に判断した。

其れは、すっかり力の抜けた彼を肩に担いだままゆっくりと歩みを進めると、朽ちかけた鳥居を潜り、森の奥深くへと姿を消した。こちらには一瞥もくれずに。

やがて、森の深い闇の中から、骨を砕き、皮を剥ぎ、乱暴に肉を咀嚼する音が響いた。

ごつり、ごつり、と骨を食む音が耳にこびりついていく。

○

私は車へ飛び乗ると、無我夢中で車を走らせた。

どの道を通って帰ってきたのか。何一つ覚えていない。

気がつけば、アパートの玄関で横たわっていた。

頬に触れると、杉の葉がこびりついている。上着には赤黒い染みがあちこちに飛び散り、呆然とそれが先輩の返り血によるものだと考えていた。

先輩のトラックも消えてしまっていたが、もうそんなことはどうでも良かった。

それから暫くして、警察が私のアパートへやってきた。

先輩の家族が捜索願を出したらしい。私は警察から何度か事情聴取を受けたが、何も知らないと嘘を吐き通した。真実を話したところで信じて貰えないだろうし、幾ら捜したところで先輩が見つかることもないだろう。

普段から素行不良ということもあった為か、捜索は驚くほど早く打ち切られた。ほとぼりが冷めるまで私は暫く大学を休んでいたが、やがて復学して周囲から見れば以前と変わらない生活に戻ることができた。


それから半年ほど経ったある日のことだ。

携帯電話に見知らぬ番号から電話がかかってきた。いつもなら無視してしまうのだが、なぜか予感めいたものがあった。取るべきじゃない、そう思いながらも通話ボタンを押したのは自分でも分かっていたからだ。

『私のことを覚えているかね？』

その言葉に血の気が引いた。あの夜の出来事が脳裏を駆け巡り、煙草の匂いがにわかに鼻腔の奥に蘇る。

「木山さん、ですか」

平静を装いたかったが、どうしようもなく声が震えてしまう。

『覚えていてくれたのなら話は早い。また仕事を頼みたい。日が沈んだ頃に屋敷に来たまえ』

有無を言わさぬ様子に、思わず唇を噛んだ。

「ど、どうして私なんですか」

『決まっているだろう。君の先輩が使えなくなったからだよ』

私は心底恐ろしくなり、膝が震えた。忘れられる筈がない。あの夜の出来事はずっと私を苛み続けているのだから。

『私は待たされるのを好まない。貴重な時間を踏みつけられたような気持ちになる。許せないのだ。くれぐれも遅刻しないよう』

気をつけなさい、そう言って電話を一方的に切られてしまった。

私は呆然と立ち尽くし、逃げられないことを痛感した。

陽が沈むのを待ってから、屋敷町の外れにある木山氏の屋敷へと向かった。

竹林に挟まれた小路を歩きながら、あちこちの闇から何かがこちらをじっと見ているような気がして背筋が寒くて仕方がない。息遣いさえ聞こえてきそうな、それらの視線を無視して砂利を踏みしめるように歩き続けた。

屋敷へ着くと、門が開いていて庭がぼんやりと明るい。恐る恐る覗き込んでみると、石灯籠に灯った火が日本庭園を淡く照らし上げていた。

「時間通りか。ふむ、君は彼よりも優秀な男のようだ」

小さな池のふちに立つ木山氏はこちらに背を向けたまま、池に何かを撒いている。時折、池の水面が沸き立つので魚に餌をやっているらしかった。

「なんの御用でしょうか」

「そんなに遠くては話もできん。もっとこっちへ来なさい。なに、私は取って喰ったりはしない」

私は、という言葉に鳥肌が立つ。怯えるこちらを眺める木山氏が咽喉を鳴らして笑った。

「ビジネスの話をしようじゃないか」

隣に立って池を眺める。黒々とした水面が波打ち、何かが激しく泳ぎ回っているのが分かった。

私は木山氏の方を見なかった。着流しの袖から覗く骸骨のように細く、白々とした腕が禍々《まがまが》しい。

「行李を開けたろう」

「……はい」

「君が罪悪感を覚える必要はない。どちらにせよ、あの鳥居の傍に来れば封は解けるようになっていたのだから」

悪びれた様子もなくそう言った木山氏の横顔は平然としている。

「どういうことですか」

「あれは私が拾い、飼っていたものなんだが、成長して少々手に余るようになってしまった。縊り殺してしまってもよかったが、あんな生き物でも飼っていると情が湧く」

「だから山に棄てたのですか」

「棄てたのではない。返したのだよ。元々、あれは山にいたものだ」

「山に棲む化け物ですか」

私の物言いに、彼は首を横に振る。

「禁を破った人間の成れの果て。山の神に呪われたアガリビトだ。肉体は変貌し、もはや人とも呼べないが、呪いと引き換えに特別な眼を持つのだ。肉体を贄《にえ》に、特異な力を得る」

木山氏はそう言って、自らの眼球を指差した。

「私が欲しかったのはあれの眼球でね。摘出してしまえば、もう用はない。かつて目にした物を模倣しようとしたが、結局ものにはならなかった」

抑揚のない声でそう言って、池へ餌を投げる。ばしゃばしゃ、と音を立てて群がる魚を見ようともしない。

「あれは、なんなのですか」

「さて、なんなのだろうな。私はただの蒐集家だ」

分からんよ、そう冷たく言い放った。

「確かにあれは人を喰うが、好んで喰いはしない。人里に自ら下りてくることはないから安心していい。あれのテリトリーを侵す者に関しては、責任は持てないがね」

私はもうこれ以上、何も知りたくはなかった。ただ許されたい。それだけ。そのためならどんなことでもしよう。

「もう沢山だ。仕事の話だけ聞かせてください。今度は何を棄てればいいんですか。今度こそ、私も喰わせてしまうつもりなのでしょう？」

すると、木山氏は手を叩いて笑った。

「まさか。君を喰わせてしまう筈がないだろう。君にはやってもらわなければならないことがある。なに、今回のことは私にも責任がある。君の先輩があのように無残な形で人生に幕を閉じたのは、私のせいだ」

「何をしろというんですか」

「私が死んだら、そこの蔵を燃やして欲しい」

指差した先を見ると、そこには立派な土蔵があった。

「前金で全額支払おう。その代わり、必ず仕事を成し遂げてくれ。そうでなくては困る」

私は困惑した。

「意味が分かりません。どういうことですか」

「簡単なことだ。私が死んだなら、あの蔵に火を放ってくれればいい。これは土蔵の鍵だ。君に預けておこう。他の誰にも渡さないように」

受け取った鍵は、赤錆の浮いた古い鍵だった。

「病気なのですか」

「いいや」

そうして、木山氏は懐から分厚い封筒を取り出した。そのあまりの大金に気が動転する。これだけの大金の代価にさせられる仕事とはどういうものなのか。

「いつ死ぬか。それは私にも分からん。死ぬ予定もない。が、私は少しばかり深い闇を覗き込みすぎた。利用してやるつもりが、逆に良いように使われていたのだ。あれが招き、創る世界をこの目で見られないのは残念ではあるがね」

私には木山氏が何を言っているのか、何一つ分からない。いや、分かりたくもない。

「この蔵をいつか燃やせば良いのですね。それで全て終わるのですか」

「そうだ。君のような罪悪感を背負った、自分勝手な若者でなければ託せないこともある」

そう自嘲するように言って、再び池に餌を撒き始めた木山氏に背を向けた。

ぱしゃり、と背後で音がする。

振り返って池を見ると、そこには人の口をした白い魚が群れになって、黄ばんだ歯を剥き出しにして餌を取り合っていた。

◯

それから数年の月日が経ったある日、仕事から帰った私はテレビのニュース番組で木山氏が何者かに殺害されたのを知った。犯人は捕まっていないようだったが、そんなことはどうでもいいことだ。

翌日、私は仕事を有給で休み、約束を果たしに出かけた。

昼間にこの屋敷へやってくるのは初めてだった。屋敷の様子は以前とそれほど変わっていないように見えて、主人を失った屋敷には墓所のような冷たい暗さがある。

私は真っ直ぐに土蔵へ向かい、預かっていた鍵で南京錠を外すと、重い扉を苦労して開け、舞い踊る埃が落ち着くのを待ってから中へと足を踏み入れた。

「ああ、なんてことだ」

そして、言葉を失った。

湿った土と木の香りのする土蔵の中には、見覚えのある行李が床を敷き詰めるようにびっしりと並び、苦しげに蠢いていた。呻き声、爪の引っ掻く音、啜り泣く声。それらがあちこちで身じろいでいる様は悪夢そのものだ。

淡々と車へと戻り、持参したポリバケツの中身、ガソリンを土蔵の中へ丁寧に撒いた。苦しげに音を立てる行李や、骨董品のような物もあったが、全て見ないことにした。

どうせ全て灰になるのだから。

庭へ戻ってからライターの火を点け、蔵の床へと放り入れる。炎が舐めるようにして床と壁に燃え広がり、勢いよく轟々と音を立てて燃え始めると、無慈悲に行李を呑み込んでいく。

鈍く、くぐもった断末魔の悲鳴があちこちから聞こえたが、やがて静かになっていった。

背中を焦がす熱から逃れるように土蔵を離れる。中庭をぼんやりと歩き、池の縁へと立った。

空を見上げると、黒煙が曇天の空に立ち昇っていくのが見える。

「これでいいですか。私はこれで許されるんですか」

問いかけるように言った私の言葉に、答えてくれる人はいない。

背後に立つ首の折れ曲がった先輩は、あの日以来、何も言わない。虚《うつろ》な目をして私を責め続ける。

轟々と炎の柱となった土蔵を横目に唇を噛んだ。

藻で覆い尽くされた池の水面がにわかに波打ち、白々しい魚の鱗がぬらりと光ったような気がした。

夢蝶

近衛湖の畔にある古い洋館。

今でこそ法律で国立公園の近衛湖の畔には住居用の建築物は建てることができないと定められているが、戦前から此処に建ち続ける、この古い邸宅だけは例外だ。今では近衛湖の象徴とも言える存在となっているが、その詳細を知る者は殆ど残っていない。

洋館は高い鉄格子の柵にぐるりと囲まれ、門扉には分厚い年代物の錠前が幾つもかけられている。しかし、そうした堅牢な防備の中にある邸宅は長い年月によって風化し、朽ちかけていた。庭園は雑草に覆われ、罅割れた煉瓦の壁から伸びた蔦《つた》が四方へ根を伸ばしている。それでもなお、倒壊を免れているのは奇跡的だ。

どこぞの名のある富豪が別荘として建てたのだと、地元ではまことしやかに語られているが、あながち的外れでもない。何処の誰の別荘であったのか。そのことを私たちは知っていた。

「しかし、蒸し暑いな」

額から流れ落ちる汗を手で拭いながら、千早君が唸るように言う。

彼の言うとおり今日は朝から雨が降り、正午から急に晴れたので、湖の畔にいるとは思えないほど蒸し暑く、こうして立っているだけで汗が噴き出してくる。

「つーか、大野木さん。なんでよりにもよって、こんな猛暑日に仕事を請け負うんだよ。もっと涼しい時期にしてくれたらいいのに」

「お言葉ですが、千早君は年がら年中、季節について文句を言っていますからね」

夏は暑いと不平を言い、秋はすぐ腹が減ると口を尖らせ、冬は寒いと悪態をつき、春は眠いと部屋から出てこない。兎にも角にも外に出るのが嫌いなのだ。

「そんなことないだろ？」

「そんなことありますよ。それに今回は帯刀さんの遺産に関する怪異なのですから、いつもより迅速に対応すべきです」

「ちぇ。柊さんが勝手になんとかしてくれてると思ってたのに」

「変な所で似ていますね。きっと彼女も千早君に任せたと勝手に思っていらっしゃいますよ」

「とことん金にならないことはしない主義だからな」

かつての姉弟弟子の間柄だというが、彼らはお互いに干渉しないと決めているフシがある。実際、千早君も柊さんとは知り合いであることをずっと黙っていた。仲が悪いという訳ではないのだが、二人とも個人主義が過ぎるのだ。

師であった帯刀さんの苦労が偲ばれる。どういう経緯があったかは知らないが、最終的には二人とも破門されてしまい、結局誰も跡を継がないまま帯刀さんは亡くなったというのだから浮かばれない。

「千早君は、こちらに来たことは？」

「いや、聞いたことがあるくらいだな。戦後に迎賓館として建て直したとかなんとか。葛葉さんならその辺りの事情も詳しく知っているかもしれないけど。あるなー、ぐらいしか考えたことなかった」

「依頼人の方も同じように言っていました。特にこの洋館で噂話の類は聞いたことがないそうなんです。近隣の学生の間でも、そう言えば昔からある。ぐらいの認識だったそうで。とても一人で肝試しに来るような場所ではないと」

「でもそこにわざわざ来た馬鹿がいる、と」

「そういうことになりますね」

夏は特にこの手の依頼が多い。立ち入り禁止の場所に赴き、行方知れずになった。曰く付きの場所に忍び込み、気が狂った。どこかで聞いたような依頼が次から次へと舞い込み、もはや私の中では夏の風物詩のようにさえなってしまった。

今回の依頼もその例に漏れず、友人の制止も聞かずに一人で忍び込んだ後、障りに遭ったというものだった。

「つーか単純に疑問なんだけど。この柵、やっぱり人が通れそうな所ないよな？　どうやって屋敷に入ったんだ？」

「柵は乗り越えたそうです。屋敷には窓ガラスを割って入ったんだとか」

「は？　この柵を？　下手したら死ぬ高さだぞ？」

「はい。なので依頼をしてきた友人もまさか本当に侵入するとは思わなかったようですね」

「運動神経を兼ね備えた馬鹿か、恐ろしいな。で、その馬鹿を助けてくれと？」

「はい。なんでも肝試しから帰って間もなく、前触れもなく昏倒するようになり、今では日の殆どを眠っているらしいんです。体力の衰弱が激しく、今は入院しています。僅かに起きていられる時間を頂きましたが、殆ど何も聞けませんでした。ただ蝶が怖いと、ずっと怖い夢を見せてくるのだと言っていました」

「蝶？」

「はい。ですが、それ以外は全く覚えていないようで」

「へえ。なんでだろ。人ん家に勝手に忍び込むようなアホが、夢に見る程の罪悪感を持つとは思えないけど」

あんまりな言い方だとは思うが、否定はできない。罪の意識を強くもつ人間ならば、そもそも侵入禁止の場所へは行かない。

「とりあえず葛葉さんがここの管理に携わっていないのは間違いないな。そうでなきゃ、その馬鹿は今頃どこかに消えてるよ」

あの温和で、いつも菩薩のように優しい葛葉さんがそれほどの怒りを発することがあるのだろうか。

「しかし、この錠前どうすっかなあ。大野木さん、鍵とか持ってたりする？」

「まさか。持っている筈がないじゃありませんか。千早君こそ、合鍵を預かっていたりしないのですか」

「こちとら破門された身だぜ。そんなの持ってる筈ないだろ。それに帯刀老はあんまり自分の過去のことは話さない、割と珍しいタイプの年寄りだったからな。この洋館についても殆ど聞いたことがない。まぁ、迎賓館て言うぐらいだから、それなりに家具やら調度品やら残っているんだろう。鍵をかけるのも当然か」

「こう、千早君が触れたら錠前が外れるとか」

「んな魔法じゃあるまいし」

渋々と言った様子で錠前に触れるが、特に変化はない。

「ほれみろ」

「困りましたね。工具の類は持ってきていますが、これほど堅牢なものとは考えていませんでした」

「術のこもった道具だぞ。業者でも開けられねぇよ」

鉄製の分厚い錠前。前後に雷文がびっしりと刻まれ、なんとも仰々しい。そうして錠前を何気なく触っていると、なんの前触れもなく音を立てて外れてしまった。

呆然とする私の足元に、重い音を立ててそれが落ちる。そうしてそれを皮切りにしたように、残りの六つの錠前が全てひとりでに外れていった。

「……外れましたね」

「あのクソ爺。破門したとはいえ元弟子だぞ」

ぶつぶつ言いながら、千早君が乱暴に門を蹴り開ける。

庭園には薔薇があちこちに咲き誇っているが、夏は薔薇の季節ではない筈だ。これもなんらかの術なのだろうか。そもそも水をやってもいないだろうに。

「ほら、大野木さん。早く触ってくれよ。どうせ俺じゃ開かないんだから」

「言い方に少し棘がありませんか？」

「気のせいだろ」

正面の扉に触れると、中で鍵が外れる音がした。そっと押し開けると抵抗なく扉が開いていく。

高い吹き抜け、ホールの踊り場から二階へと伸びる豪奢な階段がある。いかにも大正時代の豪邸といった風だが、真紅の絨毯は真新しく、まるでついさっき敷いたかのようだ。試しに手すりに指を這わせてみたが、汚れ一つつかない。豪奢な調度品の数々も、毎日拭き磨かれたような輝きを放っている様子に惚れ惚れしてしまう。

「朽ちかけた外見が嘘のようですね。まるで今でも誰かが住んでいるかのようだ。手入れが行き届いています」

「家の中に術がかけられていて、何もかも固定されてる」

「つまり家の中の時間が止まっていると？」

「そういうこと。まぁ、掃除の手間が省けて便利だよな」

掃除をせずとも、家の中を綺麗なまま保てるだなんて。これほど素晴らしい術はない。ご存命の時に相談してみるべきだったと心底後悔した。

「見てください。窓ガラスにも汚れ一つついていませんよ」

「仕事に集中しろよ、大野木さん。ここはただの邸宅じゃないぜ」

千早君の右眼が青く燃え上がっている。葛葉さんは、この不思議な輝きを鬼火だとよく話していた。

「蝶がいる」

「蝶？」

「ああ。どうやら二階から飛んできているみたいだ。とりあえず行ってみよう」

私には蝶など見えないが、千早君には沢山の蝶が飛び回っているのが視えているのだろう。左手で何もない場所を必死に払い除けながら、ゆっくりと階段を上っていく。

赤い絨毯の敷かれた二階の通路の一番奥、その一部屋だけ扉が開いている。不意に甘い香りがした。薔薇の香りをもっと蠱惑的にしたような、脳髄が痺れる蜜の香り。

ことん、と背後で音がする。

振り返った瞬間、群青色の炎が視えた。眼を凝らすと、ゆらゆらと舞うように一匹の蝶が飛んでいく。いや、何年も閉め切っていたこんな場所に蝶が飛んでいる筈がない。

「千早君」

返事はない。

はっ、となって振り返ると屋敷の景色が一変していた。

薄暗い闇、所狭しと壁を埋め尽くすように本が並び、古い紙と埃の匂いが充満している。地平の先まで延々と本棚が続き、吊るされた裸電球が辺りに光を滲ませるように輝いていた。

背後を振り返っても、同様の光景が続いているだけ。

「これは」

どこかに迷い込んだのだろうか。いや、なんだか此処はおかしい。

「そうだ。見覚えがある。私は、この場所を知っている」

勿論、これほど現実離れしたものではないが。

何気なく本棚に入った古書の一冊を手に取る。年季の入った革の装丁の本で、タイトルはラテン語で『ＶＥＲＩＴＡＳ』と書かれていた。意味は確か、真理だ。しかし、この仰々しい装丁は哲学書のようには見えない。もっと邪悪な、途方もない悪意を感じさせる。頁をめくる指先が震えた。

内容も全てラテン語で書かれており、殆ど理解できなかったが、ただ一つ『Ｄｉａｂｏｌｕｓ』という単語が繰り返し出てくる。その単語を知る者は少なくないだろう。

「悪魔ですよ」

その声に思わず顔を上げると、学生服に学生帽を被った細身の青年が椅子に腰かけ、本を読み耽っていた。

「魔道とでも呼べばいいのか。外法と言うべきか。私の先祖はこういうオカルトめいたものに傾倒していましてね。なまじ才能があったのでしょう。それなりの財を築き上げましたが、凡夫の父がその殆どを食い潰してしまった。愚かで哀れな父を、祖父はまるで虫でも見るように眺めていましたよ」

学生服の青年は本から視線を上げると、その鋭すぎる眼光で私を射抜いた。

「ここは何処か、聞いても宜しいですか？」

「随分と落ち着いていますね。貴方は何処だと思いますか？」

問いかけに、問いかけで返してくるタイプの人間を私は信用しないことにしている。かつて、そういう人物と関わって酷い目に遭ったことがあるからだ。

「ここは、現実じゃありませんよね。ここと非常によく似た場所を、私はかつて見たことがあります」

「そう。ここは夢ですよ。夢の世界だ。ただ、あなたの見ている夢じゃない。勿論、私の夢だけでもありませんが」

「あなたは、誰なのですか」

青年は答えず、本を棚へ戻すと、また違う本を引き出して頁を開いた。

「悪魔を知っていますか」

「天使と対になる、悪魔ですか」

「悪魔を悪魔たらしめているのは、彼らが人を『誘惑』するからです。願いを叶える代償に魂を貰うという。私の先祖は、その悪魔を召喚する術を究めようと血道を上げてきた。いや、全くもって度し難い。悪魔が真にあらゆる願いを叶えられるというのなら、最初から魂を強引に奪い取ってしまえばいい。そうは思いませんか？」

問答そのものはどうでもいい。今は手がかりを探すべきだ。時間稼ぎそのものに意味はないかもしれないが、何らかの手がかりくらいはあるだろう。

「それができないのでは？　何らかの条件があるのかも」

適当に会話を合わせながら、周囲を観察する。よく見れば青年の足元には影がない。少なくとも生きている人間ではないのだろう。

「あれらは肉体が欲しいのですよ。自身の体のままでは、あれらはこちら側には来れない。大きすぎるのです。招く人間の開けた小さな穴から、こちらを窺い見ることしかできない」

壁に走った亀裂、その小さな隙間からこちらを覗く瞳を想像し、背筋が震えた。

「どうしたら肉体ごと彼らをこちらに呼べるのか。もし呼べたのなら、どれほどの願いを叶えてくれるでしょう。私にも叶えたい願いがある。その為になら、なんだってやりますよ。

――しかし、万が一の時の備えもしておく必要があった」

炯々《けいけい》と輝く双眸がこちらを見据える。

その瞳の輝きに、見覚えがあった。

「木山さん、どうして貴方が……」

青年は答えずに微笑み、青い蝶が視界を遮り、そうして闇が落ちてきた。

●

大野木さんが俺の名を呼んだ瞬間、青い蝶が視界を遮る。虹色の鱗粉を散らしながら、悠然と飛んでいく蝶。

世界が反転して、足元に本棚の並ぶ通路に立つ二人の姿が視えた。大野木さんと、古めかしい学生服姿の若い男。

周囲には暗闇が広がり、俺はそこにぼんやりと浮かんでいる。

「夢だな。こりゃ」

視線を下ろすと、はっきりとした輪郭を持って右腕がある。事故で喪失した筈の、感覚だけが取り残された右腕。

「うーん、こんな形だったかな？　手首のとこに黒子《ほくろ》とかあったっけ？　もっとこう太くて逞しくなかったかな」

久しぶりに見る自分の右腕をジロジロと眺めていると、いつの間にか背後に誰かが浮かんでいた。

学生服に学生帽を被った、痩せぎすの青年。随分と若いが、この瞳は忘れることはない。

「木山さんか。死んだ後もこんなところで会うなんてな。とっとと成仏したらいいのに。こっちはただでさえアンタの後始末で苦労してるんだから、これ以上面倒ごと増やすなよ」

木山は苦笑して、困った様子で俺を見た。魂の色に取り憑かれた見鬼《けんき》。帯刀老を裏切り、山から離れられない呪いをかけ、破門になった最悪の兄弟子。

「そうか。私は死んだのですか。君は、年老いた私の知り合いという所ですか？」

「まぁ、そんなとこ」

「老人の私ですか。なるほど、とりあえず夢は叶ったようでなにより」

「別にアンタの夢には興味ねぇけど。こっちも暇じゃないんだ。此処にはアンタの持ち物があるんだろ？　多分それのせいで俺の依頼人が困ってんだよ」

男は何も答えず、ひとつだけ、と聞いてきた。

「彼は？　存命ですか？」

「いいや、死んだよ。老衰。まぁ、大野木さんの話だと、遺体は食い散らかされて跡形もなくなったみたいだけど。身の回りの整理をする時間くらいはあっただろうから、今回みたいなケースは珍しい。多分、此処でアンタと話をさせるのが目的だったんじゃないか？」

木山は可笑しそうに笑って、学生帽を脱ぐ。

この状況は俺にとって千載一遇のチャンスでもある。

「鷹元《たかもと》楸《ひさぎ》という名を知っているか？」

「さぁ。聞き覚えのない名前ですね」

「まぁ、そうだろうな。今のアンタは知らないんだろう。でも、要因は間違いなくアンタにあると俺は思ってる」

「まだ犯してもいない罪を問うと？」

「いや、どうせアンタのことだ。若いうちから罪なんて幾らでも重ねてるだろ」

「ほう。帯刀から何か聞きましたか」

「いいや、帯刀老はアンタについて殆ど何も教えてくれなかったよ。でもさ、分かるんだよ。この町で起きた怪異の幾つかの根はアンタが仕掛けたものだ。芽吹かなかったものも、これから芽吹くものもあるんだろうが。アンタがそういう人間だってことはもう知ってる」

木山の顔に亀裂のような笑みが浮かぶ。口元を隠すように、男は顔を手で覆った。

「魂の色というのは、この世界の何よりも美しい。その美しさに比べたら、人の生き死になど些末なものです。苦悶や恐怖によって色づいた魂を眺めるのが、私の全てだ」

「そうかよ。はた迷惑な趣味だな。でも、アンタは死んだよ」

「私の死などは問題ではありませんよ。私は自分が為すべきことをしてから、死んだのでしょう。ええ、きっと誰かについに殺されたに違いない。そうでなくては、甲斐がない」

「木山さん。アンタは何をしたんだ？」

鷹元楸、あの少女に続く何か。その発端は間違いなく、この男にある。

「何もかも。未来の私が託した人物が何をするのか。見届けることができないのが、本当に残念ですよ」

ぱちん、と指を鳴らした瞬間、目の前が暗転した。

目を開けると、そこは欧州風の執務室で、いかにも高価そうな執務机がある。その後ろにはバルコニーへと繋がる大きな窓があったが、外の景色は歪んでいて見えない。

「帯刀老の仕事場か。若い頃のだろうなあ。趣味がなんていうか、いかつい」

机の上にブランデーの瓶が置いてあったり、高そうな葉巻が転がっていたり、壁には英語の賞状みたいなのが額に入ってこれみよがしに並ぶ。袖机の引き出しの一つを開けると、そこには青い蝶の標本が入っていた。

「これだな」

青い蝶はよく見ると、ただの蝶ではなかった。

胴体はまさしく蝶のそれではある。だが、そこから伸びる六つの脚は縫いつけられた人間の指でできていた。青い両の翅《はね》の中央には、人の眼球が一つずつ、穿《うが》つように乗っている。白目の部分に無理矢理何かを注入したような、斑らな緑色のそれだ。どうやら、これは人体を使って造ったものらしい。

「悪趣味だな。六、いや、七人か」

悲鳴が聞こえる。苦悶の果てに術に囚われ、呪具となってしまった犠牲者たち。

ギョロリ、と翅についている目玉がこちらを見つめる。ああ、なるほど。これはそういう魔眼みたいなものか。でも二回目は通じない。俺の右眼の方がもっと深く視ている。

「悪いけど、返してもらうぜ」

ブランデーの瓶を標本に叩きつける。瓶が砕けると同時に、標本も割れて中身が絨毯へ落ちてバラバラになった。ひくひくと指が掻くように蠢く。その中の一つの指に小さなルビーの指輪を嵌めたものがある。

右眼を通して指輪の過去を視た。脳裏を映像が走馬灯のように駆け巡っていく。着物姿の活発で明るい女性。左手の薬指だけを切り取られた無惨な遺体。唯一の幼馴染であり、友人の妻となり、母となって間もなく命を奪われた女性。他ならぬ自身の一番弟子に奪われた痛みが魂を濁らせる。戸惑い、憎悪、悲しみが胸を引き裂いていく。嵐と雨、雷を伴って相対する夜。

「いっつ」

目の奥に火が走るような痛みに蹲《うずくま》る。

深く視すぎた。途中から誰の主観で見ていたのか分からなくなる。あれは帯刀老の記憶だろうか。いや、もしかすると二人の其れなのかもしれない。

「あくそ」

机の上にあったマッチ箱を咥え、左手でマッチを擦って火を灯す。足元の標本へ放り投げると、揮発性の薬品でも付着していたのか、炎が絨毯を舐め上げるように一瞬で広がった。熱に炙られて翅の目玉が捻れるように潰れ、指が芋虫のように丸く身を縮める。調度品が燃え上がり、天井をすぐに焦がし始めていた。

「さて、大野木さんを見つけ出さないと。このままだと黒焦げになっちまう」

右眼に集中する。青白い視界の中、外の通路の奥で寝転んでいる姿が視えた。

執務室を出て通路の奥へ向かうと、大野木さんが白目を剥いて転がっていた。よっぽど怖い目に遭ったのか。いや、悪い夢でも見たんだろう。

「大野木さん。起きろ。起きないと死ぬぞ」

揺らしても叩いても起きそうにないので、鼻と口を覆うようにつまむ。

跳ね起きるように立ち上がった大野木さんは、事態が飲み込めていないらしく、周囲をキョロキョロと見回している。鞄を胸に抱きしめている辺り、それなりに冷静ではあるようだ。

「ち、千早君。あの、一体なにが」

「悪い夢を見てたんだよ。木山の爺さんが遺したものが、此処にあったんだ」

「解決したのですか？」

「壊しただけじゃダメみたいだからさ。燃やすことにしたよ。この屋敷ごと燃やしちまうのが一番」

一瞬、大野木さんの顔から血の気が引いていくのが目に見えて分かった。

「ええ⁉」

「押し問答はなし。さっさと逃げる！」

そう言って屋敷の廊下を駆け出す。背後からあっという間に大野木さんが追いかけてきて、二人で玄関へ一目散に走った。

扉を開けて中庭を抜け、門の向こうへ抜けてからようやく足を止める。

二人でゼェゼェと息を整えながら、背後で燃え上がっていく屋敷を見た。

「ぶ、文化財が……」

轟々と紅蓮の炎が上がり、バキバキと焼け落ちていく様はどこか火葬じみているようにも感じられる。

「気にすんな。気にすんな。下手に残しといて犠牲者が出るよかいいだろ。忍び込んで悪夢に苦しんでた高校生も、今頃きっと目ぇ覚ましてるよ」

近衛湖の畔に建つ洋館が燃えていく様に、すぐに人々が気づいていく。こうなれば消防車が来るのも時間の問題だろう。野次馬根性でやってきた人々に紛れながら、俺たちはぼんやりと焼け落ちていく屋敷を眺めていた。

俺は大野木さんに今回の顛末を語って聞かせた。

「なるほど。それで若い頃の木山さんが現れたんですね」

「まぁ、残り滓みたいなもんだけどな。残しておいたらまた悪さするよ」

「あの蝶も、木山さんのかけた術の一つだったのでしょうか」

ぼんやりとそう告げる大野木さんを見上げて、黙っておいた方が無難だと判断した。蝶に見えたものは恐らく蠢く指を持ったそれで、それが見えた人の奥底にある罪悪感を悪夢として見せ続けていたなどと言えば、卒倒しそうな予感しかしない。

「かもな。でも、多分知らなくてもいいものに変わりはないよ」

「そうですね。でも不思議です。帯刀老はどうして屋敷を処分することもなく、そのままにしておかれたのでしょうか。あの方らしくないですよね」

「いいや、帯刀老らしいさ。自分で手を下せなかったんだから。たとえ、もう残骸になってしまっていたとしても、その手ではできなかった。だから、俺たちに託したんだよ。あそこはさ、きっと墓所なんだ」

轟々と燃える執務室、その奥に誰かが立っているのが視えた。臙脂《えんじ》色のスーツを着込んだ、大柄な男が太い葉巻を咥えて俺たちを見ている。やがて、男は満足したように目を閉じて、炎に巻かれるようにして消えた。

魔仔

夏休みが始まって二週間。課題も全て終わらせて、早くも暇を持て余していた。

特にやることもないので、市の図書館へ借りていた本を返却しに行くと、どういう訳かクラスメイトの鷹元楸と鉢合わせしてしまった。

「鷹元……」

白いワンピースに、つばの広い帽子を被る姿は、いかにも何処かの御令嬢といった風で周囲から酷く浮いている。容姿だけは抜群にいいので人目を惹いてしょうがないが、当の本人はそんなことはまるで気にしていない。

僕たちに挨拶を交わす習慣はない。そもそも普段はほとんど口もきかないのだ。話をするのは放課後や、周囲に知り合いのいない時だけ。いつも鷹元が一方的に話しかけてきて、僕はそれに適当に応える。それだけの関係だ。特別な関係どころか、友人関係でさえない。

「奇遇ね。こんな所で会うだなんて」

「……そうだな」

気さくに話しかけてくる鷹元から離れようとするが、周囲の視線がこちらに向いているので却って目立ちかねない。無下にするより、クラスメイトらしく振る舞う方が得策だろう。

「読書家とは知らなかったな。何を読むんだい」

「そうね。割となんでも読むわ。今の両親は読書家だから書斎にも沢山の本があるの。純文学が好きだわ」

「ホラー小説ばかり読むのかと思っていたよ」

まさか、と花が咲いたように微笑う。

「ねぇ、少し向こうでお話ししない？」

普段なら舌打ち一つで去るところだが、今日ばかりは都合が悪い。

「そうしたいところだけど、生憎、今日は時間がなくてね。残念だよ」

彼女は肩にかけた小さな鞄から一冊の文庫本を取り出した。カバーは無く、ずいぶんと日に焼けて変色しているが、どうやら太宰治の『斜陽』のようだ。

「ねぇ、これを見て」

彼女が横に立って言った。顔にかかった髪を耳にかけると、澄んだ甘い香りがしたので思わず眉を顰める。

「本だろう。見れば分かるよ」

「そうじゃなくて。内容が奇妙で面白いの」

鷹元の白い指が頁をめくる。開かれた頁には、印刷された文字を上から塗り潰すように朱文字で『山下数子《やましたかずこ》　縊死』と大きく書き殴られており、その下には年号と日付が書かれていた。試しに最初の頁から読んでみると、年号は一つ前のものとなっている。そこにも名前が書かれ、こちらは転落死とある。その次の頁には男性の名前があり、今度は失血死と書いてあった。

「気味が悪いと思わない？」

言葉とは裏腹に、鷹元は心底嬉しそうに言った。好奇心で輝く瞳が、僕の内側を覗き込もうとしているようで嫌だった。ぞわぞわと心の内側、それも一番柔らかくて脆い部分を爪で剥ごうとされているような感覚。

「いや、何がなんだか分からないな」

「遠野《とおの》君。こういうのが好きでしょう」

「別に好きでも嫌いでもないよ。この本、どうしたんだ？」

彼女は本を丁寧に鞄にしまいながら、嬉しそうに微笑む。

「偶然、図書館で見つけたの。本当よ？」

「悪戯書きされているのなら、司書の人に言えばいいじゃないか。取り替えて貰うなりなんなりするといい。それでこの話は終わりだ。悪いけど、君の相手をしていられるほど暇じゃない」

彼女から離れることができるのなら用事くらいなんでも作れるというものだ。

「見たくないの？　死体」

細く冷たい鷹元の手が、僕の服の袖を小さく掴む。好奇心に輝く、死を彷彿とさせる瞳が僕を正面から見つめる。

遠くで蝉が狂ったように鳴いていた。

「また見たいでしょう？」

しつこく断っても、どうせ無理やりにでもついてくるのは分かりきっている。そんな目立つような真似は御免だ。

「返却だけさせてくれ。延滞したくない」

「なんの本を借りたの？」

「医学書だよ。人体図とか」

「ふふ、気持ち悪い。学校じゃ、そんな怖い顔なんて絶対に見せないくせに。優等生の遠野君？　誰にも見せない素顔を見られるのってどんな気分なの？」

「……不愉快極まりないよ」

「その割に、いつも相手をしてくれるのよね。もしかして、遠野君って私のことが好きなのかしら」

手を振り払い、僕は彼女のことを心の底から嫌悪した。

「死ね」

彼女はくすくすと微笑って、ワンピースの裾を広げて身体を揺らす。

図書館の休憩場で僕たちは件の本を開いた。

元の本は太宰治の『斜陽』で、ざっと目を通したが、内容にも明らかにおかしな部分は見つからなかった。朱文字は毛筆で記されていて、変色具合から見ても同時期に全て書かれたようだ。見開き一頁を使って名前、死因、年月日が殴り書きされている。

「ねぇ、『斜陽』の内容は覚えてる？」

「覚えているよ。鷹元こそ読んだことあるのか」

「ええ。没落貴族の話でしょう。登場人物四人のそれぞれの滅びが描かれていて、その様が美しい。私ね、太宰の作品はどれも好きよ。でも、一番好きな作家はシェークスピアね。彼は悲劇しか書けないから。とても私好み」

その説明はあんまりだと思うが、ある意味では的を射ている。『斜陽』は太宰治の最高傑作だと僕は思う。退廃的というよりも、太宰の魅力である朽ちていくものの美しさが存分に描かれているからだ。

「この落書きをした人も太宰が好きだったんだろうか」

頁をあちこちめくっていくにつれ、一つの事実に気がついた。

「気づいた？　この日付、未来のものまであるの」

彼女の言うように、後半以降には僕たちの知らない元号もしばしば書かれている。

「未来のものかどうかは分からないだろう。元号なんて確かめようがない。それに最も初歩的な確認をまだ僕らはしていない。ここに記された人物が本当に亡くなっているのか。これを調べるのは難しくないだろう。他殺、つまり殺人事件なら少なからず報道されている筈だ」

「調べたら名前くらい出てくるかしら」

本の中から一番日付の近いものを探す。

「最近の日付だと、去年のものがある。梶博彦《かじひろひこ》。二十七歳。絞殺」

携帯で情報を検索すると、すぐに同様の殺人事件がヒットした。

「被害者は会社員の梶博彦。二十七歳、男性。どうやら帰宅途中に殺害されたらしい。去年の事件だ。殺害された日付も本の内容と合致している」

死因は書かれていないが、確かに存在する人物がいた。

「これは死の予言書ね」

何がそんなに嬉しいのか。普通ではない。

「そう結論づけるのは早計だろう。過去の事件はこうやって調べればいいし、未来の事件なんて適当に書いてしまえばいい。どうせ未来にならないと分からないんだから」

「じゃあ、確かめましょう。私、気になるわ」

そう言うだろうと思った。

「ほら、ここの日付。一昨日の日付じゃない。これはもう発見されているのかしら？」

「星田由乃《ほしだゆの》。死因は、刺殺か」

検索してみたが、該当者はいない。

「まだ発見されていないのか。それとも的中しなかったのか。でも、どうやって場所を特定するんだ。この本には名前と年月日、死因しか記されていない」

「ＳＮＳを見てみたら？　私はそういうのよく分からないけど、猫被りの遠野君なら詳しいでしょう？　お友達といつも楽しそうに話しているじゃない」

「涼しい顔して聞き耳立てていたのか。相変わらず趣味が悪いな」

「遠野君は私と似ているから」

本当に忌々しい。携帯で検索をかけると、該当する名前がＳＮＳにあった。珍しい名前なのが幸いした。大学四年生で、新屋敷《しんやしき》の大学に通っているらしい。キャンパスライフの活動や料理などの写真が割と頻繁に投稿されている。しかし、一昨日から更新されていないようだ。

「良かった。電車で行けるくらいの距離だわ。まずは大学で手がかりを探すべきかしら」

「僕は一言も一緒に行くなんて言っていない。それに彼女が何処で殺されたかなんて分からないだろう。仮に一昨日に殺されて、まだ発見されていないのなら、素人に見つけられる筈がない」

彼女は楽しそうに微笑んで、大丈夫よ、と言った。鈴を転がすような声だった。

「ある程度、近くまで行けたなら私が見つけられるわ。こないだもそうだったでしょう？」

「……あんなの只の偶然だろう」

「本当よ？　私、人の死が視えるの」

微笑みながらそんな馬鹿げたことを言う。僕はそういうオカルトじみたことは信じない。ただ、確かに彼女は死というものに嗅覚が利く。僕がそれにどうしようもなく魅せられるように、彼女もまたそうしたものに近しいようだ。

そういう意味では、忌々しいが、僕たちは同類と言えた。

「それなら君の活躍に期待しよう。でも、夕方には帰るからな。妹を保育園に迎えに行かなきゃならない」

「そういえば、妹さんがいたのね」

「姉もいたけれどね。少し前に死んだ」

鷹元は少しも驚いた様子がなく、真っ直ぐに僕のことを見ていた。

「初耳だわ」

「話していなかったからな」

「殺されてしまったの？」

物騒な女だ。人の死と聞くと、すぐに他殺を期待するなんてどうかしている。

「事故死だ。専妙《せんみょう》高校の体育館崩落事故」

「覚えているわ。痛ましい事故だったもの」

よりにもよって文化祭の最中に崩落してしまうなんて。せめてもう少し早く学校に着いていたのなら、僕もその場に居合わすことができたかもしれないのに。

家族で対面した霊安室の姉は、白い布で隠れてしまっていた。父と母だけは布の向こうに横たわる姉の姿を見たが、僕が最後に見た姉は白く焼かれた後だった。

「母さんはあれで少し狂ったように思う。だから保育園へ妹を迎えに行くのは僕の仕事なんだ」

姉が死んで、家の中が傾いでしまった。元々、平穏とは言い難いものではあったにせよ、それなりに平和な振りが可能なぐらいにはバランスは取れていたはずなのに。

姉さえ死ななければ、僕はもっと自由にやれていただろう。

●

自身が異端なのだと気がついたのは、物心がついて間もない頃だった。

庭で見つけた昆虫を一匹ずつ捕まえては、全ての脚を千切って捨てた。胴体だけの、芋虫のようになった虫が蠢く様子を眺めるのは、酷く心地よかった。脚を失った虫は、もぞもぞともがくだけで何もできない。やがて、哀れなそれをアリの巣へ差し出してやると、あっという間にたかられて生きたまま食われてしまう。その光景がなんとも面白くて、何度も何度も同じことをした。

しかし、ある日、蝶の羽根をもいでいたところを母に見つかった。母は泣きながら僕を責めた。どうしてそんなことをするのか。可哀そうでしょう、と。

生憎、僕には母の気持ちがまるで分からなかったが、この行為を誰かに見られることは自分にとって不利益なのだとすぐに理解した。母に謝りながら、これからは他者の前でするのはやめようと決めた。

小学生になる頃には、道端で轢かれて死んでいる犬猫を見つけては高揚した。同級生は皆、口を揃えて可哀そうだと目を逸らしていたが、僕は少しでも長く見ていたかった。死はどうしようもなく魅力的で、そこへ向かっていく姿を眺めるのは楽しい。

自分の感情を言葉にしたくて、国語辞典を引いてみると、この感情はどうやら『愉悦』というものらしい。

死に愉悦を感じるだなんて、どうかしている。

自分が周囲と違うことは自覚していた。だからこそ、周囲にどのように自分が見られているのか。どうしたら周囲に溶け込めるのかという一点だけを考えて生活した。教室のヒエラルキーの上位ほどではないが、真ん中より少し上の辺りに常にいることを心がけた。決して突出せず、かと言って没個性でもいけない。クラスの下位グループにならないよう、流行や交友関係に敏感でいるよう心がけた。それだけで自分の立ち位置、キャラクターを作ることができた。

そんなある日、鷹元楸が転校してきた。季節の変わり目の、妙な天気の日だった。

彼女を一言で言い表すのなら、美少女だ。

ただ少しばかり度が過ぎていた。クラスの男子ばかりか、女子の心まで奪ってしまう。それは悪魔的な魅力と言ってよく、学校のほとんどの生徒が彼女に大なり小なり好意を抱いている。おそらくはきっと教師たちの中にも鷹元に劣情を募らせている者が少なくないだろう。教育実習にやってきた大学生が、鷹元を押し倒そうとして、他の教師に頭をかち割られるという事件もあったくらいだ。

長く艶やかな黒髪、透き通るような白い肌、アーモンド形の大きな瞳。微笑むだけでどんな相手も彼女に好意を抱くだろう。およそ人の考えうる最高の美少女だと言っていい。

しかし、僕が彼女に最初に抱いた印象は、とにかく気持ちが悪い、だ。

理由は自分でもよく分からない。僕にも美醜の判断ぐらいつく。人間である以上、綺麗な顔立ちをしている方が何かと有利に決まっている。

違和感の正体は、鷹元楸の眼にあるのだと思う。あの眼がおかしい。どうしようもなく強い死の気配を感じさせるのはいい。だが、それが指向性を持ってこちらに向けられるのであれば話は別だ。僕は死には惹かれるが、自分が死にたい訳ではない。朽ちていくもの、死に向かって苦しんでいく様を眺めるのが好きなだけなのだ。

僕は極力、彼女のことを避けて生活した。業務連絡などで最低限の会話をすることもあるが、周囲からはそうと知られないように距離を取った。クラスメイトのほとんどは彼女に好意的で、一部の男子生徒には偏執的なほど好かれていたので、僕一人が距離を置いていても誰も気にも留めなかった。

そう。本人以外は。

ある日の放課後、先生に頼まれた用件を済ませて教室へ戻ると、鷹元が僕の椅子に腰を下ろして窓の外を眺めていた。その時の嫌悪感と苛立ちを僕はきっと一生、忘れないだろう。

僕は日常的にそうであるように、努めて笑顔でいるように心がけた。

「お疲れ様、遠野君。先生のお手伝いなんて大変ね」

「鷹元さんこそ、こんな時間までどうしたの？　忘れ物？」

「いいえ。あなたのことを待っていたの。遠野恭也《きょうや》君」

「へぇ、それは待たせて悪かったね。何の用かな。もしかして、こないだ皆で話してたアズラの新刊？　それなら今度持ってくるよ」

違うわ、と囁いて目を細める。頭の中に鷹元の声がいんいんと響くようだった。

「あなたのことよ、遠野君。どうして、私のことを避けているの？」

「そうかな？　そんなつもりはなかったんだけど。鷹元さんは人気者だからね。なかなか話す機会もなくて」

「そうなの？　でもあなた、私の眼を見ないでしょう？　視線が合いそうになると、顔を背ける。今だってそう」

そんなことないよ、そう言おうとして言葉が出てこない。

沈黙が続いて、僕は表情を消した。生まれて初めて素顔を見せてしまったのだと思うと、忌々しい気持ちになった。いっそ殺してしまいたかった。自分の本質を知る人間が、すぐ近くで生きていることが我慢ならない。

「その眼、気持ち悪いんだよ」

口に出した瞬間、自分の本音を曝《さら》け出してしまったことを激しく後悔した。

「どんな風に？」

怒っているどころか、むしろ嬉しそうな声で問われたが、僕は何も応えなかった。話すべきことは何もない。

鷹元はまるでこちらの心の底を覗き込むように、僕の顔を正面から視ていた。言いようのない圧力を感じて、堪らずに顔を逸らす。

「あなた、面白いわ。生まれつき壊れているのね」

「随分な言い方だな。壊れているのは、君も同じじゃないのか」

僕の言葉に、彼女は天使のように微笑んだ。

○

図書館から駅まで歩き、それから大学の最寄り駅へと向かうことにしたのだが、この炎天下、駅まで徒歩で向かうのは相当に堪えるものがあった。街路樹の蝉がけたたましい声で叫んでいるのを聞いていると、今すぐ冷房の効いた自分の部屋へ帰りたくなる。

暑さで呻く僕とは対照的に、白い日傘をさした鷹元は汗一つ流していなかった。

鷹元の隣を歩いている所を、万が一にもクラスメイトに目撃されたら面倒なことになるので彼女が先を歩き、僕がその後に続く。見失わない程度に距離を取るのだが、鷹元とすれ違う人間は必ず一度は彼女のことを振り返った。男も女も魅了されたように目を奪われている。

興味深いのは、それだけの人間が鷹元を見ているというのに、彼女に声をかけようという人間は一人もいないということだ。途中、見るからに軽薄そうな男性のグループが彼女とすれ違ったが、恍惚とした表情のまま固まっているだけで何もしない。好みの異性を見つけたら、否応なしに車で攫うような人種に見えるのに。

駅で切符を買って、新屋敷行きの上り電車のやってくるホームへと向かう。

連絡通路の階段を上っていた鷹元が、不意にこちらへ振り向く。

「もう街中じゃないんだから、隣を歩いてくれない？」

「目的地は同じなんだから、別にどうでもいいだろう」

「つまらないもの」

そう言うと、鷹元がこちらへとやってきて隣に立つ。単純に彼女の側にいるのが嫌だということを理解していないのだろうか。

「ねぇ、どこかで食事でもしましょう」

「そんな時間はないし、君と食事なんて御免だ」

この眼に見つめられながら食事だなんて考えたくもない。彼女と行動を共にしているのは、僕自身の欲求を満たす為でしかない。

「酷いことを言うのね。デートみたいなものじゃない」

「よしてくれ。そんなことを言い出すのなら帰らせてもらう」

「冗談よ。少しでも楽しんで貰おうと思っているだけなのに」

余計なお世話だ。

四番ホームの椅子に座り、ハンカチで汗を拭う。自販機でミネラルウォーターを購入し、一息で半分も飲んでしまった。

「遠野君でも汗をかくのね」

「どういう意味だよ」

「あまり汗水垂らすようなことはしない印象があったから。自分の好きなことの為には労を惜しまない性格なのね」

勝手に僕のイメージを構築されるのは不愉快だ。

「君の方こそ暑くないのか。汗一つかいていないようだけれど」

「日傘があるから。涼しいのよ。ほら、骨のように白くて素敵でしょう？」

縁にレースをあしらってある可愛らしい日傘に向かって、骨のようという表現はないだろう。

「水くらい飲めよ」

見ている方が息苦しくなってくる。

僕と同じミネラルウォーターを自販機で購入し、鷹元へ投げて渡す。

「紳士なのね。ありがとう」

「黙って飲め」

鷹元に背を向けて、線路の彼方へと視線を投げる。建ち並ぶ住宅の向こう、坂道を下りていった遥か先に青い海が見えた。夏といえば海だが、僕はあまり海で泳ぐのが好きではない。

「遠野君。見つけたわ」

「は？」

いつの間にか隣に立っていた鷹元が、彼方の海を眺めながら断言するようにそう言った。

「あそこよ。きっと彼女はあそこにいるわ」

「急に何を言い出すんだ。大学へ行くんじゃなかったのか」

「手がかりはもう見つけたもの」

間違いないわ、と彼女は嬉しそうだが、僕には何が何だか理解できない。どれほど目を凝らしても、陽炎の揺れる街並みでしかなかった。


結局、鷹元に言われるまま改札を出て、海の方へと向かうバスに乗車した。

彼女は前方の座席に座り、僕は距離を置いて一番後ろの席に腰を下ろす。手持ち無沙汰なのでイヤホンを耳につけ、クラスで流行っている音楽を流した。窓の外へ目をやると、大学生らしき数人の男女が楽し気に歩いていた。もう数年もすれば、ああした無気力な大学生の一人になるのだろうか。

鷹元は文庫本へ視線を落としている。こちらを気にする様子はない。肩にかかる黒髪が、バスの振動に合わせて艶やかに揺れていた。

それから二十分程走っただろうか。しばらくして、鷹元が降車ボタンを押した。イヤホンを外して、窓の外へ目を向けるとどうやら湾岸の工業地域らしい。地名を見る限り、県境までやってきたようだ。

バスから降りると、あちこちから機械の規則的なプレス音が響いて聞こえてくる。独特の油の匂いと、無機質な四角い建物ばかりの工業地域では、鷹元の姿はひどく浮いて見えた。まるで何かの冗談みたいだ。アブラゼミの鳴き声が五月蝿《うるさ》い。じりじりと炙るように照りつける太陽にもうんざりする。

「こっちよ」

「何の根拠があるんだ、いったい」

迷うことなく進む鷹元の後ろを、少し離れて歩く。

やがて、とある工場を囲む鉄柵の隙間へ、ひょいと入ってしまった。

どうやら既に廃棄された工場なのか。辺りに人気はなく、クレーンやフォークリフトも海風ですっかり錆びついてしまっている。窓ガラスは割れ、倉庫の壁にも亀裂が幾つも走っていた。

潮の香りがする。生き物が腐っていく強烈な臭い。腐敗臭というのは、一度嗅いだら決して忘れない。

「鷹元」

「こっち、こっち」

自然と歩みが速くなる。

やがて鷹元が倉庫の中で立ち止まった。視線を少しだけ上げて、静かにそれを見ている。後ろからは彼女がどんな表情をしているのか分からなかった。

女が吊るされていた。若い女だ。衣服を剥ぎ取られ、全裸になった女が手首を手錠で拘束され、鎖で吊るされている。胸の間、ちょうど胸骨の下から股間まで真っ直ぐに切り裂かれ、内臓が床に散らばっていた。床の上に積もった内臓には蛆《うじ》が湧き、大量のハエが8の字を描いている。そんな惨状とは裏腹に、吊るされた彼女の表情は驚くほど温和なものだった。まるで微睡んでいるみたいに薄く目を閉じ、僅かに開いた口からはなんの苦悶も感じられない。白い肌が夏の日差しを弾いて、大理石のように美しかった。

思わず口元が歪むのを自覚して、ハンカチで覆う。こんな顔を鷹元に見られるのは許し難いことだ。

「ほら、あったでしょう」

得意げな鷹元の声を無視して、僕は吊るされた彼女をつぶさに観察した。

背後から眺めてみると、背中には全く傷がない。割れた屋根の隙間から陽光が差し込む為か、少し赤くなってはいるが、これといった外傷もない。

内臓は肺から子宮まで全て外に掻き出されている。空っぽになった胴体の中には、何もなかった。

倉庫の中へ視線を巡らせると、作業台の上にある鞄を見つけた。指紋がつかないよう細心の注意を払い、財布の中から免許証を取り出した。

「星田由乃。二十三歳。新屋敷に住んでいるらしい。……どうして分かった？」

「何が？」

「とぼけるなよ。どうして彼女の遺体がここにあると分かった？」

「言ったでしょう？　私には死が視えるの。あとは、勘かしら」

「ふざけるな。そんなことで見つけられる訳がない」

「でも、現にこうして彼女を見つけたわ。ねぇ、今どんな気持ち？」

「なに？」

気持ちいいの？　そう言って、くるり、とその場で回ってみせた。ワンピースの裾が広がって、彼女の白い太腿が顕《あらわ》になる。背後には無惨に殺された女性の遺体、足元にはその臓物を前にして、彼女はまるで学校の教室にいるような気軽さで微笑った。

「遠野君。ハンカチで隠さなくてもいいのよ？　あなた、笑っているんでしょう？」

「……馬鹿を言うなよ。早く警察に通報するぞ」

「繕わなくてもいいのに」

「遺体の状況から見ても殺されて数日くらいか。気温が高いから腐敗が早いけど、このままだと暫く見つからないだろう」

携帯電話で警察へ通報しようとして、やめた。異臭がするという通報なら通りがかりの通行人でも常識で行う範囲だろうが、警察に根掘り葉掘り聞かれるのは御免だ。

彼女はこのまま腐るに任せておくしかない。運がよければ、異臭に気づいた誰かが通報するだろう。

足早に倉庫を離れ、道路へ逃れる。あの鼻腔に刺さるような死臭だけは慣れない。少し時間を置いてからでないとバスに乗るのも憚られた。

真っ直ぐバス停には向かわず、海岸を目指すことにする。鷹元は何も言わず、楽しげな足取りで後に続く。前もそうだったが、人間の死体を、しかも凄惨な遺体を目の当たりにした年頃の女子の反応ではない。

「鷹元。本を貸してくれ。確かめたいことがある」

「どうぞ」

本の最後の頁を捲る。僕たちの通う図書館は良くも悪くも昔ながらの伝統を守っている。都会では貸し出しカードも電子式のものが多い中、未だに紙のものを使用している。

「最初から考えついても良かったんだ。これが図書館の本だというのなら、貸し出し人の名前が記載されている筈だ。迂闊だった」

貸し出しカードの一番下、その名前には見覚えがあった。見間違いかと思ったが、この苗字は間違いないだろう。こんな偶然があるのだろうか。

「鷹元。この名前に見覚えないか」

「ええ。あるわ」

「……知っていたのか」

鷹元はにっこりと微笑むと、オーケストラの指揮者のように指を振り始めた。

「私、別に誰が犯人かだなんて興味ないもの。だって、どうせ皆いつか死ぬのよ？　命に優劣なんてない。花一輪と人間一人、そこに差異なんてあるのかしら」

「それはあるだろう」

「私にはないの。命は、命。それだけ」

ただの命、と歌うように言う。

鷹元は不意に膝を曲げ、足元のアスファルトの隙間から生えていた花を摘み上げると、小さく息を吸い込むような仕草をした。すると、まるで何かを奪い取られたように花が一瞬で枯れてしまう。

「言ったでしょう？　私には死が視えるの」

「……お前、何がしたいんだ？」

さぁ、と彼女は肩を竦めて見せる。

「今は遠野君に興味があるわ。気になるの。どうしてかしら。自分でもよく分からない」

面倒な奴に興味を持たれてしまった。

「この後はどうするの？　警察に通報してみる？」

「いや、そんなことはしないよ。犯人だと断言できるようなものは何もないんだ。ただ、興味はある」

「興味？」

「あの手口から見ても、これが初犯じゃない。もしかすると、この本にある被害者は彼が自ら生み出しているのかもしれない。勿論、全てではないだろうけど」

数が多すぎる。

身近に殺人鬼がいるのかもしれない。そう思うと、無性におかしくなってくる。普段、自分の本性を隠して生活しているのは僕だけではなかった。羊の群れの中に紛れて生きる狼は、化けの皮が剥がされてしまえば、脅威として殺されるしかない。そいつの化けの皮を剥ぎ、痛々しい肉を露出させることができるのだと思うと妙に胸が高鳴った。

「遠野君」

鷹元の瞳が僕を見つめる。強烈な死の気配のする双眸。

おぞましさと心地良さ、相反する二つの感情が入り混じり、僕は顔を逸らした。

「やっぱり、あなた面白いわ」

●

私は、生まれついて左眼が見えない。

幼少期は白濁した、この左眼のせいで酷く苛められたものだが、大人になってからはそれほど不便だと感じたことはなかった。奇異の視線を向けられることには慣れていたし、私は仮にも聖職者だ。真っ向から差別してくる同僚も上司も職場にはいない。

全ての転機になったのは、数年前の事故だった。

あの日は朝から激しい雨が降っていた。私はいつものように職場からの帰宅途中で、傘をさして歩道を歩いていた。数メートル先を若い男女のカップルが歩いていた。彼らが時折、クスクスと笑いながらこちらを振り返っては何事かを話していたが、さして気にはならなかった。人に嘲られることには慣れている。

不意に、左眼が痛んだ。思わず立ち止まり、目を閉じると、左眼の奥に映像が浮かぶ。数字の羅列が瞬くように視え、映画のワンシーンのように先程の男女が歩いていくのが視えた。彼らの氏名が脳裏を過ぎり、そうして、右からやってきた青色のトラックが横断歩道を歩く二人を容赦なく轢き潰していく様が克明に。

ずきり、とまた目の奥が痛んで、我に返る。

まるで再現映像を見ているみたいだった。先程の男女が横断歩道へ差しかかる。すると右からやってきた青色のトラックが二人を容赦なく轢き潰した。巨大な鉄の塊が、強烈な運動エネルギーを持って人間へ襲いかかれば、指先でマッチをへし折るよりも簡単に人間などぐちゃぐちゃにしてしまう。

二人の傘が宙を舞い、血溜まりの上に落ちた。

運転手が出てきて呆然と立ち尽くす中、私は自分も傘を落としたことに気づかないまま、アスファルトの上で、虫のようにもがく哀れな女の姿を見下ろしていた。腰から下の千切れた女性がもがいている。女性の胸は中央から縦に割れるように引き裂かれ、アスファルトの上に溢れ出た中身が、雨に濡れてテラテラと輝いていた。

その美しさに心を奪われた。高鳴る鼓動に、思わず胸を押さえる。

脈動し、蠢く人間の臓物がこれほど美しいとは。

結局、救急車と警察がやってくるまで、絶命した彼女を見下ろしていた。

それから左眼は時折、人の死を私に視せた。鮮明な映像と共に現れる数字の羅列が日付、次いで犠牲者の名前。これは予知だと気づくのに時間はそうかからなかった。現在、もしくは未来の死を、この左眼は視せるのだ。

これは啓示だ。何かが私に未来を作るよう命じている。人の死を見届け、死ぬべき人間の運命を、この手で確定させるのだ。

だからこそ、私は自分の視た未来が現実になるように、彼らを殺さなければならない。

最初は衝動的に襲い、無我夢中で殺した。事故死の場合には一番間近から、その死を見届けた。他殺であれば、それになぞらえた手段を使った。未来を変えることは何人にも許されない。

私は記録を残すことにした。手元にあった『斜陽』を塗り潰すように、朱文字で死を記していく。図書館で借りた本だったが、こうなれば返却するつもりはない。これは私の予言書なのだ。

この書に沿って、私は人の死を管理していくことを決めた。

左眼が視せる死は、その数を日毎に増していった。

しかし、職場の机に鍵をかけて保管していた本が突然消えてしまった。

私は動揺した。

誰が盗んだ？

どうやって？

なんの目的で？

本の中身を見たのか？

しかし、だからと言ってなんだと言うのだ。あんなものを見ても、わざわざ調べようとする者などいないだろう。

いない筈だ。いる訳がない。

それでも、もし暴こうという者がいたなら、私はどうなる。

我が身の破滅だ。予言は実行されないまま、私は法に裁かれてしまう。ああ、それは許されないことだ。

誰であろうと。

どんな事情があろうとも。

○

「遠野。帰りにカラオケ寄っていこうぜ」

教室のゴミを持っていく途中で、松島《まつしま》たちからカラオケに誘われた。普段なら即答するのだが、今日だけはそういう訳にはいかない。そして、できればなるべく放課後は校内に残っていて欲しくなかった。

「あー、今日は難しいな。明日の日直だから理科の教材とか揃えとかないと。ほら、藪内《やぶうち》って小言うるさいだろ？」

「マジかよ。ならさ、終わったら来いよ。お前が来ないとつまんねぇよ」

「花高の女子も来るしさ。遠野がいないと困るって」

僕は愛想笑いを浮かべながら、いかにも困った顔をしてみせた。正直、時間的にも合流は難しいが、これ以上の拒否は空気を悪くしてしまう。

「どんだけ俺のこと好きなんだよ。後から合流するからさ、ちゃんと盛り上げといてくれよ？　女子たち帰ってたら怒るからな」

ゲラゲラと笑い合ってから、その背中を見送る。日直の当番になるまで待ったのだ。失敗する可能性は少しでも低い方がいい。

ゴミ袋を所定の場所に投げ捨て、その足で理科準備室へと向かった。

校舎の端にある小さな教室。奥まった場所のせいか、特別な用がない限り殆ど人の来ない陰気な場所。その理科準備室の扉をノックすると、ややあって、どうぞ、と声が返ってきた。

「失礼します」

室内に入ると、白衣を着た痩せぎすの男がこちらを振り返る。海藻のような癖っ毛を無造作に伸ばし、無精髭が目立つ。左眼が白く濁っているのは、生まれついてのものらしい。

「藪内先生。明日使う予定の教材を取りに来たんですが」

「ああ、ご苦労。そっちのシャーレを人数分揃えておいてくれ。他の器材も使うから、班それぞれセットで用意して」

「分かりました」

藪内はこちらを振り返りもせずに、黙々と顕微鏡を覗き込んでいる。陰鬱で覇気のない、掴み所のない教師で生徒の人気があるとはお世辞にも言えない。授業は面白みに欠け、淡々と教科書の内容に沿って進める古いタイプだ。

「藪内先生。一つ聞いてもいいですか」

「何かな」

シャーレを机の端の方へ置いて、その背中を眺める。

「どうしても分からないことがあるんです。……先生。どうして、あの本を図書館へ返却したんですか？　幾ら考えても、それだけが分からない」

僕なら大切な日記を人目につくような場所に置いておいたりしない。なんらかの意図があったのかと考えもしたが、どうしても満足のいく答えが見つけられなかった。

「先生が何をしていても、そんなことは僕にはどうでもいいことです。むしろ、先生のおかげで貴重なものを見られた。感謝しています。蛙の解剖なんかより、よっぽど生き物のことが理解できましたよ。でも、どうして市の図書館にわざわざ手がかりを残すような真似をしたんですか」

藪内は立ち上がると、ゆっくりとこちらを振り返った。

「図書館だと？」

「はい。図書館にありましたよ。あの朱文字を書いたのは先生ですよね」

「……遠野。君はどこまで知っているんだ」

「先生があの本に記された内容に沿って、人を殺していることは知っています。まぁ、あくまで憶測ですけど。捜査するのは警察の仕事ですから、僕には関係ないことです」

藪内の手には、解剖用の小さなメスが握られている。以前、蛙の解剖の授業の時に使用したが、恐ろしい切れ味だった。

「あの本は盗まれたんだ。……君が盗んだんじゃないのか」

呆然とした様子を見て、僕は頭の中で組み立てておきながら採用しなかった仮説が、やはり正しかったことを知った。

「返却したんじゃなくて、盗まれたのか。……なるほど。そういうことか」

最初から鷹元が仕組んでいたのか。

確かにその方が納得できる。

「自分は、本を見つけたという人物から見せてもらっただけです」

「遠野。君はそれが誰なのか、教えてくれないのか」

「それは話せません。そんなことより、先生はどうして殺した人間の内臓を掻き出すんですか？　もっと穏当なやり方があったのではないですか」

拍子抜けしたような顔で、藪内は力なく笑った。乾いて中身のない、笑顔だ。

「だって綺麗じゃないか。君も、アレを見てくれたんだろう？　あの美しさはどうだ。薄汚い人間だというのに、腹の中にはとてつもなく価値のある美を隠し持っている。それを掻き出した後に残るのはなんだと思う？　そう、虚無だよ。あの虚になった胴体を見たろう。あれこそ人体の神秘だ」

「美しさですか。確かにあれはそそるものがありましたね。あの死顔は美しかった」

「当然だ。私はサディストじゃない。頸椎にアイスピックを突き立てて殺すのも、その為だ。魚を締めるのと同じだよ。鮮度が保たれ、死をそのまま保存することができる。それに私が殺さずとも、彼女らは死ぬ運命にあった。私にはその者が死ぬべき日時が視えるんだ。どんな死に方が相応しいのかさえ分かる。それならば、私がこの手でそれを決定づけて何が問題だというんだ。誰かに殺されるのと、私が殺すのとなんの違いがある？」

メスの切っ先がこちらに向く。

「遠野。君は考えなかったのか？　私に、ここで殺されるかもしれないと」

「先生は殺しませんよ」

「何故そう思う？」

「僕の名前は、あの本には記されていなかった。違いますか？」

「……何が言いたい」

口元を手で覆う。歪んでいく口元が止められない。

「僕は、ここで死ぬ運命じゃない。そうでしょう？」

藪内が絶句して、肩を落とした。

「ああ、ああ。そうだ。そうだとも。君はまだ死ぬべき人間じゃない。それにしても悪魔のような笑みだな。鏡を見てきたらどうだ」

「遠慮しておきます。それにきっと本物の悪魔は、天使みたいに笑うんですよ、先生」

藪内は薄く微笑って、メスを机の上に戻した。

「遠野。私は教師を辞める。この街からも引っ越そう。だが、あの本だけは返してもらえないだろうか。あれだけが心残りなんだ」

「分かりました。後日、必ず返します」

こうして僕は、理科準備室を後にした。

明日にでも鷹元に、あの本を返すよう話さなければならない。

あの本は籔内にとって、何よりも大切な予言書なのだから。

何処かの街へ消えた彼が、何をするかなど僕には何の関係もないことだ。

○

遠野が出ていった後、どういう訳か、私は奇妙な達成感を覚えていた。私の考えてきたこと、してきたことを本当に心の底から理解して貰えたような気がしたのだ。

それが自分の生徒だったというのは、何かの運命ではないだろうか。

恐らくは、彼は世界でたった一人の理解者なのだろう。今までの人生でたった一人、初めて本当の意味で自分の思いを口にできた相手が生徒だったというのは皮肉な話だ。

不意に、背後に気配を感じて振り返ると、そこには一人の女子生徒が立っていた。

「こんにちは」

鷹元楸。この学校で彼女のことを知らぬ者はいない。不自然なほどに美しく整った顔立ちは、一度見たら決して忘れない。教師の中には彼女に教師らしからぬ劣情を抱いている者も少なからずいる。私はそういう聖職者の片隅にも置けないような連中を唾棄すべき存在だと嫌悪していた。

「先生」

脳が痺れるような甘い声。歌うような声音におぞましいものを感じて、指先が痺れたように震えた。西日の差し込む小さな教室に彼女と二人きりという事実が、なぜか何よりも恐ろしく感じられる。

「私、先生には期待していたんです。もしかしたら小さくともあちらへの『穴』を開けてくれるかもって。私とは違うモノを視ている先生なら、もしかしたらって。でも、残念です。先生の眼では力不足だったみたい。先生みたいにただ死を崇めるだけの人なら、もういらないかな」

「鷹元？」

彼女は答えず、棚の上の花瓶に挿されたまま枯れ朽ちた白百合を手に取った。

細く美しい白い指先が、淡く桃色に染まっている。

「私、帰りたいんです。その為には『穴』がいるの。それも大きな、とても大きな『穴』が。でも、やっぱり扉を使うしかないのかな。だって、どんなに小さな『穴』を集めてみても私が通れそうなものは作れなかったんだもの」

「なんのことだ？　一体、何を言っている？」

「先生は死というものをどう思いますか？　私にとって死は、その器に注がれた水のようなもの。一人一人、色は違っていても本質は同じ。人間も動物も、植物だって変わらない。そこに優劣なんてありません。だって死は死でしかないんだから」

「それでも人間の死でないとダメなんです。だって人間にしか魂はないんだから。創造という行為ができる人間の魂だけが、あちらへの門を開くことができるんです」

「鷹元、お前は……」

不気味で意味不明な言葉とは裏腹に、鷹元の容姿は眩いばかりに美しい。西日を受けた黒髪が光を弾く姿に、息を呑む。まるで一枚の宗教画のようだ。だが、その美しさこそが酷く恐ろしいもののように思えて、私は震える足で後ずさった。

私は一体、何と対峙しているのか。

先生、と甘い言葉に脳が蕩ける。

耳の奥、脳へと直接、言葉が私を犯していく。

スッと伸びた手が、私の鼻先で止まった。そうして人差し指を鉤のように曲げて、何かを引っ掻くような仕草をした瞬間、胸に何かが突き刺さったような激痛が走る。

しかし、痛みは一瞬だった。ずるり、と私の中から何かがなくなってしまった。

不意に全身の力が抜け、痛みが遠のくと意識が闇へと落ちていくのを感じた。私の中の最も肝心な部分が抜き取られたのだと分かった時には、既に視界から色彩が消えていた。モノクロに歪む視界に、美しい天使が立っている。残酷で綺麗な死の天使だ。

全身から熱が消えていく。呼吸を一つ繰り出すたびに、残った命が口から吐き出ていく。

「先生。さようなら」

鷹元楸は微笑みを浮かべて、朽ち枯れた白百合へ息を吹きかけた。

閉じてゆく視界の中で、息を吹き返したように、それが首をもたげて華を咲かせた。

消えてゆく意識の中で、眼に灼けつくような花弁の白さだけが何処までも美しい。

○

翌朝、藪内の遺体が理科準備室で発見された。

騒ぎに集まった生徒たちの間から垣間見た藪内の遺体は、呆然とした顔で冷たく息絶えていた。

死因は急性心筋梗塞だという。病死として判断されただろう。

藪内の死について、生徒たちは特に関心を示さず、教師たちも何も言わなかった。

事件性はないのだから当然のことだが、誰の記憶にも残らないまま消えていくのは哀れかもしれない。

前にも、似たようなことがあった。

鷹元に藪内のことを尋ねても、彼女は何も答えない。

「そんなことどうでもいいじゃない」

まるで、あんな事件などなかったみたいに。あの本の所在も語ろうとしない。鷹元の中で事件のことはもう興味の対象ではないのだろう。藪内のことを覚えているのかどうかすら怪しい。


二人だけの放課後、夕暮れに染まる教室で彼女は今日も微笑う。

「ねぇ、遠野君。面白い話があるのだけど、興味ないかしら」

餓渇

西日の当たる狭い室内に、今日もまた、哀愁漂う音楽が掠れた音で聴こえてくる。夕方の五時きっかりに鳴る、町内のチャイム放送。

もうこの時間が来てしまったと、朝から一度もキーを叩くことのできなかったパソコンを暗鬱な気分で閉じる。鈍く痛む目頭を押さえ、こぼすため息は自分でも嫌になるほど重かった。

作家になるという夢を叶えて、三年。処女作でそれなりの知名度を得たが、それきり小説が書けなくなってしまった。期待に応えたい、より良い作品を、そう思えば思うほどに頭の中は強張り、指先は動かなくなった。あれほど湧き出ていたアイディアも、今では枯渇したように出てこない。

苛立と不安が日々、降り積もっていく。それは私の腹の中身を灼き、じりじりと焦がす。

頭を掻き乱しながら立ち上がり、冷蔵庫からミネラルウォーターを取り出して煽るようにして飲み干す。冷たい喉越しの水が乾いた砂に浸透していくように、さらさらと消えていく。流し台に頭を突き出し、蛇口を思い切り捻る。熱が籠もったようになっていた頭が、急速に冷えていくのを感じた。鼻先から落ちる水滴が、規則的にシンクにぶつかり、音を立てて流れていく。

『あなたには人の気持ちが分からないのよ。だから、いつも独りよがりな話ばかり書くんだわ』

以前交際していた恋人は、そう言って私を責めた。夢をこれ以上追いかけるよりも、堅実に働いて私と家庭を築いて、と。彼女の言い分は至極当たり前のことだった。問題があるとすれば、そうした彼女の言葉に耳を傾けることのできなかった自分にある。あの時もしも違う選択肢を取っていれば、あんな形で彼女を失うことはなかったのかもしれないと、後悔していないと言えば、嘘になるのだろう。

タオルで乱暴に髪を拭き、テレビをつけて外へ出かける支度を始める。こういう時は家に籠もらない方がいい。

ニュースでは品の良いスーツに身を包んだキャスターが、淀みない発音で原稿を読み上げている。

明日の天気、本日の特集、話題のＳＮＳ関連についてのニュースが一通り流れた後で、彼らの表情から笑みが消える。

『先月より続いている連続婦女暴行殺人事件についての続報です。痛ましいこの事件による被害者の共通点は、全員が若い女性であり、暴行を受けて殺害されているという点です。現場付近の小学校では集団下校を徹底しており、閑静な住宅街は今なお恐怖に苛まれていらす』


そう遠くない場所で起きている痛ましい事件に、他のコメンテーターたちの沈痛な顔がスワイプに映る。赤の他人の訃報を、本当にこいつらは悲しんでいるのだろうか。

人の不幸に酔いしれたいだけの見せ物のように思えて、やるせない気持ちになる。

この手のニュースは苦手だ。いや、苦手になったと言うべきか。

財布をポケットに突っ込みながら、乱暴にテレビの電源を落とした。

不意に携帯電話が鳴り、覗くように表示を見ると、担当編集者の名前が表示されている。

原稿の催促だろう。げんなりとした気分になり、充電の切れかけているそれをベッドの上に放置したまま部屋を後にした。

〇

「寒いな」

まだ九月も中旬だというのに、今年は随分と冷え込みが早い。

上着を持ってくるべきだったなと出鼻を挫かれた想いに駆られながらも、家に帰る気にはなれない。

「歩いてるうちに温まるか」

そう独りごちて、先へ進む。

私はアイディアに困ると、当てもなく放浪する癖があった。とりあえず住んでいる場所を離れて、知らない場所を散策する。離れるとはいっても、県外に出るような遠出はせず、電車で一駅、二駅離れたところで降りて、気の向くままに歩き回るだけ。

自分の中にある何かを見つけるような創作行為。プロになる前から、いつもそんなことばかりしていた。

今日は二つ隣の駅で降りて、案内板で何かめぼしい場所はないか探すことにした。

一つ先の駅ならば、屋敷町という古い武家屋敷が並ぶ町があるという。観光地に行くのは気が引けるが、史跡を散策するのは嫌いではない。この時間ならばもう人はまばらだろうと、目的地を決めた。

「電車で行くのも勿体ないか。どうせ、他にやりたいことなんてないんだ」

そうして、一時間程歩いただろうか。訪れた其処は、まるで眠っているような町だった。

活気に満ちているわけでもなければ、寂れてしまっているという風でもない。ただ昔から何も変わっていないような、そういう穏やかな雰囲気をしている。今日が休日であったなら、また少し違っていたのかもしれない。

石畳の路地を歩きながら、カメラを持ってくるべきだったと後悔する。携帯電話も家に置いてきてしまったし、この町並みを記録に残すことができない。なんだか今日はこういうちょっとした間の悪さが続いている気がした。

仕方ない。こうなったら記憶に残せるだけ残しておこう。そう思い直して、歩みを進める。

漆喰の塀に囲まれた大きな武家屋敷、杉玉を軒先に吊るした造り酒屋、昭和の薫りを漂わせる古い駄菓子店。京都の町並みを思わせる風情に、すっかり夢中になってしまった。

不意に、目の前に黒猫が飛び出してきて、思わず凍りつく。

鉤しっぽの黒い猫。その二つの瞳が、私の顔をじぃと見つめている。

あの時の猫に、似ているような気がした。

あの場所で、歯を食いしばって泣く私を、無感情な顔で視ていた猫に。

堪らなくなり、一度も振り返らないまま、足早にその場を去った。

姿が見えなくなるその時まで、あの猫は私のことを見続けている。そんな気がしてならなかった。

気がつくと、近衛湖疎水までやって来ていた。いつの間にか陽も陰り始めている。戻ろう、そう思った私の視界の先に、一人の若い女性が映った。

欄干に背を預け、空を見上げて佇む姿が一枚の絵画のように美しい。美術品を眺める観客になった気分で、少しの間思わず見惚れた。

びきびき、と乾いた土が罅割れたような音がどこかで響いて、我に返る。なんだか無性に喉が渇くのは、歩きすぎたせいだろうか。

どう話しかけるべきか思案しながら女性の方へと近づいていくと、近づく程に美しさが増していく。艶やかな髪も、カーディガンの下の華奢な肢体も、透き通るような肌も、まるで自分の理想がそのまま現実となって現れたかのような姿に、気持ちが昂っていく。

「こんにちは」

挨拶をすると、彼女は薄く微笑んで会釈した。頷いたようにも見える。

「こちらの方ですか？」

「ああ。君はこの辺りの人間じゃないね。何処から？」

まるで男のような話し方をするな、と思ったが、同時に彼女にはそれが何故かひどく相応しいものに感じられた。

「宜野座《ぎのざ》から来ました」

「そう遠くはないね。こんな所に何か用でも？　近所の人が観光に来るような場所でもないだろうに」

「息抜きでふらふらしていました。どうにも行き詰まってしまって」

ヘラリと笑ってそう答えると、そう、と吐息のような返答が戻り、宝石のごとく艶めく瞳がこちらを見つめる。

「君は勤め人じゃないな。自営業かい？」

「まあ、そんなところです」

「そうか。私と同じだな。私は店を開いている。小さな、客もよく来ないつまらない店だ」

ご謙遜を、と返しながら私は訊ねた。

「なんのお店なんですか？」

「骨董店だ。曰く付きの代物専門のね。夜行堂という」

夜行堂、と彼女は虚空に字を書いた。一瞬、風に吹かれて白いうなじが覗き、生唾を飲み込む。ゴクリ、と思った以上の音がした気がして、思春期の学生のように、わざとらしい咳払いで誤魔化した。

「あの、お店にお邪魔させて頂いても構いませんか？」

「構わんよ。骨董の趣味があるのかい」

「興味本位です。何かネタになるかもしれませんから」

案内しよう、そう言って歩き出した彼女の背中を眺めながら、酷く渇いた喉を掻き毟《むし》る。

導かれるままに、すっかり暗くなった屋敷町を歩いた。

何かの行事なのか。斜めに切った竹にロウソクを灯したものが、石畳の左右にずらりと並べてある。ほのかに揺れる灯が、古い町並みをさらに幻想的に照らし上げていた。

「私の役目は、人と物の縁を繋ぐことでね」

前を歩く彼女が、唐突にそんなことを言って寄越す。

何かの冗談かとも思ったが、口ぶりからは至って真面目なことのように聞こえた。

「縁結びの神様のようですね」

「それは当たらずとも、遠からずというところだな。言い得て妙だ。君は文才があるね」

その言葉に、嬉しさよりも戸惑いが勝る。本当にそうであったなら、どれだけ良かっただろう。

「いや、それはどうでしょうか」

「仕事の悩みでもあるのかね」

「はは。何もない、と言えば嘘になりますね。期待をかけられるのは嬉しいのですが、それに応えられるだけのものを私は持ち合わせていないのです」

「それはどうだろうか。応えられないのなら、はじめからそういう世界に足を踏み入れたりはしないだろう。君は、ただ其れと向き合うことが恐ろしいのだよ」

「それ、とは？」

「本当の自分だ」

どきり、とした。咄嗟に辺りを見渡しても人影はない。ここはちょうど表通りの裏手に位置する。今、この場には私と彼女しかいない。

「私はね、人と物の縁を視ることができる。人と人の出逢いに縁があるように、人と物の間にもそういう縁がある。しかし、君たちは大きな勘違いをしている。人が品物を選ぶというが、その実、品物が主を選んでいるんだ」

「面白い考え方ですね」

「意味のない出会いなど、この世には一つもないということさ」

やがて、私たちは件の店へと辿り着いた。

夜行堂という骨董店は、想像していたものとはだいぶ違っていた。小洒落た洋風の店を想像していたのだが、実際には古びて寂れた小さな店だ。入り口の磨りガラスには紙に墨で『夜行堂』と書かれた紙が所在なげに揺れている。

「さあ、入ってくれ」

店内は薄暗く、土間の中央には裸電球が吊るされて、辺りをぼんやりと照らしていた。あちこちに何の用途があるのか、価値があるのかないのか、判然としないものばかりが乱雑に並んでいる。そして、そのどれにも値札が貼られていなかった。

「好きに見て回ってくれて構わない。気に入ったものがあれば言いなさい」

生憎、私はほとんど現金を持ち合わせていなかった。それに、ここへは買い物に来たわけではない。

店主の方を見ると、帳場に座り、俯いた拍子に顔にかかった髪を指で耳にかけている所だった。その仕草を見て、交際していた彼女のことを思い出す。耳元で、ばきばきと罅割れていく音が大きくなったような気がした。

不意に、肩が棚に当たり、コトリと何か軽いものが足元に落ちた音がする。

慌てて落ちたものを拾おうと手を伸ばそうとして、目を見開いたまま身動きが取れなくなった。口の中が乾涸《ひから》びて、言葉が漏れ出てこない。

それは、私がかつて交際していた彼女にプレゼントした根付だった。着物教室に通い始めた彼女にと、アンティーク店で購入した、可愛らしい猫があしらわれた品物。

丸まった猫の根付。これはあの時のものによく似ている。だが、似ているだけだ。この根付の猫はあの時のものとは違う。彼女にあげた根付の猫は、目を閉じて眠っていた。こんな恐ろしい瞳で、人を睨みつけていない。

「気に入ったかい？」

不意に耳元で囁かれた気がして振り返ると、彼女は元の場所から動かないまま座っている。

私は慌ててそれを棚に戻し、首を横に振った。咄嗟に後ろに隠した右手が、ぶるぶると震える。

「いえ。特にこれといったものはありませんでした。やはり骨董品は難しいですね」

「縁のあるものがあれば、向こうが放っておかない。ゆっくり見ていったらいい」

「そうですか」

動悸が激しい。胸の奥に、どろりとした灼けるような痛みを感じる。そうだ、あの時もこんな気持ちになった。悲しみで大地が乾いて罅割れていく音が、どうしようもなく頭の中で響いている。

乾く。

彼女のもとへ近づいていく。限界だ。罅割れていく音は、私の全身を覆わんばかりに大きくなり、目の前の世界が壊れていくようだ。棚に飾られた鉄の火掻き棒を掴むと、無言のまま帳場に近づき、握り締めたそれを美しい横顔目がけて振り下ろした。

仕方がないじゃないか。

もう、喉が渇いて死にそうだったんだ。


鋭いスコップの先端が、硬い地面を切り裂く感触が、指に心地いい。

湿った土と、鉄臭い血の匂いが入り混じって、鼻腔を満たしていく。大きく息を吸うと、全身に活力が満ちていくようだ。

店主の死体は、店の裏手、露出した柔らかい地面を掘って埋めた。

恋人を殺して埋めた時よりも、ずっと上手くできた。

あの名前も知らない女たちのように、道端に放置しておいてもよかったのだが、この女は彼女のようにきちんと土の中で眠らせてあげたかった。私の渇きを癒してくれた、ささやかな礼として。

土を被せ終わると、丹念に手を洗ってから店を後にする。

こんなに満たされた気分になるのは、あの日以来だ。駅に向かいながら、思わず鼻歌を謳ってしまう。

高揚感と充足感に胸が震えて、足元が雲を踏むように柔らかい。

電車に乗り、自宅へ戻ると、久しぶりに泥のように眠ることができた。

もう耳元で、あの音はしない。

真夜中、目を覚まして机に向かう。生まれ変わったみたいに気分がいい。

「凄いぞ。幾らでも話が浮かぶ」

ＰＣを開いてキーボードを叩くと、今朝までの不調が嘘のようにアイディアが浮かんだ。

よし、今回はサスペンスにしよう。男と女の愛憎劇だ。心の渇きに苛まれる男が、女を殺すことで潤いを取り戻す。そういう話にしよう。

面白いように執筆は進む。まるで、今まで停滞していたものが、一度に流れ出ていくように。

一心に文章を書き綴りながら、最初の恋人と過ごした日々を思い出す。

大学のサークルで出会い、彼女を失うまでの日々を。

始まりの日は、今でも鮮明に思い出せる。

歴代の卒業生が残した、埋もれそうな程の書物に囲まれた古い部室で、見学に訪れた彼女に案内をしたのが私だった。

「この話、私凄く好きです」

そう言って、目を輝かせながら、最初に褒めてくれた人だった。

決して美人ではないが、笑うと笑窪《えくぼ》のできる愛嬌のある彼女は、物書きに憧れる私を応援してくれていた。何を書いても一番に読んでくれて、面白かったと、笑窪を作って語りかけてくれる彼女に好意を抱き、交際に至るまでに、さほど時間はかからなかった。

大学を卒業した後、執筆活動に専念するためアルバイトで食い繋ぐことにした私とは反対に、その年の夏には、彼女は堅実な企業に内定が決まった。

フリーターの生活は苦しかったが、彼女は不平一つ漏らさず、いつか私の本が書店に並ぶ日がきっと来ると、いつも励ましてくれていた。慎ましい幸せが、そこには確かにあったのだ。

しかし、社会に出て一年、二年と過ごす中で、少しずつ彼女と私の温度差が開いていくのを感じてきていた。

私のすることに小言を挟むようになり、しっかりしてよ、と口癖のように繰り返す。化粧は濃くなり、休日は会社の愚痴をこぼし、私の知らない友人たちと遊び歩く。停滞を余儀なくされている私のことを、ため息をついて見るようになったのも、その頃からだった。

いつの間にか私の作品も読もうとしなくなり、口から出てくる言葉は、私を責めるものばかり。金もなく、自信もない私はただ謝るしかなかった。その度に、彼女は深くため息を落とす。それが何より苦痛だった。

あの頃の純粋で無垢で、美しかった彼女はいつの間にかいなくなっていた。

そこからは、転がるように落ちていくだけの日々。

自分の中が酷く渇く。パソコンを開いても、なんの話も思いつかない。どんな言葉も身体のうちから滲み出てこなくなった。焦れば焦るほど、乾きは深刻になっていった。私の身体には一滴の雨粒も降ってこない。

酷く、喉が渇く。

どれだけ水を飲んでも、渇きが癒されることはない。

罅割れる音は大きく、頭蓋の内側に響く。まるで私の身体そのものが乾いて、罅割れていくようだった。

彼女はそんな私を見ながら、やはり大きなため息をついた。

「しっかりしてよ。鬱になんかならないでよね」

みっともない、と吐き捨てるように言った瞬間、全身の毛が逆立つほどの怒りを感じた。

周りにあるものを蹴飛ばし、彼女を押し倒し、その首を絞めた。ジタバタと苦しげに暴れ、鬱血した顔は直視できないほど醜く、紫色の芋虫のような舌が飛び出ていた。

思わず顔を横にして、戸棚の方を見ながら首を絞める。気管を押し潰し、首の骨が折れるまで力を込めた。歯を食いしばるあまり、奥歯が砕けた程に。

戸棚の上に、かつて私が贈った品が見えて、目が合ったような気持ちになった。それから目を逸らすこともなく、画面越しに見る昔のモノクロフィルムのように、ただ眺めていた。

気がつくと、妙に首の伸びた彼女が、だらりと床に横になっており、身体から決定的な何かが失われて、それはもう人ではなく、ただの物になったのが分かった。

彼女の死が、私の中に染み入ってくるのを感じた。渇きが満たされ、心が潤っていく。溢れたものが涙となって頬を伝う。心の奥底に無数の言葉が渾々と湧き出るのを感じた。

死骸の隣で、私は執筆を始めた。傑作になる。一文字目を打ち込みながら、そう感じた。

この時の作品が、私のデビュー作となった。

虚しい、殺人鬼の話だ。

以来、私は定期的に耐え難い渇きを覚えるようになった。

しかし、その度に恋人を作るような気にはなれない。仕方がないので、手頃な相手、すなわち美しく儚い女性を見つけると撲殺した。女が一人、夜道を帰っているなんて襲ってくれと言っているようなものだ。

彼女たちは、贄だ。

作品という、一つの世界を創り出す為の生贄。彼女たちの死は、乾いた私の心に染み渡って、渇きを癒してくれる。無意味な生を惰性で生きるよりも、遥かに価値があるじゃないか。

◯

骨董店の女を殺した翌日、気がつけばすっかり外の景色が暗くなっていた。執筆に没頭するあまり、時間が経つのを忘れていた。口の中が酷く乾燥していて、傍らのミネラルウォーターのボトルを手に取る。久しぶりにこんなに集中して執筆をすることができた。

リビングは海の底のように暗く、静寂に満ちている。パソコンデスクのライトが仄かに辺りを照らしていた。ソファサイドに置いた携帯電話が明滅している。

立ち上がると、身体のあちこちが軋んだ音を立てる。指を見ると、爪の間に土が詰まっていて、匂いを嗅ぐと冷たい死の香りがした。

ソファへと腰を下ろすと、疲労が滲み出てくるようだった。極度の疲労と寝不足。しかし、妙な高揚感がある。私の手には、あの女店主を撲殺した感触が生々しく残っていた。

不意に電話が震え、着信音が鳴り響く。

通知画面に映っているのは、最初に殺して埋めた恋人の名前だった。

冷水を頭から被ったみたいに、全身の血の気が引いていく。

「ありえない」

誰かの悪戯だ、そう思いながら背筋が震える。高揚感は消え失せ、得体の知れない恐怖が忍び寄ってくるように感じた。

ゆっくりとソファから立ち上がり、距離を取ろうとした時だった。触れてもいないのに、画面が切り替わり、通話が始まる。

ザーッと砂嵐のようなノイズ音が、部屋中に響き渡る。ブツッ、ブツッと途切れるような音に、猫の唸り声が交じっていた。

『君は、まるで罅割れた水瓶のようだ』

この手で殺し、地中へ埋めた女の声。あの骨董店の女主人の声が携帯電話から響く。

「嘘だ、あり得ない」

電話の向こうで、女が、くっくっと喉を鳴らして嗤う。恐ろしい声だった。死が形を持っているとしたなら、きっとこんな声で嗤うのだろう。

『その渇きは、決して満たされることはない』

「お前は、誰なんだ。彼女の携帯をどうして」

『私は、彼女のことなど何も知らない。あの子は、何も話さなかった。自分の手で仇を討つと決めていたのだろう』

あの子とは、誰のことか。

ミャア。


猫の鳴き声に振り返ると、フローリングの中央に見覚えのある根付が転がっていた。

私がかつて彼女に贈り、あの骨董店で見かけたものが、どうしてこんな場所にあるのか。

いや、違う。これはあの猫じゃない。だって、この猫は眼を見開いている。背筋を伸ばし、手をついて、月のような瞳をこちらに向けているじゃないか。同じものである筈が、ない。

『その子は、全て見ていた。自分の主人が縊り殺される一部始終を』

おかしい。

猫の背後、そこには窓がある筈だ。カーテンがあり、キャビネットがある。それなのに塗り固めたような闇が広がるばかりで、何も見えない。

言ったろう、と女が嗤う。

『人が物を選ぶのじゃない。物が己にふさわしい主を選ぶのだと』

ぶつり、と通話が断ち切られるように終わる。

呆然と目の前の闇を眺める以外に、私にできることはない。闇は広がり、壁という壁を覆い尽くしていた。灯り一つないのに、あの猫の根付の姿だけは闇に浮かび上がるようにはっきりと見えた。

「しょうがないじゃないか。だって、渇いてしょうがないんだ。罅割れたままじゃいられない。そうだろう？　あいつが変わったんだ。私じゃない」

猫の背後の闇に、女たちの姿が浮かび上がる。人形のような顔をして、真っ直ぐにこちらを見ている。

「私は悪くない。誰だって何かを奪いながら生きているじゃないか。そうだよ、この世界は弱肉強食なんだ。君たちは私よりも弱かった。だから、私の糧になったんだ」

そうだ。私は何も悪くない。

乾いた大地が罅割れていくような音が、頭の奥で響く。

とぷん、と溶けるように猫が影の中に沈む。すると、泡が膨らむように巨大な何かが小さな部屋を埋め尽くした。

恐怖にぶるぶると身体が震え、いつの間にか私は絶叫していた。

目の前の闇が、ゆっくりと瞼を開く。

猫の瞳が、嗤うように弧を描く。

細く鋭い月のような瞳が、急に転がった。

違う。転がったのは、私の視界だけ。

首がやけに冷たい。いや、灼けるように熱い。

どさり、と私の身体が崩れ落ちるのを眺める私を、誰かが拾い上げた。

女たちが、私を見て嗤っている。

○

物音がして、玄関の戸を開けて誰かが男の部屋へやってきた。

靴も脱がず、無遠慮にフローリングの床を踏む足音が響く。

リビングの戸を開けると、やってきた彼は目の前の惨状に眉を顰めた。

目の前には、首から上のない男の死体が無造作に転がっている。壁から天井に至るまで、あちこちに飛び散った血飛沫。

彼は辺りを見渡し、それから足元に落ちているものを見つけてため息をついた。

右腕がないので、左手で床に落ちている根付を拾い上げると、無造作にポケットにしまう。

満足げに目を閉じた猫の根付。

彼は、辺りを見渡して何かを探そうとしたが、やがて見切りをつけたように部屋から出ていった。

その後、通報を受けてやってきた警察が、いくら現場を探しても、それを見つけることはできなかった。

彼の首は、持ち去られたのか、結局最後まで見つからなかったという。

小休

夜明け前から降り始めた雨は次第に雨脚を強め、昼食を食べ終わる頃には嵐もかくやといった勢いとなっていた。

ソファに寝転んでぼんやりと外を眺めている千早君を他所《よそ》に、私は家中の家事に勤しんでいた。無垢材の家具は湿気や乾燥に弱いので定期的にオイルで拭き上げてメンテナンスしてやらねばならないし、カーテンも前回洗ってから一ヶ月は経ってしまっている。ついでに窓サッシの溝の磨き上げも終わらせてしまいたい。日々のそれとはまた違い、休日にしかできない掃除というものは意外に手間と時間がかかる。

「大野木さん。それさ、まだ終わんないの？」

退屈に耐えかねたのか、寝転がった姿勢のまま我が家の居候が話しかけてくる。

「そうですね、あと三時間ほどでしょうか。暇なようでしたら、家具のオイル拭きを一緒にしますか？」

「えー、遠慮しとく。ムラがあるとか磨きが足りないとか、後で小言聞かされる未来しか見えねーもん」

そうならないように行えば良いだけです、とは思ったものの、口に出すのはやめた。彼の雑なやり方では、結局二度手間になるのは間違いないのだ。

「ああ。では自室の片付けをされてはいかがです？」

「……却下で」

おやつを貰えなかった時の猫のような、不貞腐れた声を無遠慮に寄越す。

彼の部屋のシーツ類は、私の方で毎日洗濯とメイキングはしている。だが基本的にそれ以外はノータッチというのが我々のルールだ。食品、及び腐る可能性のあるもの全般の持ち込みだけは禁止というのが私ができる最大限の譲歩だった。脱ぎ捨てた衣服がどんなに散乱していても、買い物袋のまま放置された何かが転がっていても、必死で見て見ぬふりをしている。正直、どういう神経をしていればこの部屋で平気で寝起きできるのだろうとは思うが、決まりは決まりだ。

「素朴な疑問なんですが、汚い部屋で過ごすのは嫌じゃありませんか？」

「大野木さん。俺の家の中、知らない訳じゃないよな？」

確かに千早君の家の中の惨状は筆舌に尽くし難く、足の踏み場どころか、そもそも立ち入れない部屋の方が多いという有様だった。いや、居住空間であるリビングだけは割と片付いていたが、あれは他の部屋に物を押し込んでいただけだ。決して整理整頓と呼べるような状態ではない。

「あの家で寝泊りしているとは、にわかには信じられませんでした……」

「一人暮らしなんかそんなもんだろ。俺は生ごみだけは溜めないからまだマシだと思うけどな。大学の時の友達んとこも似たり寄ったりだったぜ？」

「似たり寄ったり、ですか」

「大野木さんが特例なんだよ。朝一に便器掃除したり、風呂場の排水口の掃除までする人なんてそんないないだろ。なんなら毎日シーツも替えない」

「そうでしょうか。それでも最低限の掃除はするものでしょう？」

「俺にとっての最低限は食器洗いとゴミ出しぐらい。まあ。さすがにトイレ掃除ぐらいはたまにしてたけど」

想像してしまい、思わず顔が青ざめていくのを感じた。つまりその他の部分はノータッチということか。埃も払わず、窓も拭かず、床も磨かず、エアコンや空気清浄機のフィルターも掃除しないだなんて。

「そんな環境で生活をしていては、病気になってしまうでしょう？」

「いや。全然。でも食費が足りなくて栄養失調になったことはある」

「それは掃除とは無関係では……」

「そんなことよか、なんかしようぜ。退屈で死んじまう」

本格的に人の話を聞いていない。

「外出してきたら如何ですか？　駅前はそれなりに賑やかですよ」

普段なら勝手にあちこちふらりと出かけるのに、気まぐれにこうして退屈がるのは困ったものだ。

「こんな嵐の中、出かけたくねぇ。濡れるし」

「雨の中、傘もささずに出歩く人の言葉とは思えませんね……」

「せっかくの休日に大雨なんだぞ。こんな日じゃないとできない余暇の過ごし方をしないと、かえって気が滅入るだろ」

千早君の言葉にも一理ある。考えてみれば、カーテンの水洗いもオイルメンテナンスも、本来は晴れた日の方が望ましい。何も今日のような日にまで行う必要もないのではないか。

「分かりました、私の負けです。千早君に合わせましょう。映画でも観ますか？」

「んー、それも良いんだけど、なんか今日は違うんだよなぁ。もっとこう楽しいやつがいい。卓球とかしたかったな。テーブルにネットを取り付けるだけのやつ。今度買わない？」

「却下です。無垢材が傷つきます」

「また磨けばいいじゃん」

「千早君が磨いてくれますか？」

「ごめん。今のなし」

どうしてもと言うのなら専用の卓球台を購入した方がまだ良い。長年、磨き上げてきたウォールナットの無垢材。サイズから加工法まで事細かくオーダーしたテーブルに傷をつける訳にはいかない。

「そうだ。怪談話は？」

「怪談、ですか？」

「そう。怪談。怖い話」

どうしようか。ここは突っ込んでおいた方が良いのだろうか。日常的に怪異と遭遇している霊能力者が怪談話をするというのは、なんだかとても奇妙な気がする。なにしろ全て実話なのだ。肝は冷えるだろうが、面白いかと聞かれれば微妙ではないか。

「それは怖い話というか、もはや業務報告のような気が……」

「大野木さんが知らない話にすればいいだろ？」

もうすっかり怪談をするつもりになってしまった。こうなるともうどうにもならない。

「……分かりました。ですが、私はなんの話をすれば」

「怖い話に決まってるだろ。怪談話してくれよ。背筋が凍りつくようなやつを頼むぜ」

「千早君と遭遇したものばかりなんですが……」

「いや、そこは『これは友人の誰それから聞いた話なのですが』みたいなのでもいいからさ」

そんなことを言われても、私の友人知人に怪異に遭遇したことのある人物などいない。

さて、どうしたものか。ここでしらけさせてしまうと後が面倒だ。

「大野木さん。せっかくだから飲みながらやろう」

「昼間から飲むんですか？」

「休日なんだし、それくらい良いだろ？」

「私は構いませんが、千早君はそれほど飲めないでしょう」

「こないだお土産で貰った蜂蜜酒がある」

そういえば養蜂場に勤めているという依頼人からギフトが届いていた。公務員的にはアウトなのだが、あくまで個人的な贈り物を千早君が受け取っているのでグレーと言えば、グレーである。

「でしたら私はウイスキーでも舐めましょうか。千早君はソーダ割で良いですか？」

「うん。あんがと」

たまにはこういう休日も悪くないかもしれない。

私はキッチンの棚からマッカランのボトルを取り出し、ショットグラスに注ぐ。何か乾き物が欲しい。ピスタチオの備蓄があったはずだ。原木から生ハムを切り出してもいいが、今日は香ばしいナッツで口を乾かしたい。

千早君の分はロック氷をジョッキに入れて蜂蜜酒をソーダで割る。殆ど蜂蜜味の炭酸ジュースと言うべきアルコール度数だが、野暮なことは言うまい。本人がこれで飲酒をしていると楽しめるのだから。実に安上がりでいい。

「飲み物よし。あとは雰囲気作りだな」

千早君はそう言うと、避難袋の中から、やけに手慣れた様子で非常用のローソクを持ち出してきた。強風に強く、なかなか消えないという防災グッズである。

「怖い話を一つしたら消していこう」

「待ってください。何本使う気ですか」

「え。全部」

「ダメです。非常用のアイテムを日常で浪費しないでください」

こんな所で二箱、二十四本も使用するのは非常用ローソクの製造元に申し訳ない。これはいつ来るとも知れない災害の折に活躍するという大切な使命があるのだ。室内で無意味に費やすなど、許されない。

「二本あれば充分じゃありませんか」

「それじゃ百物語にならないだろ」

「百も話すことなんてないでしょうに」

成人男性二人の余暇の過ごし方にしては不毛に過ぎる。それに彼の性格からして、どうせすぐに飽きるのは目に見えていた。

「二話かー。短いなー」

「充分です。さぁ、始めましょう。まずは乾杯しませんか」

「おーし。かんぱーい」

カチン、と酒器を軽くぶつけて、互いに酒を口に含む。ウイスキーのバニラやナッツ、香草を感じさせる味わいを存分に楽しんでから嚥下すると、胸の奥に火が灯るようだった。

どうかとも思ったが、昼間からこうして酒を飲みながら怪談話というのもなかなか乙なものかもしれない。雨が窓を叩く音も妙に心地よい。

「この蜂蜜酒最高だな。全然アルコール臭くない」

アルコールなど希釈されて殆ど分かるまい、と思ったが、口には出さない。

「ヴァイキングも愛した世界最古のお酒ですからね」

二杯目は蜂蜜酒をロックで楽しむのも良いかもしれない。

「なぁ、やっぱり豪快にローソク全部使わない？」

「ダメです」

しょうがない、と悔しそうに言ってから、千早君が二本のローソクに火を点ける。左手一本で器用に点けるものだな、と思わず感心してしまう。

部屋のダウンライトを全て消し、ローソクの灯りだけになった室内は想像以上に仄暗い。テーブルの上の小皿やグラス、隣にいる千早君の姿は確認できる。けれど少し離れたキッチンの家電は闇が濃く、半ばシルエットしか見えない状態になっていた。

「意外に暗くなるものですね」

「そうだな。じゃ、始めようか」

これは大野木さんと出会う前の話なんだけどさ。帯刀老の所を飛び出して、住むとこを探してた頃、やっぱり無職で住所不定の若者に賃貸アパートなんか貸してくれる訳なくてさ。かと言って実家に帰る選択肢はなかったし。適当な公園で昼間から途方に暮れてた。野宿するのは嫌だなって漠然と考えながらさ。

そしたら、一人の婆さんが声かけてくれたんだよな。これがまたすごい口が悪いんだけど、うちでお茶でも飲んでけって言ってくれたんだ。冷たいカルピスもあるって聞いて、思わずついていったんだよ。

口は悪いんだけど、優しい婆さんだった。

で、婆さんの家に着いたら馬鹿みたいに濃いカルピス飲ませてくれて。すごい美味かったよ。あんなに美味しいカルピスはもう飲めないんじゃないかな。比率が絶妙なんだよ。

飲んだからさぁ帰ろうって訳にもいかない。そのまま婆さんの長話に一時間くらい付き合ってさ。先立たれた爺さんがいるだの、子どもはいなかったから猫を飼ってただの。その猫にも先立たれただの。そんな話を聞かされたんだ。

で、今度は俺の話になったから、とりあえず無職で住むとこがないって言ったら『この家をくれてやる』って言うんだよ。でもさ、初対面の若者に渡すものじゃないだろ？　家だぞ、家。いらねぇって言ったら『どうせ受け取る相手もいない』って言うんだよ。

そしたらさ、急に猫が後ろにいて。ミャアって鳴くんだ。年寄りの猫だったなあ。白髪交じりの不細工なやつ。

婆さんが『やっと迎えが来た』なんて言って立ち上がってさ。一歩猫に近づいたと思ったら消えたんだよ。猫と一緒に。すぅって煙みたいに。

なんとなく嫌な予感がして、家の奥に行ったら仏壇の前で眠ったみたいに死んでる婆さんがいたんだよ。心臓麻痺かな。まだ冷たくなったばっかりって感じだったから、ほんの数時間前に亡くなったんだろうな。

初めてお年寄りの遺体を見つけたからさ。あれはびっくりした。

そう言ってグラスを傾ける千早君を前に、私は開いた口が塞がらなかった。

「……待ってください。もしかして、その家というのは、まさかあの家ですか？　千早君の荷物が置いたままの？」

「そうだよ」

それがどうしたんだ、とでも言いたげな千早君の表情に絶句する。事故物件ではないか。

「つまり、千早君が住んでいたのは他人の家ということですか⁉」

「今は俺の家だぜ。くれてやるって死んだ本人に言われたんだから、間違いない」

「登記やその他の手続きはどうしたんですか」

「知らねえ。通報して、婆さんは火葬してから仏壇で爺さんと猫の位牌と一緒にしてある。まぁ、枕元で文句の一つも言ってこないし、問題ないんじゃないかな。成仏したんだろ」

言葉を失う。こんなに怖い話は初めてかもしれない。見知らぬ他人が亡くなった家で、平然と彼は寝泊りしていたというのか。不法侵入ではないか。

「どうよ。怖かった？」

「え、ええ。想像以上でした」

怖さの種類が、想像していたものとはかなり違っていたが、あまりの恐ろしさに鳥肌が止まらない。聞かなかったことにしよう。

千早君が上機嫌にローソクの火を吹き消す。

「さぁ、次は大野木さんの番だぜ」

「はぁ。しかし、これといった話はないんですよね」

元々、私はオカルト否定論者の現実主義者であった。自分の眼で見たものしか信じない。

霊能力はもちろん、怪異の存在なども全ては科学で説明のつく自然現象だと固く信じていた。少なくとも、彼に遭うまでは。

「なんでもいいよ。俺の知らない話なら。なんなら元カノにフラれた時の話とかでもいいよ。ほら、同棲して三日でテレビのリモコン持って出ていかれたやつ」

「……黙秘します。でも、そうですね。怖いという訳ではありませんが、昔の話を一つ」

当時、私は都内の大学に通う学生でした。サークルにも研究室にも所属していましたが、とりわけ体育会というサークルの代表たちが所属する団体の役員たちとは親密な交流がありました。

三年生の夏のことです。

特に親交のあった男女のメンバー五名で打ち上げをしていると、なんとなしに肝試しに行こうという話になりました。大学内でも有名な心霊スポットがあったのですが、私が不法侵入のような真似はしたくないと断ったので、行き先は廃病院から深夜のダムへと変わりました。

当然のことですが、そんな時間のダムに人の気配などありません。

友人たちはそれを怖い怖いと怯えながらも、なんだかんだ楽しそうでしたが、私は肝試しの楽しさがよく理解できませんでした。深夜の暗闇に包まれたダムを懐中電灯をつけて散策して、何が楽しいのでしょうか。

私と同じように感じていたのでしょう。他サークルの女性が私の隣を歩きながら、私の意見に同意してくれました。彼女とは初対面でしたが、彼女の意見は終始筋が通っていて、とても話しやすかったのを覚えています。

ああ、すいません。話が逸れましたね。

それからですか？　別にこれといった怪異は起こりませんでしたね。

ですが、不思議なことが起きたのはこの後なんです。

山の峠道を下りて小腹を満たそうとファミリーレストランへ立ち寄ったんですが、何故か店員さんがコップを六つ配膳してきたんです。私たちは五名しかいません。そもそも友人の車には五名しか乗れないんですから。不思議に思い、店員さんに訊ねてみると彼はこう言ったんです。

『お連れの方なら、先ほどトイレに立たれましたよ』と。

珍しく私の話に真剣に耳を傾ける千早君を見て、私は自分の怪談話が成功したことを悟った。それほど恐ろしい話でもないのだが、我ながらなかなかの語り口だったようだ。

「それで。どうなったんだ？」

「特に何も。きゃあきゃあと怖がって車に戻って解散。それだけです。学生時代にありがちな、ちょっとした勘違いを心霊現象と結びつけてしまうケースですね」

「ふぅん」

「どうですか。怖かったですか？」

「いや、納得がいったなって」

琥珀色の中に浮かぶ氷が、カランと首が落ちたように崩れて落ちる。

「え」

「大野木さん。ダムで話したっていう女の子なんだけどさ、ボブカットで右目の下に小さな黒子がなかった？」

どきり、とする。まるで視てきたみたいに言い当てられた。

千早君の右眼が鬼火のように、青白く揺らめいている。

「たまに大野木さんの背後に立っているのを視るから、誰かなーって思ってたんだけど。そっか。この時期になると会いに来てたのか。梅雨は割と境界が曖昧になるからな」

背筋に冷たいものを感じる。

ぞわぞわ、と足元から悪寒が這い上がってくるようだった。

「え、あの、それは、つまり」

千早君は私を視ていない。私の背後、背中に立つ何かをジィと視ている。

人間は、自身の後ろにあるものを見ることはできない。それなのに、次第に其れが輪郭をはっきりと持つのを確かに感じる。立ち姿、手の位置、視線をどこに向けているのかさえも。視えるはずがないものが、どうしてこんなにも生々しく分かるのか。

「うん。でもまぁ、憑いてるだけだから気にすんな」

そのうち消えるよ、と簡単に言ってのけて、興味をなくしたかのように視線を逸らした。ナッツを口に放り込んで咀嚼する軽快な音がこちらにまで届いてくる。

ふぅっ、と誰かに吹き消されたように、私のローソクの火がひとりでに消えた。

黒椿

急に降ってきた雨から逃れるように、路地裏へ入り込んだのがいけなかった。

路地は私が考えていたよりもずっと底が深く、溺れる人間が足をばたつかせるように、雨から逃れようともがいているうちに自分が何処にいるのかも分からなくなってしまった。

屋敷町。古い武家屋敷の残る町並みは、観光地としてそれなりに人気がある。東西に近衛湖疎水の流れる、雨の似合う雅やかな町だ。しかし一歩薄暗い路地裏へ迷い込めば、前後左右が曖昧になって奥へ奥へと突き進んでしまう。戻ろうと踵を返したところで、どういう訳か歩いてきた筈の道は忽然と消え、無機質な壁が聳《そび》え立っていた。

「まずい。完全に迷ってしまった」

疲れが溜まっているのかもしれない。ここの所、満足に休暇も取っていなかった影響だ。路地裏から表通りへ出たいだけなのに、どうしてこんなに迷うのか理解できない。

「冗談じゃないぞ。何なんだ、一体」

考えてみれば、この路地は何かおかしい。一本道のように見えたのに、急に道が分かれていたり、行き止まりだったり。似たような看板や、よく分からない店が立ち並んでいるのも奇妙だ。

そんな時、ようやく路地の先に一軒の店が見えた。

「ああ、よかった」

一見すると古い民家のようだが、よく見れば磨りガラスに屋号を記した紙が張りついていた。夜行堂、と毛筆で書いてあるが、それだけではなんの店か分からない。大方、骨董店か古書店といった所だろう。

「こんな場所に人がやってくるとは思えないが、今は有り難い」

軒先に吊るされた提灯が、仄かに辺りを照らし上げている。

軒が比較的長いので、雨宿りには丁度いい。

おそらくビジネスにはならないだろうが、これも何かの縁だ。営業くらいかけておくべきだろう。肩についた雨粒を払い、ハンカチで頭や顔を丁寧に拭いてから乱れた髪型を手櫛で整えた。ついでに表通りへの道順も聞けたなら言うことはない。

ガラス戸に手をかけようとして、中から数名の話し声が聞こえてきた。先客がいるのだろうか。こんな立地なのに、案外繁盛しているのかもしれない。

「ごめんください」

がたつく引き戸に手をかけた瞬間、店内から聞こえていた声が一斉に止んだ。

店内は薄暗く、どこか陰鬱としている。天井から吊るされた裸電球が周囲を照らし、白く煙のようなものが漂っているのが分かる。あちこちに棚が並び、様々な物が陳列されている。

古ぼけた鏡、着物の帯、狐の面、赤いリボン、長靴、真鍮の鍵、蓄音機、小刀、動物の根付。どれもこれも統一感というものがない。共通性があるとすれば、いずれも古い物であるということくらいか。汚れているというよりは、年季が入っているという印象がある。

「なるほど。骨董店か」

それにしては少しおかしい。品物には値札らしきものがついておらず、管理されているという風にも見えない。私は専門外だが、ざっと見ただけでも価値のありそうなものは幾つかあるようだが、ガラスケースで厳重に保管するでもなく、他の雑品と同じように無造作に並んでいる。

あまり商売っ気のない店主なのかもしれない。

「やぁ、いらっしゃい」

奥から女性の声が響いた。落ち着いた、囁くような声音に振り返ると、そこにはすらりとした線の細い美女が立っていた。鴉の濡羽色と呼ぶべき黒髪が美しく、思わず見惚れてしまう。いや、相手が女性であれば商売の好機だ。

「どうも。雨宿りに立ち寄らせて頂きました」

「構わないとも。好きなだけ暇をつぶしていけばいい」

「ありがとうございます。失礼ですが、貴方がこちらのオーナーでいらっしゃいますか？」

「ああ。今は私がこの店の主だ」

「ご挨拶が遅れました。実は、私宝石商をしておりまして。鹿鶴《かづる》と申します」

名刺を手渡すと、彼女はにっこりと微笑んだ。

「ほう。宝石をあきなうのか。それに縁起の良い名前だ」

「珍しい苗字でしょう？　まぁ、個人の小さな宝石商ですから、それほど大したものではないのですが。現地で直接、この目で見て商品は仕入れています。品質は保証しますよ」

価格が安いとは口が裂けても言わない。私の商品は高い。高品質なのだから当たり前だ。イミテーションや屑石を扱うような業者とは違う。

「なるほど。行商に来たのかい？」

「いえ、雨宿りのついでのようなものです。時にご店主。宝石にご興味はおありですか？」

大抵の場合、ここで曖昧な返答をされてからが商談のスタートになるのだが、今回は少しいつもとは勝手が違っていた。宝石、と聞いてその目が俄《にわか》に輝いたのだ。

「あるとも。昔から大好物でね。酒と玉石があれば好きなだけ酔える」

彼女は上機嫌に言うと、どこから取り出したのか、煙管を咥えると紫煙を細く吐いた。吸い口はともかく、羅宇《らう》は良質な翡翠で拵えてあるのを私は見逃さなかった。彫刻も素晴らしいものだ。こんなものを日常的に愛用するということは、もしかすると彼女はそれなりの資産家なのかもしれない。

この店だってお世辞にも繁盛しているようには見えない。案外、金持ちの道楽でやっている店なのやも。

「それは素晴らしい。どうでしょう。試しに、ご覧になりませんか？」

「ああ。是非お願いしよう」

「ありがとうございます」

これだから行商はやめられない。思いがけない場所に商売の話が転がっているものだ。

「いや、ご店主は運が良い。今日持ち歩いているのは、どれもとびきりの逸品ばかりですよ」

鞄から宝石箱を取り出し、手袋をつけて中身を取り出すと、女主人は目を輝かせた。それは年頃の女子が高級チョコレートを目の当たりにしたような反応に近い。そして、私の経験上、ここで物怖じしない客は確実に購入する。

「そういえば今日はバレンタインデーですね。ご店主もチョコをどなたかに？」

「生憎、私はそういう風習には親しみがなくてね」

「でしたら、ご自分へのご褒美にご一考ください」

巧みだな、と彼女は苦笑する。

「品物を広げたいのですが、そちらの帳場をお借りしても？」

「ああ、構わないよ」

帳場にシルクの布を敷いて、その上に一粒宝石を置いた。一度にずらりと並べるのは上手くない。相手を圧倒するには良い手だが、客の意識が一つの石に集中できず、どれも取るに足らないものに見えてしまう。一つずつ丁寧に説明することで最も宝石の価値を感じて貰うことができる。

「まずは、こちらからお見せしましょう」

僅かに緑を帯びた薄青色の一粒。

「フォスフォフィライト。和名を燐葉石《りんようせき》と申しまして、希少性もさることながら、宝石の中でも極めて脆いという特性を持つ石です」

「これは初めて目にする。まるで湖の底のような色を湛えた美しさだ。さぞ貴重な石なのだろうね」

「それはもう。結晶の大きなものは極めて希少でまず手に入りませんね。どうでしょう。お気に召しましたか？」

店主は満足そうに頷いて、その獰猛にも見える瞳を宝石へ向けた。

そして、次の瞬間、ひょいとフォスフォフィライトを摘み上げると、まるで菓子でも食べるかのように口の中へ放り込んでしまった。パリパリと薄い積層が、まるでパイ生地のようにサクサクと咀嚼される音がする。

「歯応えがとても面白い。こんな食感は初めてだ。清涼感のある甘味も気に入った」

宝石を食べてしまった。

呆然とする私を他所に、店主は催促するように机を指で叩く。

「次の品物を見せてもらおう」

どうして宝石を食べたのか。いや、当然代金は請求させて貰うが、まさか食べてしまうなんて。いや、普通の人間が宝石を食べる筈がない。飲み込むのならまだしも、彼女は間違いなく咀嚼していた。フォスフォフィライトが幾ら柔らかいとはいえ、鉱石であることに変わりはないのだ。

「ああ、勿論宝石の代金は支払うとも。そう心配そうな顔をしないで欲しい」

食い逃げなんてしない、と彼女は可笑しそうに笑う。

まるで人間のように。

急に背筋が寒くなった。

「あの、つかぬことを伺っても？」

「なにかな」

「こちらはその、どういうお店で？　一見すると骨董店のようですが」

動揺しているのは自分でも理解している。それでも、ここが私の生活する世界とは地続きの現実であることを実感したくなった。もしかしたら私は自分でも気づかないうちに、あの路地で死んでしまい、あの世というか、そういう場所にいるのではないかという漠然とした不安。

「しがない骨董店だよ。ただし、曰く付きの品物しか扱わない。そういう品物と人の縁を繋ぐのが私の役割。この夜行堂という店も、そうあるべく願い作られたのでね」

「曰く付き、ですか」

「そう。例えば、君の後ろに女の面があるだろう？」

店主の指差した方へ振り返ると、確かに美しい女性の面が棚に並んでいる。息を呑むほど美しいが、その表情が妙に生々しい。肌のきめ細やかさといい、睫毛の生え方といい、とても作り物とは思えなかった。

まるで本物の人間の顔だ。

「手に取るのはやめた方がいい」

店主にそう言われた瞬間、冷や水を頭からかけられたように我に返った。

いつの間にか、面を手に取ろうと手を伸ばしている自分に鳥肌が立つ。

「見れば分かるように、とても美しい女性だったそうだが、性根の方は違ったようでね。男を騙して大金を手に入れるようなことを何度も繰り返していた。骨の髄までしゃぶりつくすというのかな。男の金で豪遊し、最終的には命さえ奪って金を手に入れる。そんなことを何年も繰り返したが、とうとう手を出してはいけない連中に捕まり、顔を削ぎ落とされてしまったのさ。最後まで、自分は悪くないと叫び続けながらね」

惨たらしい様子が脳裏を過ぎって、思わず胃の中がひっくり返りそうになる。

「そして彼女は逃げ出した。逃げて、逃げて、逃げ続けるうちに人ではなくなってしまった彼女は一体何をしているのだろうね」

「では、この面は」

「削ぎ落とされた彼女の顔そのものだよ。時間に置いてけぼりにされたのか。この美しい顔は腐ることもない。こうして眺めている分には構わない、と好事家の間をしばらく流れていたようだが、とうとう此処へきたという訳さ。一度手に取ると、その人が死ぬまで近くを離れなくなるから気をつけて」

死者の顔で形を取るデスマスクというものが、世の中にはあることは知っていたが、これはそんな物とは比べ物にならない恐ろしい一品だ。

「人が、人ではないものになるのですか」

「なるとも。人を呪い、人として成立しなくなれば、人外と化す。哀れなことだ」

彼女はそう言ってから、取り消すように手を軽く振ってみせた。

「本題に戻ろう。話が脱線してしまったな。次の品を見せて欲しい」

「あ、ああ。はい。すぐに」

今更、引き返すことはできそうにない。私は覚悟を決めて、新しい一粒を店主の前へ恭しく置いた。

「こちらも希少な宝石です。ミャンマー産の『ピジョン・ブラッド』と称される最高級のルビーとなります」

「美しいね。これほど赤味の濃い紅玉は珍しい」

ますます目を輝かせる店主の姿にホッとする。機嫌を損ねてしまわなければ、生きて帰ることができるかもしれない。とにかく今は彼女の気に入る石を提案することだけに集中しよう。

そうでなければ、私も気がおかしくなりそうだ。

「お分かりになりますか」

「紅玉は血のように濃く、色味が鮮やかなものが良い。舌の上で転がせば甘く、砕けば中の蜜がとろりと溶け出す。知っているかな？　若くて濁っているものは、渋いばかりで味気ないんだ」

曖昧に笑う私を他所に、ルビーが店主の口の中へ放り込まれる。ルビーは十段階ある硬度のうち、上から二番目の九。硬度三のそれとは比べ物にならない硬さなのだが、店主は口の中で味わうように転がした後、まるで飴玉を割るように簡単に噛み砕いてしまった。

その途端、酔いが急に回ったように彼女の頬が赤く染まっていく。

「外側は硬い林檎のような甘味があるが、中の蜜はまるでラム酒のようだ。豊かで芳醇。素晴らしい味わいだ。これは癖になってしまうな」

この人は宝石で酔うのか。

そういえば学生時代に読んだ古代中国を舞台にした怪奇小説で、人を喰う妖怪を退治しようとする主人公たちが、妖怪を誘《おび》き出す為の餌に瑪瑙《めのう》や翡翠を山中に撒いていたのを思い出す。

妖怪。

どう見ても美しい、人間の女性にしか見えないが、目の前でこうも楽しそうに宝石を食べられると分からなくなってしまう。

「お気に召しましたか？」

「勿論だ。それにしても、君は本当のプロだね。随分前にも宝石商を名乗る人間がやってきたことがあったが、すぐに尻尾を巻いて逃げ出してしまった。あれはいけない」

私には、そのかつてやってきたという同業者の気持ちが痛いほどよく分かる。

だが、人であれ、そうでない者であれ、彼女が私の客であることに変わりはない。そう思うと、少しだけ心が落ち着きを取り戻すのが分かった。

「それに引き換え、君は素晴らしい」

「ありがとうございます。では、最後の一品をご覧になりますか？」

満足そうに店主が頷き、上機嫌に煙を天井へ吐く。

「黒金剛石、ブラックダイヤです。人工的に作られたものも多くありますが、こちらは漆黒の天然ダイヤモンドとなります。これだけの漆黒の色を発し、天然のものとなると今はほとんど手に入りません。希少性も高いのですが、宝石に詳しい方には敬遠されることが多いのです」

「ほう。それはどうして？」

「かつて南インドで発掘された巨大なブラックダイヤはヒンドゥー教の神、ブラフマーの彫像の眼に埋め込まれ、その為にブラックダイヤモンドはアイ・オブ・ブラフマーと呼ばれるようになりました」

「知識と宇宙創造の神か。大仰なことだ」

「しかし、このダイヤが誰かに盗まれ、消えてしまうのです。この時にインドの僧たちは

『ブラフマーの瞳を盗み持つ者は呪われるだろう』と口々に言いました」

私の話に目を輝かせる店主は愉快そうに笑いながら、唇を舐める。

「愚かな人間はいつの時代にも、何処にでも湧くものだね」

「その後、ブラフマーの瞳は米国の宝石商の手からロシアの王族であるオルロフ家へと渡りましたが、宝石商もオルロフ家でダイヤを身につけていた者たちも次々と亡くなってしまったそうです。皆、一様に飛び降りて死んでしまったので、ブラック・オルロフといえば呪われた宝石の代名詞となりました」

パチパチ、と店主が手を叩いて満足そうに頷く。

「愉快な話をありがとう。ちなみに、その石は今は何処に？」

「ブラック・オルロフの呪いを解こうと、第二次世界大戦後まもなくリカットされることになりました。三つに分割され、呪いは解けたそうです」

「呪いが、解けた？」

ぷっ、と耐えきれないように吹き出すと、店主が声をあげて笑った。

初対面の私ですら、珍しいことが目の前で起きているのだと分かる。そういう笑い方だった。ケタケタと笑い続ける彼女の周りで、品物がひとりでにカタカタと震えるように揺れている。頭上の電球が明滅していた。彼女の足元に伸びる影、そこに映る彼女の頭には巨大で禍々しい二本の捻じ曲がった羊角がくっきりと生えている。

「どこまで愚かなんだ。ああ、可笑しい。仮に形を変えようと、数百に砕いてしまっても込められた呪いは消えることはない。神の呪いとはそういうものなのだから。ましてや、神の瞳に用いた石を人が身につけるだなんてね。触りがあって当然だろうに。全く、人というのは何処までも愚かで度し難い」

だが愉快だ、と小さく笑うと、ブラックダイヤを前歯でサクリと噛み切った。世界で最も硬い物質が、まるでチーズのように簡単に半分になってしまった。漆黒のダイヤ、その中からとろりとした琥珀色の蜜のようなものがこぼれ落ちるのを、店主が指で搦《から》めとる。

「言ったろう。宝石の中には蜜がある、と」

ありえない、と思いながらも目の前の現実にただ笑うしかなかった。

「人の手では幾ら切り刻んでも蜜は溢れない。これは新鮮なうちに一息に齧りとってしまわなければ味わえない、甘露だからね」

残りを口の中へ投じて、酩酊するように身体を揺らした。艶やかな白いうなじが、桃色に染まっている。

「これは今まで味わったことのないものだ」

「一つだけ、聞いても良いでしょうか？」

「なんだい？」

「宝石とは美味しいものなのでしょうか？」

開き直って聞いた私に、店主が微笑む。

「他にない至高の味だ。君も試してみるといい」

「機会があれば」

いい気分だ、と店主は甘い煙を吸い込んでいく。

「君は、和氏《かし》の璧《へき》という名石を知っているかな」

「はい。これでも宝石商の端くれですから」

かつて古代中国の楚《そ》の国にいた和氏という人が霊山で玉石の原石を見つけ、国王に献上した。しかし、国王が鑑定をさせたところ、雑石だとされたので、国王は怒って彼の左足を切り落としてしまった。その次の王にも同じ石を献じたが、結果は同じで今度は右足を落とされてしまう。また更に次の王である文王《ぶんおう》が即位した時、和氏は石を抱いて泣き続けたので、文王はその理由を聞き、その石を試しに磨かせてみると、名玉を得たという。

「人の王というのは愚かだね。自ら確かめもせずに、それが偽玉だと怒るのだから。私なら、こうして食べてしまえば真贋《しんがん》は明らかになる。勿論、足だけで済ませたりはしないがね。君の石は、すべからく本物だった」

紅潮した頬に手を添えて、彼女は愉快そうに笑う。

ここらが潮時だろう。これ以上、ここに長居すれば私は後戻りができなくなってしまいそうな気がしてならなかった。商売は引き際も肝心なのだ。

「ご提案なのですが、本日持ち合わせている他の石も買い取って頂けませんか？　きっとお口に合うかと」

「是非そうしよう。さぁ、手を出して。代金を支払わせて貰おう」

財布も何も持たない空っぽの右手をこちらへと伸ばす。

私は商人としての礼を尽くした。彼女がどんな存在であれ、それを無下にすることはないだろう。

突然、差し出した掌の上に金色の貨幣が音を立てて降り積もった。どうやら、金貨は彼女の掌から無尽蔵に吐き出されているようで、呆然とする私の手からこぼれ落ちて床に積もっても止まる様子がない。

「久しぶりで加減が分からないな。これだけあれば足りるだろうか」

呆然と足元に積み上がった金貨の山を眺めながら、苦笑してしまう。

「まだ代金の説明をしていませんでしたが、幾らなんでもこれは多すぎます」

「私の気持ちだ。また折を見て、訪ねてきてくれると嬉しい。鍵はいつでも開けておこう」

私は鞄の中へ、床にこぼれ落ちた金貨を詰め込んだ。金は比重が重いので、肩にかけた紐が今にも千切れてしまいそうだ。

「それでは失礼します。また、いずれ」

「君ならいつでも大歓迎だ」

そうそう今日ほどの宝石は仕入れられない。次にここへやってこられるのはいつになるか。

夜行堂を出ると、どういうわけか既に表通りが通路の先に見えていた。試しに路地を進んでいくと、すぐに表通りへと出る。行き交う人々や車を眺めると、不思議な夢を見ていたようにも思うが、肩にかかる重さは本物だ。

近衛湖疎水にある小さなベンチへ腰を下ろし、それから暫く流れていく水面を呆然と眺めた。

いつの間にか雨は上がっていて、雲の隙間から白い光が射している。

鞄の中に手を入れて、金貨を何枚か手に取ると、時代も国もバラバラであることが見て取れた。形こそ不揃いだが、金であることは間違いない。

あの骨董店の女主人は何者だったのだろうか。

いや、深くは考えまい。

彼女がなんであれ、私にとっては一番のお得意様になるだろう。

空にかざした歪な金貨には、獅子と角のある牛が描かれている。

随分と古い金貨だ。

試しに携帯電話で検索をかけてみると、これはリュディア金貨という世界最古の金貨らしい。今から二千六百年も昔にリュディア王国という小国で作られたものだというが、最初期の貨幣はほとんど見つかっていないらしい。

次に店を訪ねる時には、できれば現金での支払いを勧めてみよう。

今度はどんな宝石を案内しようか。

エメラルド、オパール、サファイア、アメジスト、ガーネット、トパーズにアレキサンドライト。

彼女に味わって貰いたい宝石は幾らでもある。

試しに金貨を齧ってみると、どうしようもなく硬い金属の味がした。

雨聴

私の世界には、生まれつき光がない。

縁側に一人腰を下ろして、庭に落ちる音に耳を傾ける。

はらはらと空が泣いているような雨の日。風もなく、凪いだ雨雲からこぼれ落ちるそれを眺めた。

床板を指先でそっと撫でると、大勢のお客様の足で磨かれて、鏡面のようにつるりとしている。百年続いた老舗旅館も今はもう、少し広いだけの家になってしまった。幼い頃は、本当に多くの人が宿泊して、御座敷も大変賑やかだったのに。

「深雪《みゆき》」

母に名前を呼ばれて振り返る。ぎしぎし、と廊下の鳴る音がいつもより柔らかい。今日は普段よりも幾分か機嫌がいいようだ。

「お父さんと税理士の先生たちに会ってくるけど、何か必要なものがあるなら教えてちょうだい。買い物もついでに済ませてしまうから」

「ありがとう。でも、特にないかな」

「そう？　お腹が空いたなら、昨日の残りが冷蔵庫にあるから温めて食べなさい。それから出かける時は必ず連絡して。もしお客さんが来たなら、とりあえず用件だけ聞いておいて。それと無暗に、」

早口でまくしたてられて眩暈《めまい》がしてくる。

「出歩かないで、だよね。大丈夫だよ、もう子どもじゃないんだから、そんなに心配しないで」

かなり言葉を選んだつもりだったが、母が露骨に不機嫌になるのを感じた。目が見えずとも感じ取れるものは幾らでもある。呼吸の仕方一つにしても、感情は籠もるものだ。

「そうですか。余計なお世話でしたね」

頑なな声。またヘソを曲げてしまった。うんざりしながらも努めて冷静に返す。ここでこちらが語気を強めてしまえば、本格的に争う形になってしまう。

「誰もそんなことは言ってないよ。僕はただ」

「もういいわ。勝手にしなさい。親の厚意を無下にばかりして」

吐き捨てるように言って、足を踏み鳴らして去っていく母の姿が見えるようだった。数年前、旅館の経営が傾き始めた頃から、母は人が変わったように神経質になってしまった。母からすれば私はいつまでも手のかかる子どものままなのだろう。視覚障害のある可哀そうな子どものまま。自分がフォローしなければ生きていけないと、本気でそう思っている。

そんな母とは対照的に父は昔から寡黙でほとんど会話もせず、干渉されたことがない。母との会話も一方的で、母からふられた話に「ああ」とか「そうだな」などと適当に相槌を打つだけ。老舗旅館に婿養子としてやってきた父は、母に頭が上がらなかった。

しかし、待望の跡取りとして生まれた長男が、まさか全盲とは思っていなかったのだろう。私は生まれついた瞬間に周囲を失望させた。せめて女子であったなら、母のように婿養子を取れただろうに。

先代の祖父が亡くなり、大女将をしていた祖母も鬼籍に入ってしまうと、古参の常連客の足も遠退いた。そこへ昨今の不況も重なり、ついに老舗旅館の息は絶えてしまった。

「水底のような家になってしまったな」

縁側へ横になる。冷たく硬い床板の感触、庭の池や石灯籠に落ちる雨粒の音。柱にかけられた時計の秒針が規則的に音を刻む。それらの音の一つ一つが波紋のように広がって、周囲の様子が頭の中に浮かび上がっていくのを感じた。

ごめんください、と微かな声が聞こえた。

聞き間違いかと思ったが、もう一度声が聞こえる。

慌てて身体を起こし、傍らに置いた白杖を手に取った。

「はい。今行きます」

縁側を戻り、廊下を進んで玄関へ向かう。

『ごめんください』

ガラス戸越しの声に耳を傾ける。妙齢の女性のようだが、やけに声が大きい。くぐもったような声なのに、反響して聞こえるのは肺が大きいからだ。

思わず、沓脱へ降りようとする足が止まる。

「あの、どちら様でしょうか？　生憎、父と母は外出しておりまして」

『つかぬことをお伺い致しますが、間宮京介様は御在宅でしょうか？』

京介、と言われて一瞬眉を顰めるが、それは亡くなった祖父の名前だ。

「京介は私の祖父ですが、数年前に亡くなっております」

扉の向こうで息を呑む声が聞こえた。驚きと悲しみの入り混じった声。

『そうでしたか。それはご愁傷様で御座いました』

「ご丁寧にありがとうございます」

『私は生前、御爺様と浅からぬ縁のあった者です。もし宜しければ、ご仏前でお線香をあげさせて頂けませんでしょうか。無理は承知の上でございますが、遠方より罷《まか》り越しました。このまま帰る訳には参りません』

浅からぬ縁、とはどういう縁なのだろう。祖父とこの女性の間に何があったのかは知らないが、ただの友人ということでもなさそうだ。線香の一つでもあげたいと思うのは当然だろうし、追い返す訳にもいかない。

「そうでしたか、それは祖父もきっと喜びます。是非」

戸を開けて、頭を下げる。けれども、相手が入ってくる気配がなかった。

「……あの？」

『招いてくださいまし』

「え？」

『家人に招いて貰わねば敷居を跨ぐことができませぬ。ただ一言、招いてくださいまし』

その言葉を怪訝に思いながらも、どうぞ、と短く告げた。

引き戸がゴウッと強く軋み、雪駄が土間に擦れるような重い音が響く。彼女が想像よりも遥かに長身の女性だというのが分かり、少しだけ困惑した。衣擦れの音から和服を着ていることは分かるが、身長が測り知れない。背を丸めて我が家の高い鴨居をようやく潜ってくるような長身の人には、会ったことがなかった。

「お招き有り難うございます。ああ、懐かしや。あの頃から少しも変わっておりません。いや、嬉しいもの。これならば良い。陰気があちこちに満ちております」

声が頭上より降ってくるようだった。おまけに歩く度に何かが廊下を擦る音がする。右へ、左へと動くその奇妙な音は、分厚く長い何かの尾を連想させる。

「こちらです」

仏間へと案内しながら、言いようのない不安を覚えた。歩き慣れた我が家の廊下が、どこか歪んでいるようにさえ感じる。白杖で足元を確認しながら、その音を頼りに周囲を把握するしかなかった。

「その杖は？」

「生まれつき目が見えないもので」

「それは難儀でございましょう」

「いえ、もう慣れていますから。家の中ではあまり使いませんし」

背後で、女がほくそ笑んだような気がした。咽喉を鳴らすように笑う様子が、どうしようもなく恐ろしい。

「新しい目が欲しいでしょう。せめて一つはないと不便をしますから。探して回れば、要らない目玉の一つや二つは見つかるものです。ここはひとつ、私めに任せてくださいまし。そうすればきっと悪いようにはしませんから」

ギョッとするようなことを言う。いきなり何を言い出すのか。

「どういう」

意味ですか、と問おうとして息を呑んだ。

いつの間にか、女が背後から覆いかぶさるように立っている。背中にベットリと皮膚が当たり、全身に鳥肌が立つ。人間ではない何者かを招き入れてしまったのだ、と直感した。幽霊などというにはあまりにも現実感がある。もっとこう、生々しい実体を持った、酷く恐ろしいもの。

「……必要ありません。用が済んだらお帰りください」

「用？　どうして私があの男を弔うでしょうか。憎らしい。でも、あなたが招いてくださったので、こうして中へ入ることができたのです。あの男の血を引いているとはいえ、恩義には報いたいと存じます」

長い首をもたげて話をしているのが手に取るように分かり、胃がひっくり返りそうだった。

「何もいりません。帰ってください」

「此処へ置いて頂かねば困るのです。今の世で、これほどの屋敷はそうありません。私を家守にすると仰ってくださいまし。そうすれば如何なる厄災からも貴方を守ってみせましょう」

会話が噛み合わない。この女は何を言っているのか。酷く不快で、気味が悪い。

「お願いします。帰ってください」

「……どうして、そんなことを仰るのですか」

低く唸るような声に、背筋が震えた。声に苛立ちと怒気が満ちていくのを感じる。

「家守にして頂けないのなら、親御様を祟るしかありますまい」

ずるり、とそれが背後から離れるのを感じて血の気が引いた。これが今から何処へ行くかなど、考えずとも分かる。その結果、どんな悲劇が起こるのかも。

振り返りざま手を伸ばして女の一部を掴む。服というよりは、粘液を帯びたヒダのようなそれを強く引き留めた。

「分かりました。分かりましたから、両親には手を出さないでください」

「では、私を家守にしてくださいますか？」

こんなことをすべきではない。けれども、この状況下で肯定以外の選択肢が残されていないことも理解ができる。

「危害は加えないと、約束してくれますか」

ぶるぶる、と巨体を揺らして女が笑う。女の口臭は、強い潮の香りがした。

「家守がどうして家人に仇を成すでしょう。私はこの屋敷が欲しい。他に望む物などありませぬ」

他に選択肢はない。断れば、家族を失いかねない。そういう確かな予感があった。

不意に、女のねとりとした指のようなものが私の頬に触れる。

「見れば見るほど、あの憎らしい男によく似ておられる。どうぞ私の顔にも触れてくださいまし」

生理的な嫌悪感に、逃げ出したくなる衝動に駆られる。

「よせ、やめろ」

「遠慮はいりません。さぁ」

腕を掴まれて強引に持ち上げられる。指先が硬い感触を捉えて、困惑した。石のように硬い面を顔につけている。丸みを帯びた鼻、薄く微笑んだ唇、緩やかに弧を描く目元。その形は以前、一度だけ触れる機会のあった狂言で使う女面のそれによく似ていた。

「良いお面でございましょう？　元の顔は削ぎ落とされてしまったので、新しいものをお面屋に作らせたのです。これが良い塩梅で気に入っておるのです」

目が見えなくとも、この女がどんな笑みを浮かべているのかは想像がつく。

狂気を孕んだ、化け物に相応しい笑みに違いなかった。

◯

それからというもの、女は屋敷の中を我が物顔で歩き回るようになった。ずるりずるりと大きな身体を引きずって、舐め回すように廊下を進んでいく。時折、仏間に入っては祖父の位牌を倒して溜飲を下げているようだ。

幸いと言うべきか。父と母には女の姿は見えないらしく、声にも変化はない。

私は努めて何も感じていないように振る舞い、日々を過ごした。

雨の日には縁側に腰かけ、雨音に耳を傾ける。

以前と違うのは、傍らにそれがやってくることだけだ。向こうへ行けと言っても通じないので、もう諦めている。

「お前様は眼が見えぬというのに、たまに見えておるような物言いや振る舞いをなさる。実は眼が見えているのですか」

お前様、と女の化け物が親しみを込めて私をそう呼ぶのが、たまらなく嫌だった。それでも名前で呼ばれるよりは遥かにマシなので黙っておく。

「眼が見えなくても、見える世界はあります。辺りを流れる音の反響によって視えてくる。耳に瞼はないから、否応なしではあるけれど」

縁側の柱にすがりつく、この女の奇妙な姿も以前よりも視えるようになってきた。尾のついた氷嚢《ひょうのう》に人の手足を生やして、頭部には女の面をつけたような歪で気持ちの悪い姿をしている。面は喜怒哀楽を浮かべて歪むのだということに、最近ようやく気がついた。

「お前様のように、私どもの声を聞ける者は滅多におりません。視えるという者も極稀ではございますが、声なき声を拾う者にはとんと出会いませぬ。生まれついて眼が閉じてしまっていた代償に、きっと耳が開いたのでしょう」

私から言わせれば、こんな化け物が視えることなど災難以外の何物でもない。

「今まで化け物の声なんて聞いたことはなかったのに」

私の物言いに、化け物がケタケタと身体を揺らして笑う。

「おかしなことを仰る。貴方は眼が見えぬというのに、その声がどうして人のものと分かるでしょう。人の声だと思っていたものは、存外そうではなかったかもしれないではありませんか」

そう突きつけるように言われて、思わず絶句してしまった。

そんなことはない、そう思いながらも反論できないでいるのは、私の中にも似たような思いがあるからだ。五感の一つが生まれついて働かない私は、他の人とは違う世界を見ているのではないかという漠然とした不安。

「私の祖父も、そうだったのですか」

女はブルブルと身体を揺らすだけで、何も答えない。

「祖父も、あなたが視えて、聞こえていた。だから私と同じように、こうして強引にこの家に上がり込んだんですか」

「くふ、くふふ、くふふふ。何も。ええ、何もありませんでしたとも。お前様の御爺様は、私を頑として家へ招き入れなかった。傷を癒したいという私めの願いを無下にして、あまつさえ人を雇って私を祓おうとなさいました。ああ、思い返しても忌々しい」

つまり祖父はこの化け物を追い払ったのか。人を雇ったというのなら、然るべき人物であればこれをどうにかできるのかもしれない。

「しかし術者が死ねば、施した術も消えるものにございます」

暗に頼れる者はいないのだと言いたいのだろうか。

「そう警戒なさらなくても宜しいのです。私はお前様のことを好いております。害を為そうなどとは思いませぬ」

ひたひた、とこちらに擦り寄りながら生温かい息を吐く。身体を揺らす度に、氷の詰まった氷嚢のような音がした。耳を噛もうと口を開けるのを感じて、背筋が震える。

「止してください」

強い潮の香りから顔をそむけるように立ち上がり、壁まで逃れる。これに触れられた箇所は青黒い痣になるのだと分かったのは、母に指摘されたからだ。頬や顎、手や足首に痣ができているのだという。痣なんて見えないのだから、私自身はどうでもいいが、父や母に心配をかけたくはない。

「髪の短い女が好みでしたら、言ってくださったら宜しいのに」

拗ねるような言い方に、眉を顰める。

「なんの話ですか」

「先日、お前様を訪ねて若い娘が来たでしょう」

若い娘、と言われて困惑したが、すぐに市役所の職員である伊槌《いづち》さんのことだと気がついた。伊槌さんの髪型など考えたこともない。

「伊槌さんのことを言っているのですか。別に彼女とは何もありませんよ」

地域の福祉を担当している彼女は月に一回程度、訪ねてきてくれる。けれどそれは、あくまでも仕事としてだ。

「仕事を探す為で、他意はありませんよ」

「お前様はそうかもしれませぬが、あちらはそうでは御座いますまい。同じ女ですから、私には分かるのです。あの小娘はお前様に想いを寄せている。ああ、憎らしい。邪《よこしま》な想いで我が屋敷の敷居を跨ごうなどとは」

ぶるぶる、とそれが怒りに打ち震える様子に心底ぞっとした。こちらの言葉が全く届いていない。苛立たしげに尾を柱にどしん、と打ちつける。

「そうだ。手足を裂いてしまいましょう」

名案とばかりに高らかに言う化け物に、私は言葉を失った。

「床下に隠すか、庭木の肥料とするか。ああ、蛆の苗床にするのがいいでしょう」

「やめろ！」

肉塊に変じた伊槌さんの姿を想像して、思わず叫んでいた。

「そんなことをしたら、」

言葉を遮るように、化け物の顔が鼻先に触れる。見えない私の眼前に、大きく口を開いた化け物の顔がある。生暖かい潮風が頬を撫でた。これがその気にさえなってしまえば、私の顔は簡単に齧り取られてしまうだろう。

「どうするというのですか？　お前様。目も見えず、杖がなければ外にも出られぬ不具の身でありながら、何を申しておられるのか。家を守るのが私の務め。お前様に害を為そうという者をどうしてそのままにできましょう」

これもお前様の為なのです、耳元で囁く声に言いようのない怒りが込み上げてくる。

「虫が湧けば、叩いて潰すのが人の世の常でございましょう？」

相容れない。たとえ、同じ言葉を用いていても。意思の疎通ができても尚、これと私の間には埋まることのない深い溝があることを突きつけられたような気がした。

どうして私は従順にさえしていれば、害を為すことはないなどと考えていたのだろうか。

「あゝ、お慕い申しております」

べろり、と頬を撫でられる。猫の舌のようなざらついた舌先から、唾液が滴り落ちた。反射的にあげそうになった悲鳴を、懸命に堪える。歯を噛み締めて、この瞬間が過ぎるのをただ待つしかなかった。

「止せ」

「くふ、くふふ。ああ、そうです。そのように砕けた言葉で話してくださいまし。他人行儀では寂しゅうございます。貴方の好みになれるのなら、髪などいくらでも切りましょう」

この時ほど自分の目が見えなくて良かったと思ったことはない。ぶちぶち、と音を立てて千切れていく髪が、床の上に落ちて広がっていく光景はきっと想像を絶する恐怖であっただろう。

「……出かけてくる」

「まぁ、つれないこと」

白杖を手に縁側を降りる。沓脱にあった父のサンダルを爪先に引っかけて、逃げるようにして縁側を後にした。

家を飛び出し、傘もささずに呆然と道を歩く。途中、堪えきれずに側溝へ戻してしまった。げぇげぇと嘔吐しながら涙が浮かんでくる。恐ろしさと嫌悪感で手が震えているのが分かった。あれが屋敷から離れられないことが、私にとって最後に残された救いだった。

今日が雨の日で良かった、と心の底からそう思う。肌が濡れると、音に対して敏感になる。耳だけでなく、肌が音を感じるからだろうか。空から降り落ちてくる膨大な音を、全身で聴いているような感覚。周囲の状況が浮かび上がるように脳裏に映る。

「杖なんか本当はいらないいんだけどな」

虫の音色、蛙の歌、鳥が魚を獲る音、窓を開けたアパートの部屋から聞こえるテレビの声。手に取るように鮮明になっていく世界に、ようやく心が落ち着きを取り戻していくのが分かった。

さて、どうすべきか。

このままでは誰かが傷つくことになるだろう。事態は坂道を転がるように悪くなっていく筈だ。そういう悪い予感がある。いや、予感などという生優しいものではない。

不意に前方から近づいてきた車が私の手前でにわかに減速すると、にじり寄るように隣で止まった。運転席側のパワーウインドウが下りていく。

「深雪君！　どうしたの、傘もささないで」

噂をすればという奴だろうか。その声はさっき話に上がった彼女のもので、思わず呆然としてしまう。

「……伊槌さん。どうして此処に」

「ちょっと待って。話は後。風邪ひいちゃう」

運転席を降りた伊槌さんが私の手を取り、車の後部座席へと案内してくれた。書類の束を乱暴に後ろへ放り投げる音がする。

「頭ぶつけないでね。ちょっと汚いけど。はい、足上げて」

「すいません。気を遣わせてしまって」

「いやいや。雨降りに傘もささないで歩いていたら誰でも驚くわよ。タオル、タオルっと。ええと、こっちに確か贈答品のあまりのタオルが。あった、あった」

ワシワシと、まるで犬でも拭いているみたいに頭をタオルで掻き回される。自分でできるのに、何故かそう言い出すことができなかった。

「帰る所じゃないわよね。反対方向に歩いていたし」

「はい。ちょっと悩み事があって」

「あら、よかったら相談に乗るわよ？　もっとも、若い人の話にどこまでついていけるか自信はないけど」

「伊槌さんも六つしか歳変わらないじゃありませんか」

「深雪君。六歳の差は大きいわよ。本当に何もかも十代の頃と違うから。いや、中身は大して変わらないのよ？　でもね、ふとした時の感覚に歳を感じることが増えるのよ」

恐ろしいわ、と真面目な口調で呟く声に、思わず笑ってしまう。伊槌さんは朗らかで明るい女性だ。恋愛どうこうという以前に、同じ人間として尊敬している。

「家に帰りたいのなら送っていくけど、そうじゃないのなら少し付き合ってくれない？　これから県庁に少し用事があるのよね。ドライブしましょう。ドライブ」

「いいんですか」

「勿論よ。これも仕事の一環です。まぁ、そういうことにしておいて」

そう言って笑う彼女に頭を下げる。

「ありがとうございます」

「いいの、いいの」

運転席に戻った伊槌さんが手慣れた様子で車を発進させる。

車は一瞬、家の前を通ったが、そちらを見ないよう顔を伏せていた。

今この時だけは、家のことも、あの化け物のことも考えたくはなかった。

○

県庁までの道中、私たちは他愛のない話をした。伊槌さんの学生の頃の話だとか、仕事で失敗したこと。ぶち猫を飼っていることや、買い換えたばかりの愛車をぶつけてしまったこと。私は相槌を打つばかりで、あまり上手く話をすることができなかったが、久しぶりに家でのことを忘れられた。

「深雪君。最近、ちゃんとご飯食べてる？」

「え？　僕、痩せましたか」

「うん。痩せたっていうか、やつれたように見える。顔色も良くないし」

そういえば最近、あまり食欲が湧かない。

車を県庁の駐車場へ停め、伊槌さんの後に続く。久しぶりにこんなに大勢の人のいる場所へやってきたような気がした。家での出来事も、何かの悪い夢だったような気がしてくる。

「それじゃあ、この書類だけ届けてくるから。少しだけ此処で待っていてね。勝手にあちこち行かないように」

「分かりました」

エントランスの長椅子に腰掛け、伊槌さんの帰りを待つことになった。県庁へは初めてやってきたけど、市役所よりも人の行き交いが激しい。歩く時の足音で男女の違いや、体格などは把握できるのだが、こうも多いと疲れてしまう。

不意に、私の前を通り過ぎた誰かの足が止まった。こちらを振り返り、その視線がじっと注がれているのを感じる。きっと若い男だ。背が高く、しなやかな足音だった。

「どうしました。千早君」

低い声が、若い男の隣から聞こえた。若者よりもさらに長身のようだ。声が力強く、身体の軸がぶれない足の運びに、日常的に鍛えている人なのが分かる。

「なぁ、アンタ」

急に話しかけられて、思わず面食らってしまう。

「僕ですか？」

ああ、と彼は断言するように言って、もう一歩こちらへ近づく。

「ヤバいのに取り憑かれているみたいだけど、何か心当たりってある？」

絶句した。初対面で唐突にそう問われて、面食らわない者はいないだろう。

「千早君。またいきなり何を言い出すんです」

「大野木さんには後で話すから」

黙ってて、とにべもない。大野木さんと呼ばれた彼の方が年上だろうに。一体どういう関係なのか。

「あの、どういう意味でしょうか」

「そのままの意味。心当たりがあるだろう？　蛇みたいにうねる長くて黒い髪がアンタに絡みついてる」

彼の方へ耳を傾けると、淡く燃えるような右の瞳と腕がくっきりと頭の中に視えた。いつものようにぼんやりと見えるのではない、もっと輪郭を持って、まるでそこだけ視覚を得たようだった。

「アンタ。俺の右腕が分かるのか。面白いな」

手を振るように、リズムよく左右に揺れている。

「あなたは、いったい」

何なのか。人間なのだろうか。

「ほら、見ろよ。大野木さん。どうやら仕事みたいだぜ」

「一人で納得していないで説明してください。私には何がなにやら皆目分からないのですが」

「だから、仕事だよ。仕事」

説明になっていません、と困った様子の彼に同情する。私にも何が何だか分からない。

「不躾に失礼しました。改めてご挨拶をさせてください。私、県庁職員の、大野木と申します、こちらが名刺です」

「ご丁寧に、どうも」

指の長い大きな手のひらが私の右手をそっと支えて、小さな硬い紙を手渡してきた。受け取ると、背面に点字が刻印されていることに気づいた。指で読み取ると、そこには『特別対策室室長　大野木龍臣《たつおみ》』とある。文字も特殊な加工がされていて、凹凸で漢字を指先で読み解くことができた。

「特別対策室は、怪異に関する事案の解決を主な業務としております。もし宜しければ、少しだけお話を伺えませんか？　お力になれるかも知れません」

神経質そうな声。手入れの行き届いた、細身の眼鏡をかけている姿が想像できる。

その時、遠くから伊槌さんの声が響いた。「こらー！」と声をあげながら小走りにこちらへ駆けてくる。

「ちょっとちょっと！　カツアゲなら他所でやってください！」

警備の方を呼びますよ、と気炎を吐いている。他所でもカツアゲは駄目だろうに。

「誰だよ、アンタ」

どうやら私が絡まれていると勘違いさせてしまったらしい。慌てて間に入ろうとする私よりも早く、大野木さんが温和に仲裁に入った。

「屋敷町役場の伊槌さんですよね」

「ええと、どちら様でしたっけ」

「県庁の大野木です。以前、福祉関係の講演会で同席した際に名刺を交換させて頂きました」

「…………」

この反応を見る限り、どうやら彼女の方は記憶にないらしい。伊槌さんの記憶力が特別悪かったということはないので、この大野木という人の記憶力が良いのだろう。

「お気になさらず。大勢と名刺交換をされていましたから、覚えていらっしゃらないのも無理はありません。改めてご挨拶をさせて頂いても？」

「ああ、はい。ええと名刺、名刺」

二人が名刺を交換する様子を眺めながら、何かが変わるような予感がした。長く暗いトンネルの先に、微かな光が見えたような。そんな気がしたのだ。

対策室は広大な県庁の建物の中でも、かなり辺鄙な所にあった。聞けば、あまり公にはできないらしいが、無理もない。怪異に関する県民の相談を専門にしているなど、このご時世で大っぴらに言える筈もない。私だって、自分自身がこんな目に遭っていなければ信じられなかっただろう。

「伊槌さんって人は帰して良かったのかよ」

桜《さくら》千早と名乗った青年が確かめるように言ってきたので、私は真っ直ぐに頷いてみせた。彼女が此処へ連れてきてくれなければ、彼らと出会うことはできなかっただろう。勿論、感謝もしているが、巻き込む訳にはいかない。

「はい。僕の問題と彼女は無関係ですから」

「へぇ。いい覚悟してるな」

向かいのソファに座っている桜さんは私よりも少しだけ年上らしいが、態度といい、声の様子といい、もっと上に感じられる。経験の差だろう。歳の割に未熟な部分があると自覚していても、やはりこうして目の当たりにすると少し自分が恥ずかしくなる。

「あの、教えてください。僕に憑いているっていう、あの女は何なんですか？」

「んー。その髪を視る限り女の怨霊だったものが妖魔に変じたって感じだな。まぁ、当人には、そんな自覚なんぞ微塵もないだろうけど」

「その二つは、何か違うんですか」

「違う。怨霊は死者の憎悪が消えずに残った残響みたいなものだけど、妖魔はもっとこう肉感があるというか。そういう一つの概念みたいなものだ」

「千早君、いまいちよく分からないのですが」

「こう、吹き溜まりにできたものが集まった感じが妖魔。中には大きな力が変じた化身みたいな化け物もいるんだけど、今回のこいつは妖魔に近い。元は人間だったんだろうけど、もうそれさえ忘れているだろうな」

「ですが、祖父はどなたかに祓って貰ったようなんです。術者が死んで、術が解けたとか」

「祓ったというより、追い出したんだろうな。近づけないように術をかけたんだ。そのおかげで今までそいつは屋敷には手を出せなかったんだと思う」

「どうにかなりませんか。このままでは父や母にも危害が及ぶ気がするんです」

日を追うごとにあれは増長している。自分の意に沿わない者には容赦をしない。父や母の存在を、あれがいつまでも許しておくとは思えなかった。

「間宮さん。過去の例から言わせて貰えれば、おそらく既に家の方にはなんらかの被害が及んでいるでしょう。怪異は家に住み着くと人の生気を吸うのです。そのままにしておけば衰弱が進み、命を落とすこともあります」

「小物なら特に害もないんだけどな」

言われてみれば、最近、両親どちらも体調を崩すことが多い。ほんのちょっとした風邪だと思っていたが、どうして気づかなかったのか。

「ですが、私はなんとも」

「体調が良いようには視えないけどな。それにアンタはそいつと契約したろう。胡散臭い言い方になるけど、霊的にはもう繋がってる状態なんだ」

あの時、他に選択肢はなかったとはいえ悔やまれる。そもそも家へ招き入れなければよかったのだ。いや、もう今更そんなことを考えても何の解決にもならない。

「……今からでも、できることはあるんでしょうか」

「正直言って、俺たちにはお手上げなんだ。だから、夜行堂って店に連れていく。あの女を頼るのは癪だけど、こうして出会ったのは縁があるんだと思う。偶然にしてはできすぎだ」

「あまり賛同したくはありませんが、それが最善なのでしょうね」

表へ車を回してきます、と大野木さんが出ていってしまったが、どこか乗り気ではないようだ。

「夜行堂というのは？　拝み屋か何かですか？」

「違う、違う。ボロっちい骨董店だよ。ただし、曰く付きの品しか取り扱わない。縁のない人間は一生関わることのない店なんだけど、縁のある人間は何があっても必ず辿り着くようになっている。そういう店だ」

「はぁ……。え、その店と今回の件と、何か関係あるんですか？」

縁というのも分からないが、曰くというのなら、とびきり嫌な其れが既に我が家に住み着いているというのに。わざわざ別のものを取り扱う店に行ってどうするというのか。

「曰くっていうのは一つの側面の話でさ。大なり小なり力であることに変わりはないんだ。だからヤバいものには、もっとヤバい力をぶつける。それを見つけに行くんだ」

毒を以て毒を制するという言葉が脳裏を過ぎったが、口にするのは流石に憚られた。

「そこで何を買えばいいんでしょうか」

「知らねぇ」

急に突き放されるような言い方に戸惑う私を見かねて、桜さんが唸る。

「残念だけど、人間の方に選択肢はほぼないんだ。アンタと縁のある品があれば、自ずとそいつを手に取ることになるし、仮に何も選ばなくても、向こうがアンタを選ぶだろうよ」

「……意味が分からないんですが」

「だろうな。でも、選ばれたのなら、それには相応の意味があるってことなんだよ。俺にもよく分からないけど、そういうものらしい。この世に偶然なんてものはないんだと」

雨粒が窓を叩く音がする。石油ストーブの香り。香ばしい珈琲の匂いが、まだカップから立ち昇っているのが分かる。初対面の相手の前だというのに、なぜかまるで緊張しないでいられるのはどうしてだろうか。

桜さんが珈琲を飲み干し、カップをテーブルに置く。

「さて、行きますか」


夜行堂は屋敷町の路地裏にあるという。車を表通りに停めて、桜さんに手を引かれて車を降りた。降りしきる雨の音があちこちで聞こえる。

「大野木さんは車で待っててくれる？」

「私もご一緒しますよ」

「いや、出てきたらすぐ向かいたいからさ。あんまり帰ってこなかったら迎えに来てくれ」

「承知しました。その時はすぐに駆けつけます。どうぞ、お気をつけて」

二人のやりとりはいかにも相棒という感じがして、とても好感が持てた。

「ん？　どうかした？」

「いえ。何も」

「ここから先、色々と聞こえるだろうし、耳で視えるだろうけど見ないふりして。此処の路地裏には夜行堂よかタチの悪い店も顔を出したりするんだ。絶対に俺の手を離すなよ」

「分かりました」

桜さんの左手を握り、先導する彼の後に続く。一歩、路地裏に入った途端、あちこちで奇妙な音が聞こえ始めた。太鼓や笛の音、美しい女性の歌声に交じって、キィキィと何かが命乞いをするような音がする。

「ほら、余所見するなよ」

「すいません。あの、歌が聞こえてきて思わず」

「アンタ目がけて歌っていやがるんだ。油断してたら命に関わる。意識を向けるなよ、手を離さないことにだけ集中してろ」

「分かりました」

路地裏は私が想像していたよりもずっと広く、複雑に入り組んでいた。幾つもの分かれ道、螺旋階段を延々と上ったかと思えば、緩やかな坂道を早足で駆けねばならなかった。ぜぇぜぇ、と息を切らしながら呼吸を整える。普段からの運動不足が悔やまれた。

桜さんは私の手を引いて、周囲にも気を配っている筈なのに息切れ一つ起こしていない。

普段から動き回るのが常なのだろう。

「ああくそ。アンタ、大人気だな。いつもならとっくに着いているのに。今度は行き止まりだ。何てことない一本道だぞ」

通路に立ち塞がる壁に手を触れる。鉄筋混じりのコンクリートの壁。音の反響の具合から、およそ乗り越えられそうもない。いったいどれほどの高さがあるのか。

「一本道？　そんなまさか」

「道が捻れているんだ。あちこちの店から狙われてるんだよ。さっきの螺旋階段なんか初めて見たぞ。なんだ、あれ」

「なんのお店なんでしょう」

「人間の通う店じゃないのは確かだ。この世ならざる音を聴くことのできる人間はそういないからな。奴らからすれば滅多にないご馳走だ。なりふり構っていられないんだろうよ」

ご馳走、という言葉に身震いがした。今この瞬間にさえ、あちらこちらの闇から視線を感じるのはそういうことか。

その時、不意に背後の空気が吸い込まれるような、後ろ髪を引かれるような感覚があった。

「やぁ、迎えに来たよ」

その声に総毛立つ。何百人もの人間が一斉に話をしているような異形の声に、背後を振り返ることもできない。

「なんだよ。わざわざ出迎えに来たのか」

桜さんの知人のようだが、思わず彼の背後に身を隠してしまった。全身の血の気が引いていくのが分かる。

「どうやら邪魔が入っているようだったからね。痺れを切らしてしまった」

今まで生きてきて、これほど恐ろしい声は聞いたことがない。目の前にいるのは一体何なのか。大きすぎて全貌が把握できない。圧倒される。言葉の意味は拾うことができるのに、その本質がまるで視えない。

「なるほど。また珍しいお客様のようだ。我が物にしようというモノたちが殺到するのも無理はないね。でも、通らせて貰うよ」

ボッ、と風穴が開くような音がした。何が起きたのか。私には見えない。ただ、目の前に立ち塞がる壁が消えてなくなったことは理解できた。

「うん。風通しがよくなった」

さっきまで騒がしくしていた周囲の音たちが、まるで潮が引いていくように何処かへと去って、静寂だけが残された。

「桜さん。これは、この人は、なんなのですか」

手が震える。これに比べてしまえば、家に取り憑いているあの化け物など話にもならない。小さなマッチの火と、火山の噴火ほども違う。

こうして目の前に立っているだけで、恐ろしくて堪らない。

「こいつが夜行堂の店主だ。中身がエゲツないのはアンタなら分かるだろう」

音を感じ取る肌に痺れるような痛みがある。音の反響でも形が捉えられない。人の姿をした何か、としか言いようがなかった。

「酷い言い草だ。せっかくこうして迎えに来てあげたというのに。私が店を離れることなど滅多にないのだからね」

甘く痺れるような煙の香り。煙草の匂いとも違う、この蠱惑的な匂いはあまり吸い込むべきではない気がした。

「では行くとしようか。皆、首を長くして君の到着を待っているよ」

壁の向こう側へ、桜さんに手を引かれて足を踏み入れた途端、裏路地から一切の雑音が消えた。全く音の反響がない。まるで果てしなく広大な空間に放り出されたような感覚に足が竦んだ。地面の感触さえ遠く感じられて、膝が立たない。

「おい、大丈夫かよ。顔色が真っ青だ」

「ここは、本当に町中なのですか」

「どういう意味だ？」

「まるで宇宙に投げ出されたみたいで。本当に、こんな所に店があるのですか」

ははぁ、と感心したように言って化け物がこちらへ近づいてくる。

「これは驚いた。君は音を視ているのか。目が見えないというのに、目が見える者よりも世界の姿を克明に捉えている。ふふ、怖がらなくてもいい。私が君に危害を加えることはないよ。大切なお客様だ」

「おい。依頼人を怖がらせるなよ」

「なんだい。何もしていないじゃないか」

「近寄るなって」

あっち行け、と強く言う桜さんの態度に戸惑う。この人は恐ろしくはないのだろうか。

「あの、そんな言い方をして怒らせてしまいませんか？」

「知らねえ」

絶句する。この人は相手を怒らせてしまったらどうなるかなど、本当に微塵も考えていないのだ。相手の顔色を窺うということを、人間以外の相手に対しても一切していない。勿論、互いに積み上げてきた関係というものもあるだろうが、それでも人ではない者に対して自分の意見を通せるというのが信じられなかった。

「お願いですから、離れないでくださいね」

「どこにも行かねぇよ」

手を引かれるままに進んでいく。今、彼から手を離されてしまえば、私はきっと絶叫するだろう。何も見えず、何も聞こえない。こんな場所で縋る物を失ってしまえば、気が狂ってしまう。

「さぁ、着いたぞ」

音が響かないので、私には店の形が判然としない。小さな一軒家ほどの大きさの何か、としか分からなかった。

戸を引くと、薄いガラスが揺れて音を立てる。桜さんに手を引かれて恐る恐る店の中へと踏み出すと、足の裏が硬い土間の感触を捉えた。店の中は外とは違い、沢山の音と気配に満ちていて胸を撫で下ろす。

「段差があるから、気をつけてな」

「ここが、夜行堂」

私の呟きに応じるように、あちこちでざわざわと囁き声がする。気配で言えば、家に住み着いてしまったアレに似ているようだ。

「遠慮することはない。どれでも好きに手に取って確かめてくれ。君を選びたいと思っている物は多い」

どういう訳か。夜行堂の店主の声が、若い女性の声で聞こえるようになった。店の中へ入ったからか。途轍もなく大きくて曖昧だったものが、きちんと人の形として輪郭を手に入れたようだった。

桜さんから手を離し、自分の指先を確かめるように手で撫でる。

「私が選ぶのではないのですか」

「いいや。君は手に取るだけでいい。それでも選んでいるのは品物の方だ。人が物を選ぶのじゃない。物が自身に相応しい主を選ぶのだよ。私はその縁を結ぶだけさ」

目が見えない私に、ただ手に取るだけでいいと言う。

「そんな適当な。偶然手にした品に決めろというのですか」

店主は楽しげに笑う。甘い煙草の香りが店内に霞のように漂っていた。

「偶然などというものは存在しないよ。まぁ、因果ばかりが全てではないけれどね。宿命という名の縁もあるのさ。運命の糸という言葉があるだろう。人と人に限らず、そうした縁の糸というのは万物に繋がりを持っているのだよ」

神は賽子《さいころ》を振らない、というのは誰の言葉だったろうか。

戸惑う私の肩を桜さんが励ますように叩いた。

「言っておくけど、結果なんかやってみなきゃ分からないんだ。大切なのはアンタが何を選ぶのかってことだけ。逃げるにせよ立ち向かうにせよ、自分で選べ」

「……確かに、その通りなのかもしれない」

誰かに選択肢を預けて、その結果に後悔するような人生なんて御免だ。あんな化け物に人生を滅茶苦茶にされるくらいなら、立ち向かった方がいい。未来のことなんて誰にも分からないのだから。せめて、目の前の選択肢は自分で選びたい。

深呼吸を三回してから、耳を澄ませる。

音の反響で浮かび上がる店内の様子。棚に並ぶ骨董品の数々。それらが囁き、声をあげているのが分かる。一歩、棚へ近づくと、ひとりでに商品が床の上に落ちた。我先にと床の上へ転がる様子を無視して、歩みを進めていく。

後を追うように、踵に転がってくるそれらを振り切るように私は真っ直ぐに壁へと向かっていった。

入り口脇の壁にかけられた、何か。身じろぐこともせず、一言も囁かないそれへ手を伸ばす。指先がそれに触れる寸前、痺れるように電気が弾けた。

「これにします」

自ずと口から言葉が出ていた。手に取ったそれを指でなぞる。平たくて、四角い額縁には彫刻で何かが彫られているようだ。肝心の絵の表面はざらりとしていて、何が描かれているのかまでは分からない。顔を寄せると、独特な匂いがした。

「すげぇのを選んだな」

「これは油画、ですか？」

「そうだね……そこに何があるか、君には分かるかい？」

「いえ」

音の反響では絵の内容までは分からない。私の耳では視えない。この絵にも、何かの曰くがあるのだろうが、これ以外にないと、そう思えてならなかった。

「眼が見えないからこそ選ばれたのかもしれないな」

「でも、これでいい。いえ、これがいいんです。お幾らですか。今は持ち合わせがないので、後日お支払いに伺います」

「お代は要らないよ。私は別に商いをしている訳ではないからね。そのまま持ち運ぶ訳にもいかないだろう。ほら、そこの風呂敷で包んであげなさい」

「片手で包める訳ねーだろ」

「使えないな、君も。大野木さんに連れてこさせたら良かったのに。仕方ない。私が包もう」

「させるわけないだろ。そんなことしたら大野木さんは今頃どっかの店の腹ん中だ」

違いない、と店主が同意する。

「あの、悪いです。お代は払います」

いいんだ、と店主はどこか嬉しそうに笑う。人間じみた仕草に戸惑いを隠せなかった。もう人にしか視えない。だが、これの中身は間違いなく人ではない。

「人の皮を被った化け物だ」

私の心中を見透かすように、桜さんが断言する。

「人間の道理なんてどうでもいいんだよ、こいつは。金はいらないって言うんだ。変な条件を付け加えられる前にさっさと帰るぞ」

あまりと言えば、あまりな物言いだが、当の店主は何も言わない。

「ふふふ。またのお越しを」

私はなんと言っていいか分からず、絵を小脇に抱えてから深々と頭を下げた。

それにしても盲目の私を選んだのが、絵画というのは皮肉が利いている。立体的な物ならともかく、平面の絵は私の耳でも視ることができないというのに。

「ほら、行こう」

だけ。

「はい」

甘い香りから逃れるように夜行堂を後にした。どういう訳か、店を出てほんの五分もかからずに表通りへと出ることができた。坂道も、螺旋階段もない。平坦な一本道を進んできただけ。

呆然と立ち尽くす私の背を、ばしん、と桜さんが叩く。

「呆けている場合じゃないぜ。ここからだ」

「今から我が家へ行くのですか」

「早い方がいい。言っておくけどな、悠長にしていたらアンタの親が危ないんだ。生気を喰い尽くされちまう」

「でも、家人には手を出さないと」

約束しました、と続けようとして自分がどれだけ間の抜けたことを言っているのか、自覚せずにはいられなかった。

「勝手に家に押しかけてきて取り憑いた化け物の話を信じてどうすんだよ。あいつが執着しているのはアンタだけ。親なんてただの餌くらいにしか思ってないだろうよ」

言葉を失う私を他所に、桜さんが通りの向こうに声をかけて大野木さんの名前を呼んだ。すぐに一台の車がやってきて、目の前で停車する音がする。

「お疲れ様でした。お二人とも」

「お待たせして、すいません」

「間宮さん。かなり顔色が悪いようですが、大丈夫ですか？」

大野木さんの気遣いが有り難い。本音を言えば、今すぐにでも横になってしまいたいほど疲労困憊だが、他ならぬ私の事件の為に二人とも動いてくれているのだ。弱音を吐くわけにはいかない。

「はい。大丈夫です。少し現実感がないというか、夢現《ゆめうつつ》ですが」

「お気持ちよく分かります」

実感のこもった言葉に苦笑してしまう。どうやら彼は桜さんに比べたら、まだ幾分かはこちら側らしい。

「無駄話は後からしてくれ。ほら、さっさと乗る」

後部座席に乗り込み、桜さんは助手席に腰を下ろした。体重をシートに預けて、身体の力を抜く。たったそれだけで疲労が幾分か逓減《ていげん》していくのを感じた。傍に置いた額縁が僅かに熱を帯びているような気がした。

彼らはこんな非日常を、常としているのか。

「やはり今から向かわなければ難しそうですか。小休止を挟んでも良いのでは？」

「取り憑いている奴は術で縛られている訳じゃない。間宮さんの話を聞く限り持ちかけたのは怪異の方で、間宮さんは同意させられただけ。どんな契約内容か分かった物じゃねぇよ。日を置けば置くほど、家守としての存在を確立しちまう」

「ご家族にも被害が出ているかもしれませんね」

「影響下にあるのは間違いない」

慣れた様子で話し合う二人の会話に耳を傾けながら、いつの間にか意識が薄れていき、やがて眠りに落ちてしまった。

○

間宮さん、と肩を叩かれて目を覚ます。

「ああ良かった。気がつかれましたか。すみません、少々強引でした」

心底申し訳なさそうな大野木さんの声に慌てて首を横に振る。謝らなければならないのはこちらの方だ。一体どれくらい眠ってしまっていたのか。

「眠ってしまいました。すいません」

「え？　ああ、いえ、無理もありません。お気分はどうですか？」

心なしか、大野木さんの声が上擦っているような気がした。動揺を隠そうと、努めて冷静に話そうとしているような声色だ。

「大丈夫です。あの、桜さんはどこに？」

「彼なら霊視の最中です。その、見張っています」

そう言われて、ようやく既に自宅の前まで帰ってきたのだと気がついた。耳を澄ますと車の外がなんだか騒がしい。複数の人の気配、強張った声と足音。水溜まりを勢いよく蹴る音に嫌なものを感じた。

「何かあったんですか。僕から両親に事情を説明させてください」

「ああ、やはり覚えてらっしゃらないのですね」

大野木さんが言い淀んでいる。どう話すべきか悩む様子に、背筋に寒いものが落ちた。言葉を選ばなければならないような出来事があったのだ。

「落ち着いて聞いてください。私たちが家に到着した時には、既にご両親は三階の屋根の上に出ていらしたんです。事態を察した千早君がすぐに車を降りましたが、お父上が飛び降りるのを止められませんでした」

脳裏を、父親が呆然としたまま庭へ足を踏み外すように身を投げる姿が克明に過ぎった。

全身から血の気が引いていく。手足の指先が痺れるのは、きっと血圧が急に下がったからだと頭のどこかで冷静に思考していた。

「幸い、命に別状はありません。庭木の上に足から落ちたのです。すぐに警察と救急車が駆けつけて病院へと搬送されました。つい先程のことです」

「母は、まだ屋根の上にいるのですか」

「はい。ですが、声が聞こえていないのか、こちらの呼びかけにも応じません。おそらく一種の催眠状態になっているのではないかと」

不意に、車のドアが勢いよく開いた。

「遅い！　起こしてくるのにどれだけ時間かけてるんだ」

「待ってください。まだ状況説明が終わっていません。ちゃんと順序を考えて説明しないと」

「そんなの説明しながら家に入りゃあ、いいだろ！」

桜さんがそう言って私の腕を掴むと、容赦なく座席から引き起こした。車から出ると、氷のように冷たい雨が顔を打つ。

「気絶していられるような状況じゃないぞ。お袋さんはまだ囚われたままだ。分かるか？　まだ生きてる。しっかりしろよ！」

頭が混乱しているのが分かる。あちこちから聞こえる野次馬の声、シャッターを切る音。野次馬を下がらせる警察官の怒声。ご近所さんたちが囁く根も葉もない噂話。雨粒に混じって、あらゆる音が耳に飛び込んでくるようだった。

「権藤さん。通してくれ」

「急げよ。マスコミが嗅ぎつけてやがる」

へいへい、と桜さんがうんざりした様子で言う。

「ほら、行くぞ」

桜さんの手を振り解く。もうどうしていいのか分からない。事態が好転するどころか、最悪の結末を招いてしまったようにしか思えなかった。

「僕の、僕の所為ですか」

「は？」

「僕があなた方に頼ったから！　あんな店に行って、どうにかしようなんて考えてしまったから、こんなことになったのですか！」

あの化け物の言うことを聞いていれば、機嫌を損なうようなことをしなければ。両親が傷つくようなことにはならなかったのじゃないか。

「そうじゃないだろ。なんでアンタの所為になるんだよ。どう考えても、あの家に取り憑いた化け物が一番の悪者に決まってるじゃないか。ああいう手合いの怪異は、取り憑いた人間をとにかく孤独にするのが常套手段なんだよ。絶望とか憎悪とか、自己嫌悪とか猜疑心とか。そういう感情が大好きだからな。アンタが言うことを聞こうが聞くまいが、遅かれ早かれこうなっていたよ」

落ち着け、と桜さんが私の肩を叩く。

「お袋さんはまだ抗っている。でも、どれだけ保つか分からねぇ。その間に化け物の方をどうにかするしかない」

「どうにか、なるんですか」

「どうにかするんだよ。ほら、さっさとあの額縁を持ってこいよ。なんかの役には立つ筈だ」

「絵でしたら、此処に」

大野木さんから絵を受け取り、額縁を強く握り締める。あの店での縁が、どういう結末に繋がっているのかは分からないが、これを手に取ったのは私自身の意思だ。

「俺が先頭、次に間宮さんな。できるだけ俺から手を離すなよ。大野木さんは後ろからカバーしてくれ。万が一、俺がペロリと食われるようなことがあれば回れ右して退散な」

「縁起でもないことを言わないで頂きたい」

心底嫌そうに大野木さんが言って、握り締めた何かを肩に担ぐように構えた。風切り音に思わず眉を顰める。

「その金属バット、どっから持ってきたんだよ」

石段を上がり、門を潜る。門かぶりの松が折れたのか、幹があるべき場所には何もなくなってしまっていた。足元にはガラスの破片が散乱しているのが分かる。

「何事にも備えておくべきかと思いまして」

「そいつが怪異に通用するくらい繋がっていたら、それこそ俺たちの方がペチャンコだと思うけどな」

繋がる、という言い方が妙に気になった。

「どういうことですか？」

「どうもこうも。こっちから視えるってことは、あっちからも視えているってこと。同じ理屈で、こっちから触ることができるってことは、向こうからも触れられるってことだ。魂の存在の架け橋がどうとか習ったような気がするんだけど、よく覚えてない」

桜さんが呆れたようにため息をこぼす。

「それにしても、やたらとデカい家だな」

「旅館なんです。もう廃業しましたが」

「老舗旅館ってやつか。どうりで」

玄関に続く砂利の上を少し進むと、桜さんが立ち止まる。

「ガラスの破片が落ちているから、間違っても手をついたりするなよ。玄関の戸が吹き飛んで転がってやがる」

「見える範囲の窓ガラスが全て砕かれていますね。池に突き刺さっているのは、卓袱台でしょうか」

「癇癪でも起こしたんだろうさ」

おっかねぇ、と桜さんは笑っているが、大野木さんの声はどうしようもなく震えている。それでも弱音の一つも吐かないのは、きっと私が怖がらないように気を遣ってくれているのだろう。

「入るぞ」

玄関の敷居を跨いだ瞬間、言いようのない悪寒に全身に鳥肌が立った。肌という肌に生温かいヒルが吸いついてくるような不快感。蒸し暑くて仕方ない筈なのに、どうしようもなく悪寒がする。

「呼吸しないと死んじまうぞ。二人とも」

小声で囁いた桜さんの言葉にはっとする。無意識に息を止めていたらしい。雨音をかき消すように私と大野木さんの呼吸音が響いた。

「ひでぇな。めちゃくちゃに荒らされている」

「……何が暴れたらこんな有様になるんでしょうか。まるで台風が通過した後のようだ」

土足のまま廊下に上がると、本当に足の踏み場もないほど床の上に残骸が散らばっているのが分かった。

「何処にいるのか、見当がつく？」

「多分、仏間か、大広間にいるかと思います」

あれがいつも我が物顔で大広間で寝そべっていたのを思い出す。

「よし。二手に別れよう。大野木さんは二階でお袋さんを保護してくれ。俺たちは怪異の方へ行く」

「賛同しかねます。全員で二階へ向かい、お母様を保護してから広間へ行くべきです」

「却下。時間がない。今この瞬間にお袋さんが身を投げていても不思議じゃないんだ。あの化け物がどう動くか分からない以上、同時進行でやるしかない。それに俺たちがそっちに行っても足手纏いになるだけだよ」

「しかし」

「心配だって言うのなら、そっちを終わらせたなら助けに来てくれよ」

頼んだ。そう言って桜さんが大野木さんの胸元を叩いたのが分かった。大野木さんは僅かに黙ったが、すぐに覚悟を決めたようだ。

「分かりました。しかし、くれぐれも無理はなさいませんよう」

そう言って階段の方へと躊躇うことなく進んでいく。内心、恐ろしい筈だが、それを意志で抑えつけているような足音だった。

「俺たちも急ごう」

「分かりました」

廊下を進んでいくと、押し殺すような嗚咽が聞こえてきた。啜り泣くような女の声が、廊下の床に低く響く。

「この先にいます」

「間取り的には、何がある辺りだ？」

「宴会場の大広間になります」

かつては結納や祝言にも使われていたという由緒ある大座敷だ。幼い頃には、まだこの大座敷が毎週のように大勢の客で賑わっていたものだ。

「大立ち回りにはちょうどいいけど、遮蔽物も何もあったもんじゃないな」

「この絵を見せればいいのでは？」

「タイミングによるだろう。おっと、ここで包みを解くなよ。おっかない」

「ずっと気になっていたんですが、これは一体何の絵なのですか。人物画？　それとも風景画ですか」

私の問いに、桜さんはしばらく黙り込んだ後、合点がいったとでもいうようだった。

「ああ、そうか。なるほど。アンタには見えないもんな。いや、見えないからこそ選ばれたのか。どっちにせよ、そういう縁だったんだろうな」

一人で納得しているようだが、こちらは何がなんだか分からない。

「あの、どういう」

「喋るな」

桜さんが制するように、こちらの口を手で覆う。

襖の向こうで重たい何かが、べたべたと手で這い回る音が廊下に響き渡った。音の反響で、あれがすぐそこにやってきているのが視える。手足の生えた巨大な水風船のようなものが、嗚咽を漏らしながらぶるぶると震えているのが手に取るように分かった。

次の瞬間、襖が開け放たれるのと同時に腰の辺りに何かが勢いよく巻きつく。

悲鳴をあげる暇もなく、凄まじい勢いで引き寄せられた。桜さんが襖に勢いよくぶつかり、座敷の中へ乱暴に放り投げられるのを感じて思わず叫ぶ。

「やめろ！」

ぐすぐす、と嗚咽交じりの呻き声が聞こえる。泣いているのか。それとも笑っているのか。あるいは、その両方なのか。

投げ飛ばされた桜さんの声が聞こえない。最悪の事態が脳裏を過ぎったが、それを懸命に振り払う。

人形をもてあそぶように、体が吊り上げられた。

「どうして私から逃れようとなさるのです。お前様さえいてくださるのなら、他には何も要らないと申し上げたではありませんか。これほどの誠意を見せても尚、私に心を注いではくれぬというのですか。こんな羽虫を連れてきて、何をなさるおつもりか」

「父さんたちに何をしたのか。分かっているのか」

女はゲタゲタと唾を飛ばしながら笑う。低い、男のような声で堪えきれないようにせせら笑うのだ。

「それもこれも、全てはお前様の為でございましょう」

「僕の？」

「初めは、この屋敷さえあれば良かったのでございます。あの男が敷居を跨ぐことすら拒んだ、この家の家守となれたなら、この身を焦がす渇きは癒えるものだと。だというのに、今はどうしてもお前様が欲しくて堪らないのです。全てはお前様の為なのですよ」

「そのことが父さんたちとなんの関係がある。家族を巻き込むな。父さんは死ぬところだったんだ」

「お前様には私がおります。私だけがおるのです。今更、親御になんの価値がありましょうや」

女の粘ついた指のようなものが、右眼に触れたと思った瞬間、頭の奥で凄まじい痛みが弾けた。あまりの痛みに絶叫することしかできない。何が起きたのか理解できなかったが、右の頬を温かい涙のようなものが大量に伝っていくと、強い血の匂いがした。

「おお、おお。そのような声で泣かれては、私も切のうございます。一度も光を見たことのない、無垢な瞳のなんと美しいこと」

舌なめずりする音が響いて、それから中身の詰まった葡萄が噛み潰されるような音が響いた。

「ああ、なんと甘露なことか。ああ、でもそれもこれもお前様の為なのです。使えぬ瞳になぞ、なんの意味がありましょうや。さあ、新しい瞳を入れましょう」

やめろ、と叫ぶことすらできない私の右眼の眼窩に、硬いようでいて、どこか弾力のある何かが強引に奥へと押し込まれる。その瞬間、右眼に嵌め込まれたそれが頭の奥へと繋がっていくのが分かった。

さっきまでの痛みが潮のように引いていく。

「代わりの眼を用意することもできると申し上げていたでしょう。さぁ、瞼を開けてごらんなさい」

命じられるがまま、呆然と右眼を開く。

漆黒だった世界の中に、眩い光が射したようだった。

手が見える。五本の指。これが私の手なのか。

これが色。これが世界。

「ああ、あああ」

生まれて初めて経験する『見る』という感覚に脳が追いついてこない。耳で聞くのとは桁違いの情報の量と質に頭痛がする。右眼だけの世界はまるで頭の中に小さな窓ができて、そこから外を眺めているようだ。

「お前様」

視界の中に現れたのは女の顔を象った小さな面。その口が、まるで人間のように滑らかに動く。細く開いた一重の瞼、その奥の瞳が左右それぞれ狂ったように斜め上を見ている様が恐ろしくて堪らない。口の端から、どろりとした唾液のようなものが溢れて、畳の上に落ちる。

「ああ、やはりよう似合うてございます」

面を被っているそれをなんと言えばいいだろう。大きく歪む、膨張した肉の塊。頭、首、背中から伸びる立髪《たてがみ》のような髪。長い尾が糸を引いて左右に揺れる様は、見ているだけで悍ましい。

座敷の四方に眼をやるが、桜さんの姿はない。散乱した座布団や衝立、襖絵が散らばっているだけだ。

「さぁ、美しいと仰いませ。私だけがおれば良い、と。この屋敷で共におりたいと仰い」

「この目は、どうしたんだ」

「どうでも良いでしょう。そんなことは。さぁ、美しいと。私を好いていると仰いませ」

顔を削ぎ落とされたという女の顔が、歪な笑みを浮かべて懇願する。

この化け物は、私に美しいと言わせる為だけに、こんなことをしたのか。

「なんて、醜い」

しん、と辺りが静まり返った。

能面の顔から笑みが消えて、ぶるぶると震え始める。怒りに膨張するように、身体が一回り大きく揺れているように見えた。

「嘘吐《うそつ》き」

罅割れた声。

感情の一切こもっていない声に背筋が震えた。殺意の塊のような言葉に血の気が引く。

その時、女の顔が苦しげに歪んだ。

「いぎぃぃい」

下へ眼を向けると、頭から血を流す若い男が右手を女の腹に深く差し込むように身体を押しつけていた。何をしているのか、私はすぐに理解した。あの女の腹の中身を乱暴に掻き回しているのだ。

私を掴み上げていた髪が緩んで、下へ落ちて強く膝をぶつけた。衝撃に目が眩みそうになる。

「絵だ！　絵を見せろ！」

叫んだ桜さんに髪の毛が絡まり、彼を引き剥がそうと引っ張るが、微動だにしない。それどころか、引っ張るたびに狂ったような叫び声をあげた。

まるで地獄そのものといった光景に、気が遠くなりそうだったが、なんとか立ち上がって絵の元まで駆け寄る。包みを解こうとするが、結び目が固くてなかなか解けない。

女が絶叫しながら、口から吐瀉物を吐き出す。重油のようなものが酷い臭いを放ちながら、辺りに飛び散った。頬が腹につくほど密着した桜さんは懸命に、ない筈の右腕を腹の中で掻き回している。だが、次の瞬間には女に叩き潰されていてもおかしくはない。

急げ、急げ。

自分にそう言い聞かせながら、必死に結び目を解く。夜行堂の店主は一体どれほど固く結んだのか。指では歯が立たないので、文字通り歯を使って結び目を緩めていく。

結び目が解けた瞬間、包みを外して女へと絵を向けた。

「バケモノ！　こっちを見ろ！」

生まれてこれまで、こんなに大きな声で叫んだことはない。

右眼だけの視界の中で、にわかに絵から猛烈な勢いで何かが飛び出した。いや、幾百、幾千もの夥しい数の『手』が額縁から伸びている。

怯えたように絶叫する女の腕や尾、身体中に容赦なく掴みかかったかと思うと、今度は凄まじい勢いで絵の中へと引きずり込んでいく。飲み込まれまいと女が爪を立てて畳にしがみつくが、深い傷跡を幾つも残しながらとうとう身体の殆どを絵の中へ飲み込まれていった。

残るは頭だけとなった瞬間、女が甲高い声で叫んだ。

まるで人間の女の人のような声だった。

髪の毛が蛇のように勢いよく伸びると、桜さんの足に蔓のように絡まる。

道連れにしてやる、と女の叫びが言っているようだった。

「桜さん！」

「閉じるな！　そのまま持ってろ！」

桜さんの青く燃えるような右腕が拳を握るのが見えた。迎え討とうというのだろうが、しかし、とても通用するようには思えない。このまま道連れにされてしまうと思った刹那、座敷の中へ勢いよく駆け込んできた誰かが、鮮やかなフォームでバットを女の顔面へフルスイングした。

情け容赦のない一撃。

分厚い陶器が砕け散るような音がして、女の髪の毛が桜さんの足から解ける。そうして今度こそ穴の中へ引きずり込まれていくように、叫び声もろとも女が額縁の中へと飲み込まれていった。

恐る恐る絵を見てみると、そこには何もない。初めから、絵なんて描かれていなかったのだ。

終わったのだと頭が理解したのか、膝から力が抜ける。九死に一生を得たという思いでいる私とは違い、二人は慣れた様子で笑い合っている。

「間一髪だったな。最後の最後で、大野木さんに助けられた」

頭から血を流し、擦れたのか頬が火傷したように腫れ上がった顔で桜さんが笑う。

「怪我をしているじゃありませんか。間宮さんも。すぐに治療をしないと」

「僕は大丈夫です。桜さん、その右腕」

桜さんの右手には、細長いテラテラとしたホースのようなものが千切れてぶら下がっている。半分透けて見えるのはどういうことだろう。

「一か八か、あの女の腹の中に右手を突っ込んでみたら、掴めるものがあったから手当たり次第に引き千切ってみたんだよ。あれで時間を稼げなかったら、かなりヤバかったな」

どうでもいい様子でそこいらへ放り投げると、肉塊は煙のように掻き消えてしまった。桜さんの右腕も見えなくなる。あれが一体なんなのか。とても確かめる気にはなれない。

「そうだ。大野木さん、母は無事ですか」

「はい。安心してください。お母様は無事です。病院に搬送されましたが、飛び降りる前に無事に保護することができましたよ」

思わず胸を撫で下ろす。とりあえず最悪の事態にはならずに済んだ。

「夜行堂の店主さんにもお礼を言わないと。この絵の、いえ、この額縁のおかげで助かりました」

包みを解いた瞬間に理解した。曰く付きの絵の本体は、この額縁の方なのだ。

「礼なら俺が伝えておく。そんなことより眼を見せてみろよ」

「もう痛みはないんです。でも、一体誰の眼なのか」

あの化け物のことだ。その辺りを歩いている人から強引に奪い取ったとしても不思議じゃない。

「……人間の眼じゃないな」

ぞわり、と背筋が震えた。

「いや、少なくとも化け物の眼じゃない。誰のものだったかまでは視えないけど、元々は人の眼の中にあったものだ。鉱物とかに詳しくないからなんとも言えないけど、これは一種の呪具だと思う。義眼だ」

義眼。でも、ただの義眼では目が見えるようになったりはしない。

指でそっと右眼に触れると、冷たく硬い、宝石のような感触が返ってきた。

「美しい琥珀色の瞳ですね。千早君、これはこのままでも問題はないのでしょうか」

「害を為すものなら、そこの額縁に呑み込まれていただろうよ。どうやら、この右眼は間宮さんというよりも、そっちの額縁の方と縁があったようだけど、よく分からないな。無事ならなんでも良いだろ。目も見えるようになって一石二鳥だ」

桜さんはそう言うと、大野木さんから借りたハンカチで頭の血を乱暴に拭き取る。

「さて、とっとと帰ろうぜ。間宮さんも病院に急いだ方がいい」

「そうですね。間宮さんも千早君も、治療も受けないと」

「俺はいいよ、腹減った。大野木さん、帰りに何か食べて帰ろうぜ」

「お医者様が異常がないと診断してくださってからです」

まるで平常運転とばかりに、どこか楽しげに話をしている二人をぼんやりと眺める。

彼らにとっては、これが日常なのだろう。

私たちの非日常、異界での出来事のような一日。

何気なく生活している私たちのほんの少しだけ隣。

塀の向こう側の世界には、そういう恐ろしさが息を潜めているのかもしれない。

○

どういう訳か。一夜が明けると、額縁の中にある白紙に、小さな芽がぽつんと現れた。

やっと退院してきた両親が玄関の壁に飾っておいた絵を見つけると、一体何処で見つけてきたのかと訊かれた。聞けば、この額縁は曽祖父の代よりも前から旅館に飾っていたものだったというが、骨董の蒐集が趣味だという客にしつこく譲って欲しいとせがまれたという。

「それで売ったの？」

私の問いに、父は渋い顔をして首を横に振った。

「親父さんが頑として聞かなくてな。俺と政次《せいじ》さんがどれだけ説得しても聞いて貰えなかった。『あれはこの旅館の家守だ』と言い張るんだ」

あれには参った、と父は苦笑してすっかり白髪交じりになってしまった頭を掻いた。政次さんというのは、母の叔父に当たる人物で祖父の弟であると聞くが、私は名前を聞くばかりで一度も会ったことがなかった。

「売る訳ないじゃない。代々、うちの旅館の玄関でお客様をお出迎えしてきたものよ。それを売り払おうなんてどうかしてるのよ」

「なら、どうして手放したの？」

母は憤慨したように腕を組んで、父の背中を足蹴にする。

「政次おじさんが持ち逃げしたのよ。で、父さんに絶縁されてそれっきり。お金に汚い所があったからね。この人も危うく巻き込まれる所だったんだから」

「そんなことは、ないよ」

ようやく事の経緯が見えてきたような気がした。

つまり、この家の元々の家守は、この額縁だったのだ。彫り込まれているのは枝葉を伸ばした桃の木と、それに群がる大勢の猿。これが家から失われて、悪いものがやってくるようになってしまった。おそらくは旅館が寂れていってしまったのも、これが遠因なのかもしれない。少なくとも、これがあるうちにはあの女が入ることはできなかったのだから。

「今更、戻ってきてもなあ」

父がぼそりと溢すように言ったが、母はすっかり呆れてしまっている。

「でも、この絵を飾ったら家の中が少し明るくなった気がするわ。気の持ちようかもしれないけど。それに深雪の眼も見えるようになったんだから、それだけで充分よ」

確かに母の言う通り、この絵を飾ってから屋敷のあちこちが妙にすっきりしたように思う。風通しが良くなったというか。滞っていたものがなくなったような、そういう気がするのだ。

しかし、分からないことはある。

結局、この眼はなんなのか。

この額縁と一体どういう縁があるのか。

知りたいと思わなくもないが、知るべきではきっとないのだろう。

私はもう、二度とあの店には行かない。裏路地にも決して足を踏み入れない。

桜さんたちのようにはなれない。

なりたいとも思わない。

ただ、二人には心の底から感謝している。

彼らはきっと、今も誰かの為に闇の中を歩いているのだ。

他の誰でもない、彼らだけが選びとった道を。

墜下

もう秋も終わる。

秋はあまり好きではないが、夏よりはいい。

こうして出歩いていても過ごしやすいし、陽射しに焼かれることもない。夏に比べれば馬鹿のように出歩く連中とも鉢合わせずに済む。

美嚢《みのう》の片隅にある廃墟となって久しい病院。その朽ちかけた病棟の外壁の有様に、どうしようもなく惹かれてしまう。病棟の壁に伝う蔦が、建物全体を覆い尽くすように四方へと根を伸ばし、背後の森に半ば呑み込まれつつある様が特に良い。まるで腐敗していく、九相図《くそうず》の一場面を眺めているような気分になる。

九相図とは屋外に打ち捨てられた死体が、朽ちていく経過を九段階にして描いた仏教絵画のことだ。初めて目にしたのは小学生の頃だったろうか。学校の課外授業で出かけた美術館で、思わず眼を奪われた。何かが朽ちていく様というのは、どうしてああも美しいのか。

「ああ、綺麗だ」

朽ちかけ、朽ち果てていく廃墟は巨大な腐乱死体のようで、胸が躍る。

周囲に誰もいないか視線を巡らすと、近くの木に止まる一羽の鴉を見つけた。鴉はこちらを光沢のない黒い瞳で一瞥すると、責めるように甲高く鳴いて飛び立つ。

立入を禁止するロープを潜り、金網のほつれから中へ入った。

建物は円筒形、直上から見ればドーナツのような形状をしていることだろう。当時は先進的なデザインの総合病院だったのだろうが、今は廃墟と成り果てていた。

正面入り口の自動ドアの扉はとうに砕けて、足元に破片となって散らばっている。

病棟は外光を取り入れる構造をしている為、今日のような曇天でもそれなりに明るい。来客用の長椅子は腐り、受付には様々な書類がふやけて散乱していた。

荒廃した病棟の中は、冷たい死の気配がする。

受付を抜けた病棟の中央には大きな吹き抜けがあり、様々な庭木を植えた広大な中庭のあちこちに休憩用のベンチがあった。吹き抜けのちょうど真下には枯れた噴水があり、近寄って中を覗き込むと、紅葉した色とりどりの落ち葉が溜まっている。その落ち葉の絨毯の中に、それは横たわるように埋まっていた。

一瞬、気のせいかと思ったが、落ち葉を手で払い除けると、すぐに確信へと変わった。

死体だ。人間の死体。

真っ黒く変色し、手足を丸めるような形で亡くなっている。腐っているというよりも、乾いているという風に見え、服の方がよほど綺麗に残っている。頭蓋骨には縮れた黒髪が貼りついていた。

見る限り、性別は女性、どこかの学校の制服のように見えるので、年齢はおそらく僕とあまり変わらないくらいだろう。小柄で線が細い。なんだか酷く薄っぺらく見えるのは、下になっている右半身が完全に潰れているからだ。

吹き抜けを見上げて、なるほど、あそこから飛び降りたのかと納得した。

僕はベンチに戻り、買ってきた缶コーヒーに口をつける。無糖のコーヒーの筈なのに芳醇な甘みを感じた。今まで飲んだ、どんなコーヒーよりも素晴らしかった。人の死は甘美なものだ。

最近、よく死体に出会う。

息をゆっくりと吸うと、この病院にかつて満ちていた死の香りを吸い込んでいるような気分になった。

酷く気分が昂揚していくのを感じる。

思わず鼻歌を歌う。

「んーんー、んんー」

この『雨に唄えば』は数少ない僕の好きな曲だ。クラスメイトたちを盛り上げる為に歌うようなヒットソングでもなく、あの日の夜からずっと口ずさんできた。

此処には、僕と彼女の二人きりだ。そう思うだけで、心地が良かった。

不意に、携帯電話が震える。

「…………」

着信の相手を見て、迷うことなく電話を切った。

「人の楽しみを邪魔するな」

電話をしてきた相手、鷹元楸には悪魔じみた勘がある。

容姿こそ天使のように整っているが、中身は悪魔に近い。僕のように死に魅入られた人間とも違う、もっと異質なものを彼女には感じるのだ。仮に、彼女が実は地獄からやってきた正真正銘の悪魔だと言われたとしても、僕は全く動揺しないだろう。

不意に、噴水の側に色褪せた本のような物が落ちていることに気づく。ベンチから立ち上がり、歩み寄って拾い上げると、湿気と乾燥でごわついた一冊の手帳だった。破れてしまわないよう、注意して頁をめくる。黴《かび》や汚れでほとんど読めないが、それでも幾つか判読できる部分はある。

《こんなに話せたのは久しぶり》

《先生》

《すき》

《お母さんと》

《先生》

《先生》

《遅れてる》

《きっと》

《あかちゃん》

《先生》

《先生》

《先生》

頁をめくるにつれ、彼女の焦燥のせいか文字が崩れていくのが読み取れた。

「日記か」

他の頁にもびっしりと書かれていたが、最後の頁だけはただ一言。

《どうしようもなく、彼に会いたい》

まるで書き殴るように残された、その一文で終わっていた。

これは噴水に墜落死した彼女のものだろうか。それともまるで関係のない赤の他人のものか。

そもそも彼女はどうして、こんな廃病院の屋上から身を投げたのだろう。自殺だというのなら、何か訴えたいことがあったのではないだろうか。ただ死にたいのなら、わざわざこんな廃墟までやってくる必要はないだろうに。

ベンチに戻り、虚空へ息を吐く。

ゆるゆると白い息が空に溶けていくのを眺めながら、ぼんやりと眼を閉じた。

その瞬間、まるでタイミングを見計らったみたいに携帯電話に着信が入った。相手を確かめるまでもない。

抗議めいた携帯の振動に折れて、仕方なく通話ボタンを押す。

『どうして折り返してくれないのかしら』

待っていたのに、と白々しいことを言ってくる。

「忙しくてね。それで、なんの用件かな」

『あら、用がなければ電話をしてはいけないの？』

「いや。他のクラスメイトならいつでも歓迎だ」

少なくとも表面上は、誰が相手でも適切な距離感を保った会話をする自信がある。苦手なのは彼女だけだ。

『遠野君。今、何処にいるの？』

「遠方の祖父母の家だよ。帰省してるんだ」

『そうなの？　美嚢の総合病院の廃墟に入っていく所を、つい今しがた見かけたのだけれど。あれは別人だったのかしら。私、これでも眼はいいの』

墓穴を掘った。最初からカマをかけていたのか。いや、ここへ入る時に周囲に人影はなかった筈だが。

「……どうして、こんな所に？」

『とりあえず中へ入りたいんだけど。どこにいるの？』

「受付の奥、中央の吹き抜けのある中庭にいる」

分かった、と心底楽しそうに答えて電話が切れる。

暫くして、白いダッフルコート姿の鷹元が現れた。自分だけの隠れ家に他人が土足で踏み込んできたみたいで無性に腹が立つ。

「どうして君がこんな所にいるんだ」

「それは私のセリフだと思うのだけれど。こんな廃病院になんの用があったの？」

気になるわ、と鷹元はアーモンドのような大きな瞳を輝かせて言う。クラスメイトたちが美女だと言って止まない彼女のことが、僕は最初から酷く苦手だった。

「僕のことはいいだろう。それよりも、どうしてこんな所へ？」

周囲には建物らしき物もない。僕だって自分の通う病院へ向かうバスが、この廃墟の前を通らなければきっとやってくることなどなかっただろう。

「ここね、私の生まれた病院なの。ついでに言うと、私たちが生まれて、父が死んだ病院。たまに訪ねてみたくなるの。何か面白いものはないかなって」

「私たち？」

「双子だったの。でも、弟は死産だったらしいわ。詳しくは知らない。もう興味もないし」

彼女が人間の女の腹から生まれてきたということの方が驚きだ。

「そう」

「それだけ？」

顔を覗き込まれて、思わず舌打ちをしてしまう。伸ばした前髪で隠している顔を見られるのは苦痛でしかない。特に相手が彼女であれば尚のこと。

「他になんて言えばいい。僕は君の死んだ双子の弟にも、父親にも興味はないよ」

「こういう時、普通の人間ならきっと同情してくれるものよ。遠野君」

薄紅色に艶めく小さな唇に、陶器のような白く細い指をそっと当てて、楽しげに微笑む。

「私が答えたんだから、次は遠野君の番。こんな所で何を？」

僕は答えずに、噴水の方へ視線を投げる。

鷹元が噴水へ近づき、中を覗き込む。すると、まるで宝物でも見つけたみたいに美しい笑みを浮かべた。今にも跳びはねて踊り出しそうだ。

「こんな素敵なものがあるのに、どうして私に秘密にしていたの？」

「ついさっき見つけたんだ。それにわざわざ話す必要もないだろう」

半身の潰れた人間の死体のことなど、話して回る方がどうかしている。警察に通報してやるほど善人ではないし、トラブルに巻き込まれるのは御免だ。彼女の家族はきっと今でも帰ってこない娘を探し回っているのだろうが、そんなことは僕には何の関係もない。

「彼女、あそこから飛び降りたのかしら。多いのよ。私がここに入院していた時にも飛び降りてしまう患者さんがいたわ。みんなあそこから飛ぼうとして、飛べないまま落ちてしまったのね」

「入院？」

子どもの頃の話、と鷹元は静かに言う。

「人が落ちていくのを何度か見たわ。ちょうど、あそこの辺りに私の病室があって中庭の様子はよく見えたから」

「入院していた人は堪らないだろうな。自殺者が続出するなんて」

美嚢の総合病院は地元では割と有名な心霊スポットだ。僕がまだ幼い頃に閉院してしまったらしいが、どうやら噂の原因になる事故は実際に起きていたらしい。

「でも、好きなんでしょう？　心霊スポット」

「僕はオカルトに興味がある訳じゃない。人の死と魂とはまた別物だろう」

「どうかしら。本質的には近いものだとは思うけれど、あなたの解釈はそういうものなのね」

何が面白いのか、鷹元はとても可笑しそうに笑う。

僕は鷹元以外に、自分の本質的な部分を見抜かれたことはない。

そうならないよう、生きてきた。

擬態だ。

異端な者を人は嫌う。

群れの中の異端者は排斥されるのが世の常だ。特に子どもの世界においては、それが残酷なほど共有されてしまう。

僕は生まれつき人の死というものにどうしようもなく惹かれてしまう。それが異常であるということは物心がつく頃には理解していた。だからこそ、家族にも友人たちにもひた隠しにして生きてきた。

幼い頃、保育園にあるビニール人形を勝手に持ち帰っては、親の目を盗みハサミで手足を切り落としていた。他の園児たちがヒーローと呼ぶ人形の腹を裂いて、砂や草を詰めて遊んだ。切り刻んだ後は、地面を掘って埋めてしまう。そうすると、言いようのない安堵が胸の中に広がるのだった。

サッカーや駆けっこよりも大好きな遊びだったけれど、それが大人の目に触れてはならないことだと僕は幼い時から自覚していた。だからこそ、僕は周囲の求められる人間に擬態するようになったのだ。

空気を読み、クラスの立ち位置や、振る舞いで一定の地位を確保する。目立ちすぎず、没個性になることなく、適切な立ち位置で生きていく。

だというのに、鷹元はそれを見抜いてしまった。看破したと言ってもいい。

でも、それはきっと彼女も僕と似たようなものを持っているからだろう。

「ねぇ、屋上へ上がってみましょう。最期にどんな光景を見たのか、気になるの」

「君も飛び降りたいのか？　それなら僕は下から見ておくよ」

「私、自殺願望なんてないわ。自分で死を選ぶほど脆くない」

「自死を選ぶのは弱いことかい」

「悲嘆の果てに選ぶのならね。逃避と変わらないもの」

「辛辣だな」

「誤解しないで欲しいのだけれど、私は自殺が悪いことだなんて思っていないわ。自分の命だもの。好きに使えばいい。浪費しようと、消費しようと本人の勝手でしょう？」

それについては同意見だ。僕も他人の命に関心はない。死にたければ死ねばいいし、生きたいのなら生きていけばいい。自分の命の使い方なんて、他人が口出しするものではないだろう。

「ねぇ、その手に持っている手帳は遠野君のもの？」

「いいや。今しがた、死体の近くで拾ったんだ」

「遺品の中身を勝手に見たの？」

「嫌なら見なければいい」

「責めてない。それに本当に見られたくないものなら、自分で燃やすなりするでしょう？手放せなかったから最後まで持っていたんだわ」

手帳を受け取り、鷹元が中身に目を通す。読み終えると僅かに微笑むように口元が緩んだ。長い睫毛の奥にある大きな瞳が、珍しい高価な玩具でも見つけたみたいに輝いたような気がした。

この曇天の下、僕らは廃墟となった病院の中庭のベンチに座り、すぐそこの噴水には墜落死した女子の遺体が転がっている。吹き抜けを見上げると、丸い灰色の空から今にも雪が降りそうだ。

「遠野君。やっぱり屋上へ行きましょう」

「断る」

「どうして?」

「面倒だから」

「面白いものが見れるわよ?」

「いいよ。興味ない」

僕が関心を持つものは、目の前に転がっている。

「きっとあなた好みよ」

僕が首を縦に振るまで、鷹元はせがみ続けるだろう。

「……屋上に上がっても、僕はすぐに下りるからな」

鷹元が微笑む。クラスメイトが見たら、きっと一瞬で心が奪われてしまうだろう。

生憎、僕にはそれが酷く恐ろしいものにしか見えない。

●

かつて入院していたということもあり、鷹元は朽ちかけた病棟を迷うことなく進んでいく。

驚いたのは病棟には階段というものが存在しないことだ。その為、階という概念がないのだ。おまけに吹き抜け側の病棟はほぼガラス張りに近いので、照明がなくても廃墟の中は驚くほど明るい。

「螺旋状にスロープが屋上まで伸びているの。緩やかな傾斜にする為にこんなに大きな病棟になってしまったのね」

「斬新だな。どうして潰れてしまったんだ？」

総合病院の名前に相応しい規模だ。県下どころか本州でも最大規模ではないだろうか。

「さぁ、どうしてかしら」

まるで興味がないらしい。仮にも自分が入院していた病院だろうに。

「どれくらいの期間、入院していたんだ？」

「半年くらい。お友達も沢山できて楽しかったわ」

幼い頃の鷹元なら子どもたちの間でも人気があっただろう。

「久遠《くおん》という名前の男の子がいたわ。彼は生まれつき話もしないし、外からの刺激にも殆ど反応しない子どもだったの。いつも無表情でプレイルームの端に座っていて私たちのことを無感情に眺めていた」

「自閉症だったのか？」

「知らない。でも、彼は別に話せない訳じゃなかったし、反応できない訳でもなかったの。私たちの話す言葉が理解できなかったのね。だから、いつも独りでいたの」

鷹元はそう言って、指で何かをいじるような仕草をしてみせた。

「私、彼の声を聴いてみたくて、話せるようにしたの」

「どうやって？」

「脳をいじったの」

「外科手術でもしたのかい」

揶揄うように言った僕に、鷹元はそっと近づくと急に耳元で何事か囁いた。

「歌や言葉は、脳や魂を変えられるの」

「まさか」

「調律したの。私たちの言葉が、きちんと意味のある音の連なりであることを理解させる為に」

「偉人や聖書の言葉を聞いても何も感じなかった人が、教会で聴いた異国の聖歌で魂を揺さぶられることもある。歌は人の心を凌辱することができるわ」

彼女の眼は本気だ。

「……彼はどうなったんだ」

「私のお友達になってくれたわ。今でも私との約束を果たしてくれている」

友達、という言葉を鷹元の口から初めて聞いたような気がする。彼女は学校の誰かの話をする時にも「クラスメイト」としか言わない。取り巻きは多いが、彼女たちも鷹元にとってはきっと『友達』ではないのだろう。

「可哀想に。君にさえ出会わなければ、孤独でも完結した世界にいられたかもしれないのに」

「だって、気になったんだもの」

その久遠とかいう男子に同情する。彼はきっと鷹元のことを好ましく思っているだろう。あるいは恩人と思っているかもしれない。だが、鷹元にはそんなつもりなどないのだ。彼女にあるのは一種の好奇心だけ。

「ねぇ、遠野君。あの日記。読んでみてどう思った？」

「どうもこうも。誰か好いた相手でもいたんだろう」

「この病院にも若い患者さんから好かれる先生がいたわ。カウンセラーの先生でね。イケメンで優しいって凄く人気だった」

「患者から人気があるというのは悪いことではないと思うけど。そういう意味ではなさそうだ」

「男の人の中には、成人していない女の子にしか性的興奮を覚えない人もいるんでしょう？」

「ごく少数だと思うけどね」

こうして改めて考えてみると、カウンセラーというのは人の一番脆いデリケートな部分に触れる仕事なのだ。ただでさえ傷つき、揺れている魂に悪意を持って近寄っていたとしたら、効果はてき面だったろう。

「あの頃から、あの人の魂は酷くくすんでいた。当時、私も何度かカウンセリングを受けたことがあるのだけど、あれは女の子を獲物としか見ていなかった。使い捨てのポケットティッシュくらいにしか」

つまり件の先生にとって、ここは狩場だったのだろう。

未成熟で弱い、けれども美しい獲物を見つける為の。

「患者を食べてしまうような悪いお医者様もいるし、そういう人は悪いことを決してやめられないのね」

面白いことになってきた。

やがて屋上へと出る扉まで辿り着く。ドアノブを回してみると、どうやら壊れているようで鍵がかかっていない。奥にもう一つ扉があったが、これも壊れていた。こちらは意図的に壊されたのかもしれない。二重に扉があるのは、屋上には本来、出られないように徹底されていたからだろう。そこには柵もなければ、浄化槽のようなものもない。縁から足を滑らせたら、一瞬で転落死だ。

「どう？」

「眺めはいいけど寒い。風の強い季節に来るものじゃないね」

「自殺した何人かは、先生の元患者だったの」

平然と、いや、いつもより楽しげに言う。

「鷹元はそれを知っていたんだろう」

「ええ。でも、私には無関係だもの。彼が精神的に傷ついていた患者を弄び、故意に追い詰めて、自殺に追い込んでいたのも証拠があった訳じゃないし」

「その先生とやらは？」

「さあ？　急に病院を辞めたとは聞いたけど、どこで何をしているのかなんて知らなかったわ」

興味ないもの、と淡々と言う。

「屋上を見上げた時に、いったい何を視たんだ？」

僕の問いに鷹元は心底楽しそうに微笑む。

「面白いものよ。滑稽なもの。きっと遠野君も喜ぶわ」

鷹元は歌うように言って、まるでステップを踏んで踊るような足取りで縁まで歩いて止まる。

手招きする鷹元の隣に立ち、落ちないよう慎重に下方を覗き込む。

「あそこよ」

「……あぁ」

思わず声が出た。

屋上から数メートル下、垂直に落ちる壁に僅かなでっぱりがあり、そこに隙間のような空間がある。ほんの数十センチほどの空間だ。そこに黒く変色した、白衣を身に纏った死体が挟まるように倒れ伏していた。あれでは中庭からは見えないだろうし、屋上からもよっぽどいうのか。

注意して探さなければ見つけられないだろう。ましてや、ここは廃墟だ。誰がやってくると

「意味が分からない。あいつ、なんであんな所にいるんだ」

「運が悪かったんでしょうね。落ちた拍子に足か腕でも折って、ずっとあそこにいたのね」

死体の様子から見て、噴水の彼女とほぼ同時期に死んだのだろう。

「いろんな死を蒐集してきたけれど、これは別に要らないわね。滑稽だけど、つまらないもの」

「君の話はどうでもいいよ。つまり、あいつはこの廃病院へ下の彼女と一緒にやってきて、二人して落ちたのか？　心中未遂だろうか」

「先に言っておくけど、あの先生は間違っても自殺するような人じゃなかったわ。誰を犠牲にしてでも、自分だけは絶対に傷つかない。そういう人」

「……ああ。屋上へ呼び出して、あの子を殺そうとしたのか」

だが、失敗した。抵抗されたのか。争ううちに諸共落ちてしまった。自業自得だが、いかにも情けない。手足を折ってしまい、あの場所から降りられず、助けも呼べず、そのまま餓死したのだろう。

「いっそ楽になりたければ、身を投げてしまえば良かったのに」

そうすれば飢えて死ぬよりはまだ楽だったろう。一瞬で終わることができるのだから。

「そんな人ではないと言ったでしょう？」

男が落ちた場所、その壁には夥しい数の染みが見えた。なるほど。あれは脱出しようと足搔いた爪の跡か。あの様子では爪は一枚も残っていないだろう。最後まで死にもの狂いになって生きようとしていたに違いない。

誰もやってこない廃墟で、じりじりと這い寄ってくる死の恐怖は一体どれほどのものだったろう。想像するだけで、言葉に尽くせないものがある。ああ、惜しむらくは、その過程をじっくりと観察できなかったことだ。ここから悲鳴に耳を傾け、絶望していく様子を見ることができたなら、それはどれほどの愉悦だろう。

「遠野君。とっても悪い顔をしてるわ」

咄嗟に手で口元を覆い、鷹元を睨みつける。彼女の言葉が本当で、もし人の死というものが視えるというのなら。こんな不公平なことはない。

「見るな」

「遠野君。あなた、学校にいる時よりもずっと素敵な顔をしてる。でも、クラスメイトの女の子が見たらきっと恐ろしくて泣いてしまうわね。知っている？　あなたのことを好いている女子は多いのよ？　優しくて気配りができて、明るくて誠実な遠野君だものね」

「……どうでもいい。そんなもの」

「酷い人ね。本当に人でなし」

鷹元が軽やかな足取りで踵を返す。忌々しい思いを噛み潰しながら、その後に続いて屋上から下りた。


やがて、噴水の所へ戻ると、僕は拾った日記を彼女の傍にそっと置いた。

「お腹の子まで道連れにするのは、少し惜しい気がするな」

僕がひとりごちると、鷹元が可笑しそうに笑った。

本当に、可笑しくてしょうがないという笑い方に、違和感を覚える。

「遠野君もやっぱり男の人ね。みんな、そう思うものなのかしら」

僕の勘違い、いや、あるいは件の男も抱いたであろう勘違いを鷹元は笑う。

「その子のお腹には、何もいないわよ?」

それでは、つまり。

「ああ、そういうことか」


まるで遺書のように持ち歩かれていた手帳。

患者を死に追いやる精神科医の顛末。

思えば、ただの飛び降り自殺ならば真下に墜落するだろう。

だが、彼女は放物線を描くほど勢いよく飛び出したのだ。

――最初から、道連れにするつもりだったのか。

壮絶な笑みを浮かべて、男の手を引く少女の姿が見えたような気がした。

「本当なら、一緒に仲良く墜落死する所だったんでしょうけどね」

心中未遂と言うべきかどうか。

互いに相手を殺そうとしていたという点においては、殺人未遂と言えなくもないのだろうか。

少なくとも、彼女は満足して死んだのだろう。

「面白いものが見られると言ったでしょう？」

上機嫌に笑いながら、吹き抜けを見上げてくるくると踊る鷹元の姿は、天使のように美しかった。

雲の切れ間から光が差し込み、切片が光を弾いて眩しい。

僕はベンチに背中を預けて、長く息を虚空へと吐いた。

そうだ。春になったなら、噴水に眠る彼女の胎に花の種を植えてみよう。

きっと、美しい花が咲くだろう。

討士

姉のいる座敷に近づく時には、必ず白い狗《いぬ》の面をつけなければいけない。

それは俺が物心ついた時から、亡き母に厳しく言いつけられていたことだ。

面は紙製の鼻の尖った狗を象っていて、どことなく狐のように見えなくもない。口の部分が僅かに開いていて、そこから鋭い犬歯が覗く。もう十年以上この面を使ってきたが、破れも歪みも一つとしてなかった。

「ああ、面倒くさい」

面を被ると、視界が急に狭く、息苦しくなる。自分の息が顔に当たって不快だが、我慢するしかない。

薄暗く、馬鹿みたいに長い廊下を照らす裸電球が揺れて、障子に映った俺の影が上下に伸びたり、縮んだりする。古い日本家屋は隙間風が酷いものだが、特に廊下はまるで外にいるみたいに寒かった。今日はストーブを焚いたまま寝た方がよさそうだ。

俺が持つ盆の上には姉の夕食が並んでいる。麦を混ぜた飯、アジの干物、納豆、ほうれん草のおひたし、大根と椎茸の味噌汁。和食ばかりで申し訳ないが、弟ばかりを炊事場に立たせる方が悪い。母が生きていた頃は、もっと食事も華やかだったような気もするが、今となってはもうよく思い出せなかった。あの頃は姉も料理をすることができていたように思う。

姉の座敷は、よりによって廊下の一番奥にある。手前の座敷はかつて父や母、祖父母たちが使っていたものだが、今は当然空いている。それなのに姉は頑として自分の座敷から離れようとしなかった。

「姉ちゃん。入るよ」

障子越しに声をかけても返事はない。

少し間をおいて片手で障子を開く。八畳の和室。床の間には気味の悪い日本人形が並び、桐の箪笥と火鉢の他には布団しかない。

布団がこんもりと盛り上がり、姉はその中で膝を抱えているらしい。

「姉ちゃん。夕飯、持ってきたよ」

一瞬の間。

「ありがとう」

「具合はどう？　熱は？」

「だいじょうぶ。平気」

「電気くらいつけろよ。気分まで暗くなるぞ」

「そうね。ごめんなさい」

「じゃあ、部屋に戻るから。何かあったら教えてな」

「ありがとう。いつもごめんね、藤四郎《とうしろう》」

ありがとう、だけでいいのに。いつも謝ろうとする姉がなんともいじらしかった。

「夕飯、残すなよ。たくさん食べないと、いつまで経っても元気になれないんだからな」

盆を置いて、立ち上がろうとした時、姉の手が服の裾を掴んだ。

真っ白い、まるで骸骨のように細く白い腕。思いきり掴んだら、握り砕いてしまいそうだ。万が一にも姉の上に転んだりしないようにしよう、と決意を新たにした。

「今日、誰かやってきた？」

「いいや？　誰も来ないよ。ずっと人なんか来てない。そもそもこんな田舎に誰がやってくるんだよ」

そう、と姉は消え入るようにつぶやいて、裾を手放した。

姉が来客を気にするなんて今までなかったことだ。そもそも姉宛に人がやってきたことなど覚えていられないくらい昔の話だ。

「お面、もう取っていいのよ」

分かっているよ、と答えてから座敷を後にした。

椿の生垣が並ぶ庭へ目をやると、曇天の下、雪片がはらはらと舞い始めている。この分だと、今日はとりわけ寒い夜になりそうだ。

不意に、玄関で呼び鈴が鳴り、思わず飛び上がりそうになった。来客なんて母の通夜の時以来じゃないだろうか。一体誰が来たのか、という不安に眉を顰める。姉が言っていたのは、このことだろうか。

慌てて玄関へ向かいながら面を戸棚の上に置く。

玄関扉の磨りガラスの向こうに、長身の人影が見えた。

動きと佇まいから見ても、大人って感じはまるでしないが、どう見ても男だ。

まさか、姉の知り合いか。

「はい。どちら様?」

○

その屋敷は驚くほど深い山の中にあった。

あちらこちらで人に道を尋ね歩いて、ようやくたどり着いた屋敷は想像していたよりも遥かに大きくて、思わず狐に抓《つま》まれたんじゃなかろうかと疑った程だ。

「驚いたな。本当にあった」

古い武家屋敷といった風情の屋敷を囲うように、椿の生垣がぐるりと立ち、庭には厩舎と土蔵まである。流石に馬はもういないようだが、こんな山奥にあるには不自然なほど大きい。茅葺の屋根、太い柱、瓦に刻まれた棕櫚の家紋。どこに目をやっても、言いようのない懐かしさがあった。

表札には本当に「帯刀」とある。

でかい門を潜り、玄関の呼び鈴を鳴らすと、磨りガラスの向こうで勢い良くやってくる足音がした。

「はい。どちら様？」

鍵を開けないまま尋ねる声の主は若い。いや、まだ幼いと言ってもいいような声だった。

「こちらに帯刀咲耶《さくや》さんはいらっしゃいますか？」

声の主はしばらく無言だったが、鍵を外して戸を開けた。

迎え入れてくれた少年はまだ十代の半ばぐらい。精悍な顔つきをしていた。歳の割に背が高く、自分とあまり変わらないくらいだ。

「どなたですか？」

挑むように言うので、思わず苦笑した。

とりあえず名乗り、それから一枚の葉書を取り出す。消印どころか切手も貼られていないのに、どういうわけか自宅の机に置かれていた葉書。その差出人の名前を目にした時の感情は、言葉にはできないものがあった。

「アンタのお姉さんから手紙が届いたんだ。ここへ来てほしいってな。だから遠路はるばる来たんだよ。とりあえず中に入れてくれないか？　寒さと空腹で死にそう」

「桜、千早さんね。随分と可愛い名前ですね」

「そういうお前の名前は何なんだよ」

「藤四郎。俺の名前は帯刀藤四郎って言います」

悔しいが、俺の名前の十倍は男らしい。

「でも、桜なんて名前初めて聞きますけど。本当に姉から連絡があったんですか」

「嘘ついてどうするんだよ。ほら」

手渡した葉書の裏を疑い深くひとしきり観察してから、本当に渋々といった様子で「あがってください」と嫌そうに言った。

「お前、考えていることが顔に出すぎるってよく言われるだろ」

「大きなお世話です。ほら、さっさと入って。家の中が冷えちまう」

招き入れられた屋敷の中は恐ろしく広く、およそ一家族で住まうには大きすぎる。築年数は百年をゆうに超えているだろう。あの屋敷に比べれば、やけに薄暗いのが気になった。

少年は先を歩きながらも、こちらへの警戒を忘れていないようで、注意深く後ろをチラチラと振り返っている。

「ご両親は？　留守か？」

「父は生まれつきいません。母は半年前に死にました。今は姉と二人で暮らしています」

「こんな山奥で？　たった二人で？」

「ええ。何か問題ですかね。誰にも迷惑なんてかけていませんけど」

「いや、気分を悪くさせたのなら謝るよ。ただ不便だろう」

「そりゃあもう不便ですよ。買い物するのも里まで下りていかなきゃいけないし。面倒だから野菜は畑で作ってますし、知り合いの猟師の人が肉を分けてくれたりして、なんとか凌いでます」

話しているうちにひときわ大きな座敷に通された。座布団が二つ、無造作に転がっているのを少年が拾い集め、どうぞと差し出す。

「どーも」

座布団を敷いて腰を下ろし、座敷の中を軽く見渡す。十六畳ほどの畳敷の座敷の中央に置かれた大きめの座卓、床の間には何も置かれておらず、掛け軸の類もない。床脇の違棚には写真立てが置かれている。

「俺、大人の人の対応とかよく分からないんで、無礼なところは許してください。あの、お茶とかいりますか？　お茶くらいなら出せますよ」

「いや、お気遣いなく。ええと、藤四郎くんは幾つだっけ？」

「呼び捨てでいいです。それよりも、姉の手紙の件で話がしたいんですけど」

「単刀直入だな。まぁ、こっちもその方が助かるけど」

こういう性格の奴は嫌いじゃない。こちらへの警戒も相変わらずだが、姉と二人暮らしなら当然のことだ。

「早速だけど、咲耶さんに会わせてくれ。この葉書は俺の家の机の上で見つけたものだ。消印も切手もない。ここの住所と『弟を屋敷から救い出して欲しい』という旨の内容だけで、電話番号も何も書かれてない。おかげで、ここまで来るのに随分苦労した」

何かの悪戯かとも思ったが、この送り主の名前を目にして放置なんてできない。かつての師匠と同じ苗字を名乗る、誰かからの依頼を無下にはできなかった。大野木さんとも散々調べてみたが、名前だけでは何も分からず、結局は葛葉さんに心当たりがないか尋ねることで、ようやく手がかりを掴むことができた。

「……姉ちゃんが、どういうつもりでそんな葉書を桜さんに出したのか分からないですけど、俺はこの家を出るつもりなんてないです。そもそも姉ちゃんを置いていける筈がないし、ここは俺の生まれ育った家ですから、俺が守らないと」

「まぁ、そうだよな。やっぱり直接、咲耶さんにこの手紙の意図を聞くしかないな」

「姉ちゃんには会えませんよ。家の者以外の人間とは会いません」

呼んだのはそっちなのだから、会わないなんてこともないだろう。

しかし、会えない事情があるというのなら、話は別だ。きっと今回の依頼の肝はそこにあるのだろう。

「それはどうして？　呼び出したのは向こうだぜ？」

「病気なんだと思います。昔からずっと座敷から出られないんです。だから食事も俺が作ってます。でも、どうやって手紙なんか出したんだろう。ポストなんか里まで降りないとないのに」

「なんとか話だけでもできないか。俺も仕事だと思ったからここまで来たんだ。このままだと無駄骨になっちまう」

「仕事？」

「ああ。県庁からの依頼で、怪異とかそういう特別な事情で困っている人間の手助けをしているんだ。そういう仕事なんだよ」

「怪異って。うちとはまるで無関係だと思いますけど。とりあえず姉ちゃんに話だけ聞いてきます」

「そうしてくれると助かるよ」

「寛いでてください。あ、上着かけますよ。コートください」

「ありがとう」

片手で服を脱いだ俺を見て、藤四郎が目を丸くした。

「右腕がない。どうしたんですか、それ」

「ん？　ああ、驚かせたかな。事故で失くしたんだ。バイクの事故でさ。起きたら綺麗さっぱりだ」

「痛くないんですか？」

「ああ。もう痛くないよ。まあ、こいつのおかげでこういう仕事を始めることになったんだけどな」

藤四郎は不思議そうな顔をして、それから座敷を出ていった。

このまま座って待つのも芸がない。違棚の上にある写真立てを見ようと立ち上がり、そっと手に取る。随分と古いようだが、家族写真のようだ。

その瞬間、照明が明滅を繰り返した。

不意に、感覚だけの右手を掴まれる。

欠損した右腕。その腕に触れる感覚があった。人間の手が手首をしっかりと握っている。

振り返ると、そこには写真に写っていた母親らしき女性と、その一人娘らしい少女が悲しそうに立ち尽くしていた。分家筋とはいえ同じ一族というだけあって、やはり帯刀老とどこか似ている。

右眼に視える、死者の霊。

「……そういうことか」

◯

「おかしいな。どこに置いたっけ」

探しても探しても、あの白い狗の面が見つからない。あの男が来た時、確かに棚の上へ置いた筈なのに。

あの右腕のない人は、初対面だが適当な嘘をついているようには見えなかった。

それよりも不思議なのは、姉がどうやってあの人に葉書を送ったのかということだ。姉はあの座敷から出られないし、そもそも俺は葉書の出し方さえ知らない。

一体、誰があの葉書を出したのだろう。誰かが取りに来たなんてことはない筈だ。郵便局員だって最後にやってきたのはもう何年も前のことだ。

おかしい。

何かが食い違っているような気がする。

何かとても大切なことを忘れているような気がした。

自分には何かしなければならないことがあったのではなかったか。

最後に、姉の顔を見たのはいつだったろう。

目眩がする。母の言いつけを破ったからか。あのお面をつけている時は、こんなこと思いもしなかったのに。いや、そもそもあのお面は誰がくれたモノだったろう。

頭の奥に鈍い痛みが走る。

あの男だ。隻腕の男。あいつがやってきてから、何かが動き始めてしまったような気がする。一度勢いづいた石が転がり始めるように、何かが始まろうとしている。そういう漠然とした予感があった。

「きゃあああああああああああああ！」

廊下の先で、姉の甲高い悲鳴が響き渡った。

「姉ちゃん！」

廊下を駆けて、姉の座敷の障子を開け放った瞬間、言葉を失った。

荒れ果てた座敷。壁から天井まで飛び散った赤黒い血の跡。四本の爪が壁も畳も切り裂いて、座敷の中は血の匂いに充ち満ちていた。

かつて、俺はこれと全く同じ光景を見たことがある。

「あ、あああ」

姉がいつも寝息を立てていた布団が、血の海に沈んで赤く染まっていた。しかし肝心の姉の姿はどこにもない。まるで獣に食い尽くされてしまったみたいに。残っているのは服の残骸だけ。

何が起きたのかなんて、考えるまでもない。

姉は喰い荒らされたのだ。

どうして忘れていたのか。

役立たずの弟め。

部屋の片隅に蹲る、毛皮を血に染めた何か。そいつが歯の間に挟まった、長い艶やかな黒髪を指で引き抜いていた。

殺してやる。

駆け出し、その首元に襲いかかろうとして衝撃が走る。顔を殴りつけられたのだと自覚するよりも早く、馬乗りになったそれが獰猛な笑みを浮かべて拳を振り上げるのが見えた。

ぐしゃり、と頭蓋が砕ける音を聞いた。


目を開けると、そこには荒れ果てた座敷が広がっていた。

血は赤黒く変色して、埃だらけになっていて、あちこちに蜘蛛が巣を作っている。何もかもが朽ち果て、廃墟同然と化していた。まるで、もう何年も経ったみたいに。

背後、廊下に山から下りてきた何かが立っている。

かつて、母たちが山へ封じ込めてきた人喰いの化け物。

屋敷にやってきた人の匂いを嗅ぎつけて、またこの場所に戻ってきたのか。

透けた障子の向こうを埋め尽くすような巨大な狒々《しょうじょう》。その瞳が獰猛に笑っている。

あの日のように、人を喰おうというのか。

この俺の前で。

また、人を喰らうのか。

その瞬間、俺は全てを思い出した。

爪も毛も、眼も耳をも逆立てて、牙を剥いて狒々へと襲いかかる。

あの日、姉を食った化け物に。

その喉元に、今度こそこの牙を突き立てる為に。

○

とてつもない物音に思わず身を竦ませる。

何かが爆発するような音がした。

慌てて廊下へ飛び出すと、馬鹿みたいに巨大な猿が障子も雨戸も吹き飛ばしながら暴れ狂っている。その喉元に食らいついているのは、大きな白い犬だった。鋭い唸り声をあげ、丸太のように太い狒々の首を噛み千切ろうとしている。毛を引き千切られた痛々しい地肌から、赤い血が滴り落ちているのが見えた。それでも、喉元に深く喰らいついた牙は緩まない。

熊ほどもある狒々。あれが、この家の人間を食い滅ぼした化け物か。葛葉さんが話していた、山に封じ込められた妖魔。

二匹は絡み合うように転がり、獰猛な叫び声をあげながら、庭へと落ちた。

加勢してやりたくても、情けないが俺にできることなんてない。

分かっているのは、あの犬が負けたなら、俺は間違いなく喰われるということだけ。

靴も履かずに庭へ飛び出した時、深々と刺さった牙が、とうとうその首を噛み千切った。

鋭い爪を持つ狒々の両手が、自身のそれを探すように空を掻く。錆びた鉄の臭いを撒き散らしながら、溢れ出る液体が体毛を濡らしている。そうして膝から崩れ落ちた形で一度止まって、ようやく地面に倒れ伏した。

目の前の光景に、言葉が出てこない。

呆然と立ち尽くす俺に目もくれず、立派な体躯をした白い犬が、真っ直ぐに狒々の頭を見ていた。ふっ、ふっ、と荒々しく息を吐くたびに白い息が広がって消える。

地面の上に落ちて転がる、ひと抱えほどもある化け物の頭。その業を容赦無く映し出す右眼が、今はただ恨めしい。救えなかった人たちの最期を、視ることしかできない瞳。

「――藤四郎」

名を呼んでやると、白い犬はようやく自分のことを思い出したようにこちらを見た。

写真に写っていたのは母親と娘。そして、二人に寄り添う一匹の犬の姿だった。

「お前、自分が死んだことも忘れてずっとこの家を独りで護ってたのか」

彼は何も答えず、真っ直ぐに俺を見ている。真っ白な長い尾が、ほんの少しだけ揺れたように見えた。

「姉ちゃんの仇《かたき》だもんな。律儀な奴。さっさと成仏すればよかったのに」

俺がここへ呼ばれたのは、あの狒々を引きつける為の餌だったのだろう。あれを自らの手で討つまで、この忠義者はこの屋敷から離れられなかったのだ。たとえ、何もかもが終わってしまい、護りたかった者が誰ひとり戻ってこないとしても。

藤四郎は狒々から離れてこちらへ来ると、俺の目の前で立ち止まった。

「ありがとうな、おかげで俺も助かったよ」

右手でそっと頭を撫でると、藤四郎の姿が溶けるようにして歪み、輪郭を失って消えてしまった。

屋敷をあらためて見ると、そこは無残なものに変わり果ててしまっている。ここにあるのは朽ち果て、今にも崩れ落ちそうな廃屋。まるで止まっていた時間が急に流れ始めたみたいに、あっという間に崩れてしまった。この家もまた家人の仇が取られる日をずっと待ち続けていたのかもしれない。

空を見上げると、群青色の空から降りしきる雪が強くなったような気がした。

「はあ。いいように利用されたな」

立ち上がり、白い息をひとつ吐いた。

倒壊した門の残骸に腰掛けて、大野木さんに電話をかける。

電波が繋がるかどうか不安だったが、ワンコールで電話に出た。

「もしもし、大野木さん。終わったよ。ああ、ちゃんと見届けた。葛葉さんが話していたみたいに、やっぱり帯刀老の血族はもう残っていなかったよ。ん？　ああ、いや、忠義者が一人だけ残っていたけど、ついさっき仇を討った。でも、まだやるべきことがあるみたいだから、迎えに来て欲しい。車にスコップ乗せてるだろ？　うん。そう」

電話を切って、目の届く範囲だけでも片付けようと木材や瓦礫を少しずつ脇へどけていく。

凍え死ぬまでに来てくれるといいな、と思っていたが、ものの十分も待たずに山道を強引に走ってくる車を見つけた。枝がフロントガラスや車体を傷つけるのも意に介していないようだが、あれはもう開き直っていると見た。

車が目の前で止まり、中から神妙な顔の大野木さんが現れる。

「ですから、私も一緒に行くと言ったのです」

「いや、大野木さんは来なくて正解だったと思うけど。想像していたより、かなりヤバかったしな。一歩間違ってたら今頃俺は猿の腹の中だぜ」

「……それは何かの比喩表現ですか？」

「いや、そのままの意味。手伝ってくれる？　流石に片手じゃどうにもできない」

大野木さんは怪訝そうな顔をしながらも、バックドアを開けてスコップを取り出した。

「用意ができました。しかし、随分と荒れ果てていますね」

「いや、こいつもよく踏ん張ったんだ。ついさっき長い休憩に入ったばっかだよ」

門の残骸を踏み越えて庭の方へ歩いていくと、首のない巨大な猩々の死体に大野木さんが絶句する。まぁ、気持ちは分かるけれど、こいつはこのまま朽ちるに任せる。そのうち野生動物が適当に食い散らかすだろう。下手に触れたりしない方がいい。

「そっちはいいから。こっちこっち」

「千早君。あの、これは一体」

「こいつに喰われるとこだったんだよ。ついてこなくて正解だったろ？」

大野木さんは青ざめたまま、呆然と目の前の死骸を眺めた。

家の崩れ方にも拠るとは思っていたが、幸い姉が寝起きしていたという座敷は崩れずに残っていた。縁側に靴のまま上がり、破れた障子の向こうの荒れ果てた座敷を眺める。壁や床に赤黒い血の痕跡が染みとなって残っていた。

ボロボロの掛け布団をそっとどかすと、そこには小さな頭蓋骨と、傍に犬のそれが寄り添うように並んで朽ちている。きっと瀕死の状態で姉の元へと這い寄り、そのまま息絶えたのだろう。

合掌の代わりに、目を閉じて黙祷を捧げる。

後からやってきた大野木さんが背後で息を呑む音が聞こえたが、振り向けば、何も言わずに手を合わせてくれていた。

「庭に葬ってやりたいんだ。自分の主人と共に逝きたいだろうから」

「分かりました。千早君は、そこで待っていてください」

「ありがと。上着、預かるよ」

「お願いします」

庭に残った一本の桜の木。その下に彼女たちを弔うことに決めた。

僅かに残った骨を拾い集め、土の中に横たえる。土を被せていく間、背後から視線を感じたが、あえてそちらを振り返ることはしなかった。

「線香の一つでも上げてやれたなら良かったんだけどな」

目印に大きめの石を置いて、墓石の代わりにする。

「きっと喜んでいますよ」

「どうかな。いかにも生意気な感じだったぜ。自分の主人にしか懐かないってタイプだ」

今頃きっと沢山褒めて貰っているに違いない。

あの大きな尻尾を振って、笑いかける姿が視えたような気がした。

「帰ろうか。腹が減って死にそう」

「麓に下りたら、すぐに食事にしましょう。来る途中、良さそうな店を見つけたんです」

「いいね。まだ開いてるといいけど」

かつての門扉を抜け、一礼してから屋敷を離れる。

苔生した坂道を車でゆっくりと下りながら、かつて、師匠もまたこの道を通ったことがあるのかと思うと、妙に切ない気持ちになった。

指切

屋敷町を南北に走る柳川《やながわ》は、木舟がどうにかすれ違うことができるほどの幅しかない小さな川だが、その歴史は古く、鎌倉時代より物流に用いられていたという。春になれば川下りをしながら舟の上で花見を楽しむのが伝統であったが、戦時中に一度廃れてしまった。戦争も終わり、ようやく余裕も出てくると、伝統を蘇らせようと川下りが再び始まったという。

「その為の援助をしたのが縁でな。今もこうして一番に川下りが楽しめるという訳だ。舟の上で桜を真下から眺めるのも悪くあるまい。これで芸者の一人や二人を侍らせれば文句もないんだが」

片膝を立てて座る帯刀は悔しげにそう言って、銚子に入った酒を盃へ注ぐと、仰ぐように一息に飲み干した。上質な敷物の上には空になった銚子が既に三本転がっている。仕立てたばかりというスーツを着崩して、横柄に座る様子はいかにも資産家のぼんぼんという風に見えた。それでも何処か気品を感じさせるのは、この男の持つ家柄というものだろうか。

獣面をつけた漕ぎ手も帯刀の家の奉公人なのだろうが、見ざる聞かざるという体である。

「木山。お前も飲め」

「結構です」

桜は嫌いではないが、昼間のこんな明るい時間から花見をするのは性に合わない。おまけに川下りなんてしていれば、否応なしに行き交う人々の視線を寄せてしまうので、目深に被った帽子を脱ぐことさえできなかった。

「前髪くらい切れよ。鬱陶しい。ろくに前も見えんだろう」

「見えますよ」

「どうして顔を隠す。見られて困るようなツラじゃないだろう。事情を話してみろ」

「遠慮します。貴方には関係のない話だ」

「師匠の命令だ。答えねば破門とする」

理不尽なことこの上ない。どうしてこうも傍若無人でいられるのか。

「……顔を隠したい訳じゃない。目を見られるのが嫌なのです」

「魂の色を視る瞳か。その虹彩の色は確かに何も知らぬ人間の目には奇異に映るだろうな。見鬼は得てして周囲から迫害されるものだ」

迫害、という言葉は正しい表現だと思った。自分たちとは違う者を責め立て、糾弾し、排除しようという行為は、まさに迫害という言葉に相応しい。追ってまで害する。気に入らないというのなら、そのまま放っておけばよいものを。

「古今東西、異端者は迫害されるものだ。同じ景色を共有できない者が集団から追い出されるのは、生き物として当然のことだからな。ましてや、お前が視ている景色を共有できる者は誰もいない」

そんなことは誰に言われずとも、身を以って経験している。自分だけがこの世界で一人反転しているような疎外感を、他の誰が共有できるというのだろう。

「……あなたもそれは同じでしょう。富と成功を約束される代償に、死後も魂を山に縛られる契約をした守り人の一族。その当主を務めるあなたも」

私と同類だ。

帯刀は不敵な笑みを浮かべると、盃を川へと放り捨てた。

「誰に聞いたか、当ててやろうか」

「後ろめたいことなどありませんよ。父から聞きました」

「なんだ、つまらん」

「つまらんとはなんです」

「お前の父親とは何度か会ったことがある。お前の名を聞くまで終《つい》ぞ忘れていたがな」

「因縁がある、と聞かされていましたが、あれは父の一方的なものだと理解しています。祖父もそう言っていましたから」

父は只の人間だった。怪異を視る眼も、神秘を捉える感性も持ち合わせておらず、ただ自分が生まれた家の家柄だけを矜持に生きていた。自分にも才能があると信じて、あらゆる本を蒐集し、私や祖父のようになろうとした。

「因縁か。確かにお前の祖父も俺の父と確執があったようだが、詳しくは知らんし、俺にはどうでも良いことだ」

「自分も興味がありません」

家のことなど、どうでもいい。家を出ていった兄も、自殺した父も私には関心さえない。

「愛想のない弟子だよ、お前は」

帯刀の魂の色を視る。輝くように赫《あか》く燃える、魂の色を。

「さて、そろそろ依頼人の所へ着く頃合いだ」

帯刀はそう言うと正座をして背筋を伸ばした。

舟がゆっくりと接岸していく。漕ぎ手に手を借りて舟へ乗ってきたのは臙脂色の着物に身を包んだ小柄な老婆だった。かなりの高齢らしく、頬はこけて首元も骨が浮き上がっている。羽織には丸に橘《たちばな》の家紋が刺繍されていた。

「帯刀家の御当主様におかれましては、ご機嫌麗しゅう。不肖ながら駿河《するが》ハツヱ。罷り越してございます」

そう言って深々と頭を下げる老婆が、漕ぎ手に介助されながらゆっくりと腰を下ろす。頭上の桜の木から花弁が舞い落ち、船の上にまばらに広がった。

「駿河屋の大奥様、自らいらっしゃるとは存じませんでした。当主の篤行《あつゆき》殿がお越しになるとばかり。何かありましたか」

いつの間にか上着に袖を通していた帯刀が、先ほどの様子とは打って変わって丁寧な口ぶりで問う。駿河屋といえば屋敷町どころか、全国的にも有名な呉服店の老舗だ。戦後、焼け野原になった新屋敷の復興にも駿河屋が出資していると聞いたことがある。

老婆はゆっくりと顔を上げると、感情の読めない顔を横に振った。

「愚息は昨夜、我が屋敷にて息を引き取りました。訃報を届ける暇もなく、大変申し訳ございません」

「亡くなった？」

「はい。故に御当主には不躾ながらお願いしたい儀がございます」

老婆の言葉に、帯刀が僅かに表情を歪ませるのが分かった。不測の事態が起きている。それもおそらくは悪い方に。

「我が奥座敷に棲まうオシロサマを御鎮めくださいますよう。何卒、お力をお貸しください」

オシロサマという言葉が妙に白々しく聞こえる。

深々と頭を下げる老婆を前に、帯刀は明らかに苦悩していた。これは余程のことに違いない。

「これも好機かと存じます。機を逃せば犠牲は増えるばかり。何卒、何卒」

老婆の言っている意味は分からないが、帯刀が苦悩している理由は想像がついた。相当の覚悟がいる。そういう案件なのだろう。

帯刀は諦めたように目を閉じて、それから老婆の肩にそっと触れた。

「分かりました。できるだけのことはしましょう。ただお約束はできません。最悪の場合、一族の方全てに障りがあるでしょう」

「無論、覚悟の上で御座います。今まで過分に過ぎるほどの繁栄を頂いたのですから。一族郎党、首を差し出してでも、お返しする時が来たのです」

そうして老婆は舟を下りた。

舟が河岸を離れ、ようやく頭を下げる老婆が見えなくなると帯刀が口汚く悪態を吐いた。怒りに任せて舟の底に穴でも開けかねない激昂ぶりだったが、やがて怒りを鎮めてどっかりと座る。

「あまり良くないことになっているようですね」

「良くないだと？　考えうる限り最悪の事態だ」

ばりばりと乱暴に頭を掻いて、髪をかきあげた。

「手伝わせるつもりなら、事情を説明してください」

帯刀は忌々しそうに私を睨みつけるが、それは見当違いというものだ。私が萎縮する必要がどこにあるのか。

「駿河屋は江戸時代より続く老舗の大店だが、その成功には理由があった」

「オシロサマですか」

「そうだ。初代が自ら考案したのか、どこぞの術者に作らせたのか分からんが、山から連れてきた名もなき存在を商売の神として祀り上げ、屋敷の奥座敷を社に見立てて封じたらしい。一族郎党、従業員に至るまでが神として奉ることで様々な神徳を得ていた訳だ。最初は些細な力だったろうが、代を重ねていくうちに駿河屋は大店へと成長していった。地方の一呉服店としては考えられない規模にな」

「なるほど。代償もなしに、そんな成功はあり得ない」

「そうだ。だが、代償を惜しめば坂道を転がるように家業は衰退する。いつの間にかオシロサマは一族に犠牲を強いるようになった」

船は柳川を南下しながら、古い城跡の濠を進んでいく。左右に切り立った石組みを眺めながら帯刀は唸るように額を押さえた。

「駿河屋の長子は、生まれると暫くして忽然と消える。誰も立ち入ることのない奥座敷からは、時折赤ん坊の声が聞こえることがあるというが、そういうことだろう。あれは子どもを攫う」

人間を、それも女子どもを生贄に欲する神は多い。神話や民話、数え上げれば枚挙に暇はない。しかし、こうして実際に昭和の世で起きている出来事として聞くと背筋が粟立つものだ。

「力を増しているのですね」

「そういうことだ。既に術で縛られているかも疑わしい。当主を殺したのも十中八九はオシロサマだろうよ。俺に相談していることが露見したのだろう。屋敷の中では口にするな、文にも残すな、と厳しく言い含めていたのだが。やはり屋敷の中で起こることは全て見通しているようだな」

「どう解決するつもりだったのですか」

「契約した時と同じ手順を逆に行い、山へ還す。神として祀り上げると言ったが、やっていることは呪術だ。犬神を作るのと本質的には変わらん。何かを質に、契約を迫る。神から獣に戻してやるしか方法はない。だがそれも当主がいる前提の話だ。正面から調伏できればいいが、あれほど長い年月を神として崇められてきた存在を下すことは出来んだろう」

調伏する。即ち式として縛る。契約を交わし、自らの使いとする。強大な存在ならば、あるいは私の望みも叶うだろうか。

「木山。やめておけ。あれらは人の手には負えん」

こちらの思惑を見透かすような一言に、内心ひどく動揺した。

「あなたにも式がいるじゃありませんか。代償に何を差し出しているのか知りませんが」

「妖魔と対等な契約ができると思っているのなら、それは間違いだぞ。あれらとの契約なんぞ割に合うようなものじゃない。価値観から何から違う。あれらには損得勘定さえ存在せんのだからな」

自身はあれだけの数の妖魔を使役しておいて、どんな立場でものを言っているのか。そう思ったが、帯刀は師として話しているのだろう。弟子である私に釘を刺しているのだ。

「では、あれらは何を基準にするのですか」

「悦だ」

「悦？」

「自らの愉しみ、愉悦にだけ従う。それぞれで悦の内容は違うが、それに勝る動機はあいつらにはない」

損得でも好き嫌いでもなく、ただひたすらに自分が喜びを感じられるものを優先する。その在り方は、なるほど確かに怪異の名に相応しいのかもしれない。

「中でも自分の力を増す為の契約は、奴らにとって魅力的だ。あれらの殆どは儚いものだ。夢と現の間にある、視る者がいて初めて存在が許されるほどか弱い。だが、力を増すほど、認知する者が多ければ多いほど世界に確固たる存在として顕現できる。固有の名を持つ者は時代が移り変わってもなお存在し続けることができるからな」

帯刀はそう言って、忌々しそうに眉間に皺を寄せた。

「喋りすぎたな」

「話が脱線しましたね。まぁ、私にはとても有意義でしたが」

私の望みを叶える、その手段になり得るような気がした。問題は、どの程度の代償を払えば叶えるに足るのかということだ。

「悠長には構えていられんな」

問題は、そのオシロサマをどうするかだろう。帯刀の言葉からも、元々の社を解体するという方法は破綻してしまったと見て間違いない。当主が呪い殺されているのだから、部外者の我々も怒りを買えば同じ末路だ。

「何か策が？」

「まずは下見に行かねばならんだろう。危険だが、交渉の余地を探すべきだ。力技ではどうにもならん」

帯刀は大きなため息をつきながら、空を見上げた。桜の舞い散る風流な景色だが、ややもするとこれが人生で最後の花見になるかもしれない。そう思うと背筋が震えた。恐怖ではない。僅かではあるが、確かな愉悦を感じる。自分の命が危ういというのに。我ながらどうかしている。

「放り出せばよいでしょう。所詮は他人事でしょうに」

そう聞かずにはおれない。この男がなんと答えるかなど、分かりきったことなのに。

「……帯刀家当主が背負う責務だ。果たさねば家が滅びる。一族郎党、諸共にな」

それも契約なのだろうが、難儀なことだ。思えば、駿河屋と帯刀の家は似ているのかもしれない。人ならざる存在と誓いを交わし、その恩恵を受けている。だが、代償は重く、血筋に連なる者たちも否応なく巻き込まれてしまう。禍福は糾える縄の如しというが、祝福が大きいほど、降りかかる災い、代償もまた大きくなるのだろう。

「日暮れまでに支度を済ませておけ。家で身体を清め、清廉な格好で近衛湖の別邸へ来い。仮にも神前へ行くんだからな。癇癪で殺されても知らんぞ」

「分かりました」

濠を抜けて、蓮見辻《はすみつじ》の辺りへ差しかかったので、私は舟を下りた。帯刀はこのまま近衛湖の別邸へ行くのだろう。桜が落ちて満開になった水面を見やってから、歩き出す。

夕刻までは、まだ時間がある。

それまでに調べておきたいことがあった。

○

多治見《たじみ》書房は祖父の馴染みの古書店で、古い洋書を取り扱うことのできる数少ない店だ。

価格は法外なほど高価だが、それでも手に入れたいと全国から足を延ばす客も多い。とりわけ時の権力者たちから禁書と指定された類の物は隠匿されている為に、見つけるには相応の人脈がいる。

「ごめんください」

暖簾を潜り、声をかけると、すぐに薄暗い店の奥から険しい顔をした店主が顔を覗かせた。痩せこけて小柄な老人は、餓鬼のように大きな二つの眼を動かして無感情に私を見ていた。

「木山の小倅か」

抑揚のない声の老人の持つ魂には輝きがない。酷く乾いて、荒地のように罅割れていた。こういう魂を持つ人間は、なにか一つのことを死ぬまで渇望し、満たされることがない。

「頼んでいた本が入荷したそうですね」

「英国の古物商を経由して取り寄せたが、三冊のうち二冊しか入手できていない」

最初から期待はしていなかったが、二冊だけでも手に入れば重畳だ。

「いえ、充分な成果です」

「本当にお前は運がいい。たまたま前の所有者がそれぞれ亡くなって手元を離れたばかりだった」

「それならば、そういう運命だったのでしょう」

運命などというものは、微塵も信じてはいないが。

財布から束になった紙幣を差し出す。店主は一度指先を舐めてから、慣れた手つきで札束を一枚ずつ数えていった。

店内を見渡すが、まるで時間が止まっているかのように昔から何一つ変わっていない。祖父にも年に何度か連れてこられたが、父はその比ではなかった。暇さえあればあちこちの古書店を回り、大金を投じた。父の蒐集癖は祖父を遥かに超えていたように思う。あれで財産をどれだけ溶かしたか分からない。

店主が無言で本をこちらへ寄越す。厚さは拳の半分ほどもあるが、大きさは文庫本よりもひと回り大きいくらいか。一冊を手に取ると、その重厚感のある革の装幀に恍惚とした。鹿や牛とは比べるべくもない。こうして触っているだけで鳥肌が立ちそうなほど悍ましい。

「奴らが何故、人の皮で装丁を作るか知っているか」

そう問うた老人の眼はガラス玉のようにつるりとしている。まるで大昔の朽ちかけた人形が人のふりをして今も動いているような、そういう気持ちにさせる瞳だ。

「本の内容を内臓に見立てているからでしょう。だから他ならぬ筆者の皮で包む必要がある。この本は形を変えていても、ある意味では『人間』だ」

これらの呼び方は多い。国や地域、宗教によっても変わるだろう。だが、それらは全て同じ意味を持っている。すなわち『魔へと導く書』だ。祖父も父も、いや、聞いている限りは先祖代々そうなのだ。帯刀のように「選ばれた人間」とは違う。木山の家は超常の存在を求めながら、決して選ばれることはなかった。そして、それは私も変わらない。

「やはり祖父に似ている。あれもお前のような眼を持っていた」

「そうですか」

死んだ人間になど興味はない。

「帯刀家の当主に弟子入りしたと聞いたが」

「ええ」

「父や祖父が聞けば、さぞ激怒したろう」

裂けたような笑みを浮かべ、店主が目を細めて笑う。長年、この老人と会ってきたが、表情らしい表情を見たのはこれが初めてだった。

「自尊心に溺れて死ぬくらいなら、なんてことはありませんよ」

布で本を包み、鞄へ丁重に入れる。これで手元に揃った『本物』は九冊となった。

「残りの一冊に関する手がかりはありましたか？」

老人は無表情に首を横に振り、手元の台帳を開いて目を走らせた。

「ある、としか。長年この仕事をしているが、所有者どころか噂さえ流れてこないというのも珍しい。この九冊とて、前の所有者が死んで手放されなければ市場に流れることもなかった。まるで見計らったように手元へ来たものだ」

「一刻も早く手に入れてください」

「こればかりは約束しかねる。それに他にも大金を支払ってでも買いたいという客は大勢いる」

「その客等の倍払いましょう。より店の利となる客に売るのが商いというものでしょう？」

「生意気な口を利くようになりおって」

自尊心を傷つけたのか。にわかに憤怒の色が浮かぶ。魂の色が濁りを増した。深い嫉妬とざらついた敵意の色。これも悪くないが、元の色があまりにも鈍く褪せていて話にならない。美しい色が失墜する、その落差がなければ意味がないのだ。

「勿体ない」

「なんだと？」

「言い値で構いませんよ。どうせ手段を講じられなければ私の命は長くないのですから。命を金で購えるというのなら、喜んで破産しましょう。……貴方の方こそ、一体いつまで小倅だと思っているのか」

老人は眉間に深く皺を寄せ、眼光鋭く私を睨みつけた。だが、それがなんだというのか。枝のように細い手足、鎖骨の浮いた胸元、殴りつければ容易く殺せる老人の何を恐れたらいい。

この老人は、自分が弱者であるという自覚が足りない。

「耄碌したものだ」

私は彼の友人でもなければ、身内でもない。金銭でしか繋がっていない、赤の他人だ。祖父や父がどれほど懇意にしていようが、私にはなんの関係もない。

「では、また良い本が見つかれば声をかけて頂きますよう。頼みますよ」

背を丸めた老人は顔を歪めたまま、固く口を結んでいた。

あの老人の薄汚い魂は、くすんだまま死ぬまで輝くことはないだろう。

それからようやく自分の屋敷へ帰り着くと、書斎へ向かう。本を文机の上へ置いてから縁側へ出て、学生服を脱ぎ捨てた。裏庭へ裸足のまま下りると、生垣の向こうの竹林がざわざわと揺れている。近隣に家はなく、訪ねてくる者もまずいない。人目を気にする必要もないので、下着姿で井戸から汲み上げた水を頭から被る。

三月の末、桜が咲くような季節とはいえ、井戸の水は刺すように鋭く冷たい。息を呑んで、そのまま二度、三度と水を被っていく。水垢離《みずごり》の作法などは詳しく知らないが、これだけやれば充分だろう。

前髪から滴り落ちる水を払い除けながら、頭を左右に振る。

「面倒なことだ」

家を出ていった兄が、よくこうして水を被っていたのを思い出す。兄は木山の家が犯してきた罪に苦しんでいた。父に反発し続け、やがて救いを宗教に見出し、仏門へと入った。木山という姓も捨て、今は行方さえ知らない。探そうと思えば、幾らでも手段はあるのだろうが、互いに知らぬままがいいだろう。

身体を拭こうと縁側まで戻ってから、ようやく手拭いの支度を忘れていたことに気がついた。こういう時に、家人の一人でもいてくれたなら便利だろうに。いっそ奉公人でも雇おうか、とありもしないことを検討していると、いつの間にか縁側に白い手拭いが現れていた。

ついさっきまでなかった物が、忽然と現れたという事実に戸惑ったが、辺りにおかしな気配はない。白い手拭いにも異常は見つけられなかったので、とにかく濡れた身体を拭くことにした。最後に足の裏の土を払って、汚れを落とす。この手拭いは再び使うことは憚られたので、沓脱の脇に置いておくことにした。時間を見つけて焼いてしまおう。

下着を替えて、さてどんな格好で行くべきかと思案する。和装も洋装もあるが、清廉な格好というのがよく分からない。礼服がない訳ではないが、いざという時にいかにも動きにくそうだ。和装も動き回るには向かないが、袴《はかま》を穿けばある程度は違うだろう。

「帯刀に聞いておくべきだった。煩わしい」

細かい指示がなかったのだから、礼服でいいだろう。上着を脱いでしまえばそれなりに動ける。今日は暑いので上着は脇に抱え、シャツの袖を肘まで捲る。ネクタイも緩めに締めておけばそれなりに快適だ。冠婚葬祭に用いるのだから、文句はあるまい。

約束の時間まで、まだ少し余裕がある。

書斎へ向かい、文机の前に腰を下ろす。手に入れたばかりの禁書の表紙に指の腹で触れると、冷たい死の感触に思わず笑みが溢れた。誰がこの禁書を作ったのだろう。誰の皮を剥いで、こうして本としたのか。あるいは、書き記した当人の皮で装丁をしているのかもしれない。

知識を内臓に、本という形をした人間。

どれほどの狂気があれば、こんなことをするのだろう。

触れれば分かる。この本の元になった人間は、歓び勇んで生きたまま皮を剥がれたに違いない。それだけの狂気を与える何かが、この本の背後にあるのだと思うと、どうしようもなく高揚してくる自分がいた。

ゆっくりと。死者の顔にかけられた布をめくるように丁寧に表紙を捲る。

そうして、表紙を摘む指が止まった。

「なんだ、これは」

戸惑いを隠せなかった。見た瞬間、どきりと心臓が不安に脈打つようだった。

表紙の裏、そこに描かれていたものをなんと言えばいいのか。何かの図案のようでもあり、象形文字のようにも見える。強いて言葉にするのならば、穴の向こう側から『眼』がこちらを覗いている。色彩などついていないのに、色がついて見えた。

その『眼』の中には、幾つもの穴があり、その奥には更に幾つもの『眼』がある。焦点が合わない。背筋をぞわぞわと悪寒が這い上がってくるのを感じて、すぐに表紙を閉じた。

「なんだ、今のは」

見られた、という予感があった。

立ち上がって台所へ向かい、ガラスのコップに水を注いで一息に飲み干す。

冷や汗が額を伝い、顎の先から雫になって落ちた。

コップを持つ手がどうしようもなく震える。込み上げてくる悲鳴を必死に飲み込むように、何度も水を飲んだ。

銀色のシンクを叩く夥しい水の音が、暗い台所に響き渡る。誰かが小刻みに足を踏み鳴らすかのように。心臓の鼓動のように。

それは私が思い描いていたよりも遥かに強大で、想像もつかないほど邪悪だった。

○

「遅い」

開口一番、帯刀は不機嫌極まるといった表情でそう吠えるように言った。こうして腕を組んでいると、いつにも増して鍛え上げた身体が大きく見える。

「すいません。体調が悪かったものですから」

嘘ではない。実際、ここへこうしてやってくるのも辛かった。しょうがなくタクシーを使ったが、今度はあの匂いに辟易してしまった。

「その格好はなんだ」

「礼服ですが。ご存知ありませんか？」

そんなことは見れば分かる、と今にも吠えそうな顔で唸る。

「清廉な格好で来いと言ったろう」

眉間に皺を寄せる帯刀は、神職の着る白い斎服《さいふく》に身を包んでいる。なるほど、これ以上に清廉な姿はあるまいが、一般の人間が持っていよう筈がない。

「斎服とは思いもしませんでしたよ」

「浄衣を貸してやる。さっさと着替えてこい」

「間に合いますか？」

帯刀に腕時計を見せると、怒りの表情が一段と濃くなったが、諦めたように大きくため息を溢す。

「もういい。上着を脱ぐなよ」

「分かりました」

黒塗りの高級車の後部座席へ乗り込み、上座に帯刀が腰を下ろす。運転席には見覚えのある体格のいい大男が厳しい顔でハンドルを握っていた。バックミラー越しにこちらを窺う瞳を見て、それが人間ではないことを悟る。

「石鼓《せっこ》。急いで出してくれ」

「……畏まりました」

腹の底に響く低い声。

文字通りに人間離れした力の籠もった声が警戒しているのが分かる。そうだ。帯刀に仕える者どもは揃いも揃って私のことを警戒している。不審な真似をすれば、例えば隣で不機嫌そうに葉巻の蓋を撫でている主人に殴りかかろうものなら、私のこの細い首は一瞬で宙を舞うことになるだろう。

「一つ聞いてもいいですか」

「なんだ」

「駿河屋の件です。例のオシロサマをどうするつもりですか。元来の手順が踏めないのであれば、具体的にはどうするのです」

帯刀は葉巻を口に咥えて、火をつけないまま上下に揺らした。

窓の外の景色が後ろへと流れていく。

「幾つかの策はある。しかし、どの策が通じるかは実物を見なければ分からん」

「何もかも通じなければどうなるのです」

「その時は、頭と身体が泣き別れよ」

不敵に笑うが、こちらは笑い事ではない。

「失敗して死ぬのなら、一人で死んで頂きたい」

「来たくなければ、無理についてくる必要はないぞ」

意地の悪い聞き方をする。そんなことをすれば、私の願いは叶わなくなる。まだこの男から学び盗まなければならないことは多い。私がついていくことで、この男が生還する可能性が僅かにでも増えるのなら、是非もない。

「まだ死なれたら困りますからね」

「まったく。不肖の弟子だよ、お前は」

そう微かに口元を緩めて葉巻に火を点ける。甘い煙が車内に満ちてきたので、私は車の窓を開けた。煙がみるみる窓の外へと吸い込まれていく。

「煙たいので車内では吸わないで頂きたいと前にも言いましたよ。匂いがつく」

「通常の葉巻と一緒にするな。虫除けと呼ばれる一つの儀だ。いい機会だからお前も吸っておけ」

そう言って、吸いかけのそれを無遠慮によこす。

「いえ、結構。またの機会で」

儀の一つとはいえ、こうして改めて見ても、なんとも不敬だ。神職の斎服に身を包みながら、横柄な態度で葉巻を咥えているようにしか見えない。

「木山」

「はい」

「もう俺の指示を待つな。すべきだと思ったことは、手前の責任でやれ」

「私にできることなど、たかが知れていますが」

「術理のいろはは教えたろう。それに、お前にはその眼があるからな。私には視えないことも、それならば視ることができるかもしれん。ついてくる以上は、役に立て」

頼りにしているというのなら、素直にそう言えばいいものを。いちいち言い方が尊大で気に入らない。一体どんな人間に育てられたなら、こんな男に育つのだろうか。よほど甘やかされて育ったに違いない。

「狗神の作り方は知っているか」

「……狗神は血に宿るとか」

「それは今回のものとは別だな。オシロサマは人が術で作り上げた神だ。犬か狐か、蛇か猪か。ともかく獣を用いて、神として縛る。人為的なものだ」

仮にも神と呼んでおいて、縛ると言うのが如何にも人間らしい。

「有名なものは、犬を飢餓状態にして首を落とし、その首を道の辻に埋めるものだ。往来する人々に踏みつけられた怒りを抱いた霊を使役するとされる。他にも様々なやり方があるが、共通しているのは『犠牲にした獣の怨念を使う』ということだ」

「では、今回のものもそれだと?」

「どうだろうな。本来、狗神は生贄に子どもを攫うような怪異ではないし、術者が死ねば術も解ける筈だ。当主の言葉ならば聞く耳くらいは持つと思っていたが、既に主従契約は完全に逆転している。祀り上げるうちに力を増し、人の手に負えなくなったのだろう」

面倒なことだ、と吐き捨てるように言う。

放っておけばいいのに、と心中で呟かずにはいられない。信仰する者が誰ひとりいなくなれば、勝手に神から獣に戻るだろうに。家に連なる者がどれだけ犠牲になるかは知らないが、術を解くには確実な方法だろう。

「怪異と人の仲立ち、ですか」

「要はバランスの問題だ。互いの領分を越えないよう采配しなければならん。面倒な話だが、是非もない」

車は滑らかに石畳の上を小気味よく走っていく。右手側に見える柳川の水面が、今にも沈もうとしている夕陽を弾いていた。風が吹くたびに桜の花弁が辺りに舞い落ちていく様子を眺めながら、そういえばもう何年も、まともな花見をしていないことを思い出す。

「そういえば福部《ふくべ》の奴が花見をしようと言っていたな」

こちらの心の内を読んだのかと思うが、帯刀の魂の色に変化はない。

「あの人は相変わらず風雅なものを好みますね」

「骨董品の蒐集なんて身の丈に合わない趣味を持っているくらいだからな。やれ花見だの、紅葉狩りだのとやかましい。付き合う方の身にもなってもらいたいものだ。おまけに飯を作るのがあいつとなれば、味にも期待はできんしな」

口調の割には、いつになく上機嫌だ。ついさっきまでの不機嫌な様子が嘘のようだ。

「来い、と言われたら行きますが」

「人付き合いは嫌いか」

「得意ではありません」

「だろうな」

帯刀は困ったように笑って、それから葉巻を車の灰皿に押し潰して揉み消した。

車が緩やかに減速を始め、道の脇へと止まる。後部座席から窓の外へ目をやると、駿河屋の店先に従業員が並んで待ち構えていた。

運転席の石鼓が最初に車を降りて、主人の座る後部座席のドアを恭しく開けた。

帯刀が降りて、私もその後に続く。

「お待ち申し上げておりました」

中央に立つ昼間の老婆が深々と頭を下げる。

「お出迎え、痛み入ります。早速ですが、屋敷からは全員退去して頂きます。何があっても戻ることがないようになさってください」

「承知しております。手前どもにできることがございましたら、なんでも遠慮なく申しつけてくださいますよう」

「何も。とにかく屋敷から少しでも遠くに」

「努めてそのように致します。帯刀様。何卒、オシロサマをお鎮めくださいますよう」

老婆の魂の色を視る。そこには安堵と心配、そして色濃い罪悪感があった。

●

「石鼓。お前は誰も立ち入らぬよう目を光らせておけ。どうしても踏み入ろうという者がいれば、屋敷を外から閉じてしまっても構わん」

帯刀の言葉に厳つい顔をした大男が頷く。私を一瞥する瞳からは敵意がありありと感じられたが、何も言わずに門の外で、こちらに背を向けて立った。

駿河屋は表通りの方に店舗を設け、柳川の流れる反対側に住居の出入り口があった。店舗側は既に閉店しており、住まいである屋敷の方にも人は残っていない。流石は老舗の呉服店というだけあり、敷地は広大だ。ぐるりと高さのある漆喰の壁が外部からの侵入を防いでいるようだが、よく見れば壁にはなんらかの術がかけられているようだった。

「人払いだ。盗人の類が入らぬよう、招かれざる人間はここを訪れることができないようにしてある。同時に表には人を招く術がかけられているようだ」

「徹底していますね。オシロサマのことといい、初代の当主は周到な人物だったようですね」

「術者が当主とは限らん。外から招いた人間かもしれん」

飛び石を踏んで玄関の戸を引く。沓脱を上がり、飴色の床板が美しい廊下を進む。どこかで香を焚いているのか。鼻の奥に染み入るようだった。

柱も大きく、梁《はり》も太い。横目で眺める庭も手入れが行き届いており、専属の庭師がいるのだろう。先の大戦で屋敷町はおよそ空襲の被害もなかったと聞くが、川向こうの十禅町は焼け野原になってしまった。新屋敷という名前に生まれ変わり、これから復興していくのだろうが、それはもうかつての町ではない。

廊下を進んでいくと、曲がり角に立つ男を見つけた。一目で、それが生きた人間ではないことは分かる。こちらに背を向け、微動だにしない男の輪郭が淡くぼやけていた。

「……昨日、亡くなった当主殿だ」

苦々しい様子で口にした帯刀がそちらへと近づいていくと、男は無言で左手を上げて曲がり角の奥を指差した。こちらを振り向くことはなく、輪郭も酷く曖昧になりつつあった。

「しくじりましたな。しかし、お悔やみは申し上げませんよ。全てはこれからです」

男の霊は何も言わず、背中を向けたまま微動だにしない。

亡くなった男の霊を通り過ぎる。振り返ると、既に男の姿は忽然と消えてしまっていた。

廊下の先には奇妙な座敷があった。年季の入った襖絵が十四枚。総金箔、豪快な松を力強く描いており、あちこちに走り回る男女の童がいるのはどういう意図があるのか。

「見事なものだ」

松の枝葉がこちらに飛び出してきそうな程の迫力がある。しかし、描かれた童たちが妙に気にかかった。ざっと数えただけで十五名、端まで数えればもっといるだろうか。

「どうかしたのか」

「どのような絵具を用いたか知りませんが、ここに描かれた童たちには僅かですが、魂の色が視えます。おそらくは代々、神隠しに遭ってきた子どもたちではないかと」

そう口にした瞬間、襖絵が左右に勢いよく開け放たれた。

驚いて顔を上げた私たちの先には二十畳程の座敷があり、その奥の襖絵も同様に開け放たれていく。左右に配置された、なつめ型の雪洞《ぼんぼり》にひとりでに灯りが点っていく様子は、見ているだけでも背筋が粟立つほど恐ろしかった。

「どうやら御目通りが叶うらしい」

「虎穴に入らずんばなんとやら、ですか。引き返すべきかと思いますが」

「今更だろう。屋敷に足を踏み入れた時点で、腹の中だ」

背後を指差されて振り返ると、先程の曲がり角が消え、漆喰の壁が忽然と廊下を塞いでいるばかりか、廊下の窓の向こうが漆黒の闇に包まれてしまっている。

「なるほど。それで、あの男をあそこに配置したのですか」

「部外者は巻き込めんからな。万一、俺が死ぬようなことがあれば、あれとの契約も切れる。店の者にも迷惑はかからん」

「死ぬのなら、お一人でどうぞ」

帯刀は口元を歪めて微笑うと、覚悟の決まった顔で真っ直ぐに座敷の奥を鋭く睨みつけた。

「そんな格好で前に立ったら癇癪で殺されるぞ。大人しく俺の後塵を拝せ」

「その不遜な態度が仇となって、あなたが癇癪で殺されたなら私だけでも逃げさせて頂きますので悪しからず」

馬鹿な言葉の応酬で、少し緊張がほぐれたらしい。先程まで震えていた膝をどうにか動かすことができた。

下段の間にも同様の襖絵があり、こちらにも童の姿があちこちにある。揺れる雪洞の灯りに照らされているせいか、童たちが柔らかく微笑んでいるように見えた。

大きく分厚い帯刀の背中のせいで、前方の様子がまるで分からない。ただ奥に進むにつれ、香の匂いが強くなっているようだった。

下段の間に入り、帯刀が立ち止まる。私はその横に立つべく、隣に並ぶ。

他の部屋より一段高くなる上段の間は、私が想像していた神を祀るものとは様相がまるで違っていた。正面奥には明かり取りの火頭窓《かとうまど》と違棚、右手には帳台講が設えてある。まるで江戸時代の藩主だが、そこに座しているのは着物、俗にいう打掛姿の女性だ。しかし、その顔には白い布がかけられていて表情が見えない。布には毛筆でうねるような文字が書かれていた。

磨いた銀のような髪をお長下げに結い上げている様は、まるで大奥のようだ。

二人で一礼した折に帯刀を窺い見ると、眉間に皺を寄せて苦々しい顔をしている。この様子だと予想が外れたのだろうが、無理もない。

「オシロサマに於かれましては――」

戸惑いが声に否応なく出ている。どうすべきか、帯刀も考えているのだろう。

しかし、そんな帯刀の言葉を遮るように、女の指が不意に私の方へ向いた。

その瞬間、全身が金縛りにあったように硬直した。身じろぎどころか、呼吸さえできず、その場に倒れ込む。驚いた帯刀が私を助け起こそうとするが、その感触さえ感じない。

瞬き一つできない私の眼に映ったのは、女の指先から滲み出た茨のような禍々しい色がこちらへとひたひたと迫る様子だった。悲鳴をあげようにも、咽喉が痙攣してままならない。

全身から脂汗が吹き出すのを感じた。帯刀が何か叫んでいる。

鋭い色の切先が、ぷつり、と音を立てて私の両眼に侵入した。灼熱の痛みに絶叫をあげるが、声にならない。実在しない刺々しい茨が私の眼を散々に陵辱しながら、脳へと掻き分けていく。気が狂いそうな程の痛みに全身が痙攣した。そうして棘の切先が、私の深奥へと突き刺さる音が頭蓋の中に微かに響いた瞬間、咽喉から悲鳴が迸った。

脳を強姦するように、膨大な量の記憶と感情が流れ込んでくる。恋慕、喪失感、憎悪、戸惑い、諦観、親愛、殺意。これは、あれの記憶か。さまざまな感情が色彩となって脳を蹂躙していく。「私」という自我が意味を消失してしまいそうな耐え難い恐怖を感じた。

その瞬間、右の頬に痛みが走る。寝ている所へ冷水を頭から浴びせかけられたようだった。

「おい！　目を覚ませ！」

頬をしたたかに平手打ちされた衝撃に目が眩みそうになるが、その勢いで頭の中に繋がっていた何かが、ぶつりと音を立てて断たれたのが分かった。

「しっかりしろ！」

手足が酷く痺れているが、感覚が戻ってきた。ぶるぶると胸の奥が震えて、思わずその場に嘔吐してしまう。胃が痙攣しているのが分かる。げぇげぇ、と吐き戻しながら涙を拭って顔を上げると、女が立ち上がっていた。

目の前に立つ帯刀の背中と、その向こうに背を向けて立つ赤い蛙のようなものが見えたが、その頭が柘榴《ざくろ》のように弾け飛んだ。頭部を失ったそれが、熟れて落ちた柿のように潰れて女の足元に転がる。

「足止めにもならんか。立て！　逃げるぞ！」

帯刀の肩に担ぎ上げられ、座敷を走って逃げる。朦朧とした意識の中で、こちらを向いたまま微動だにしない女の姿が見えたが、視界を遮るように襖が閉まると、私もまた意識を失ってしまった。

●

男の裏切りを考えぬ訳ではなかった。

恩を返す為に男の元へ赴いたのが間違いだったのか。甘言に騙されたのか。まさか授かった子を質に私を縛るとは。なんという業か。人間とはなんと醜く、恥を知らぬ生き物なのか。物事の理非を知らず、獣にも劣る畜生よ。

子を返して欲しくば家業の栄達を約せよ、と男は脅す。好いた惚れたと私に囁いたその口で。

呪をかけよ。客と商運を招け、と男は札を投げつける。幾度となく私を抱いたその腕で。

返せ。返せ。返せ。返せ。返せ。

取り上げた我が子を。愛しい子を。命を分けた愛しい幼子を。

何処に隠した。亡骸でもいい。私の元へ、母の胸へ返してくれ。張った乳房が、乳飲子を探している。やや子を抱かぬまま、取り上げられた母の恨みはなんとする。

私は自らの術に縛られ、家の繁栄を約する神へと堕ちた。

人のつけた名が、我が身を縛る。男が死んでも術は消えぬ。あの男が人の娘との間に残した子が、次の当主となって私を神と崇め奉る。代を経て、月日を重ねて崇敬が重なる程に術は力を増し、我が身を縛り続ける。

返せ。返せ。我が子を返せ。

返さぬというのなら、我が子を奪われる苦痛を味わえ。我が身が受けた屈辱を僅かでも思い知れ。

屋敷で生まれた子を攫うと、しかし僅かに溜飲が下がった。一族郎党、皆殺しにしてやろうという私の殺意が、ほんの僅かに慰撫される。しかし、そうして攫った人の子は、みな五つを数える前に彼岸へ渡っていった。引き留める手も届かず、苦痛もなくあちらへと渡ってしまう。せめてその姿だけでも残そうと襖絵に描いて、自らを慰めた。
当主の中には、私の声どころか、姿さえ見えぬ者も増えた。
返せ。返せ。我が子を返せ。
いったいどれほどの年月が過ぎたのか。
訴えも届かず、このまま無為に過ぎていくのか。
せめて。
せめて、我が声を聞き届ける者がいたのなら。
せめて、我が想いを視ることのできる者がいたのなら。

我が子を返せ。
他には望まぬ。
一度も抱くことのなかった我が子を。
この手に返せ。

●

酷く憂鬱で、切ない夢を見ていたような気がする。

瞼を開くと、見覚えのない天井が視界に入った。乱れた木目が叫び声をあげている人のそれに見え、思わず眉を顰める。

「起きたか」

横になったまま顔を動かすと、どうやら畳に横たわっていたらしい。壁に背中を預けて座っている帯刀がこちらを見ていた。斎服のあちこちが破れ、血飛沫が付着しているのを見て思わず身を起こす。

「俺のものじゃない。式を三つ連れてきたが、そのうちの二つを成す術もなく破壊された」

そう言って袂から取り出した物を畳の上に転がした。二色の紐で編まれた縄と、小さな蛙の根付。どちらも破れ、欠けてしまっている。

「職人が想いを込めて作った道具や、長い年月をかけて人に用いられた道具には魂が宿る。使い勝手がよく身に着けていたが、よもやああも易々と破壊されるとはな」

「……私が足を引っ張ってしまいました」

「気にするな。あれは最初からお前に狙いを定めていた。あれと繋がっている間に何かを見せられただろう」

「私はどのくらい寝ていましたか」

「一時間程だ。担いで屋敷から逃げたかったが、屋敷の中を内側に向かって閉じられてしまったせいでどうにもならん」

「屋敷の中にあります」

私の言葉に、帯刀は満足げな笑みを浮かべた。

「オシロサマは初代当主との間に子どもを儲けています。その子を人質にし、隠蔽することで駿河屋は繁栄してきたようです。脅され、自らに術をかけざるを得なかったようですね」

「そういうことか。つくづく人間というのは業が深い。人間の女を娶って設けた子は跡取りにしておきながら、契った怪異の『我が子を奪われた怨念』を利用するとはな」

「当主が亡くなっても尚、術が続いていた理由が分かりました。あれは子を返すよう請い願っています。それさえ叶えてやれば、自らを縛る術を解くことができるのではないでしょうか」

「それしかあるまい。だが、問題はその子が何処にいるのかということだ。どちらの血が色濃く出ているかは分からんが、今なお無事に生きているということはなかろうよ」

そうかもしれない。だが、あの夢で見てきた初代当主が切り札を屋敷の外に持ち出したとは思えなかった。あの男は誰も信用していなかった。娶った人間の妻にも心を開くことなく、ただただ店を大きく栄えさせる為だけに生きていたように思われた。

「もう少し横になっていろ。顔色が悪い。眼も拭いておけ」

ハンカチを手渡され、目元を拭うと、思わず痛みに呻いた。ハンカチには血が滲んでいる。自分が血涙を流しているということにようやく気がついた。

「負荷がかかりすぎだ。そもそも、お前の眼はあれだけ深く物事を視ることのできる眼じゃない。ああして強引に繋がり、流し込まれなければな」

「私だって二度と御免です。気が狂うかと思いましたよ」

「他人の思念で上書きされるようなものだからな。あれ以上、繋がったままだったなら廃人になっていてもおかしくはない」

血涙が止まらない。ハンカチで目元を押さえながら、必死に痛みを堪える。眼球は勿論だが、頭痛も酷い。平衡感覚もどこかおかしいし、吐き気もまだ続いていた。立ち上がれないこともないが、歩けば数歩と進まないうちに膝をつくだろう。

「失せ物探しに長けた式はいないのですか」

「なくは、ない。が、今は持ってきていない」

思わず舌打ちしそうになる。どうして万全を期さないのか。能力も財力も持ち合わせていながら、この男は何処か投げやりに生きている。それがどうしようもなく気に入らない。

「屋敷の中にありながら、把握できていないということがあるのでしょうか」

「あるのだろうよ。おそらくあの二つの座敷が御神域だ。屋敷そのものにまで力は及ぶものの、支配することはできないのだろう。注連縄《しめなわ》で神域を区切るように、あの襖絵で区切っている」

ああ、やはりそうか。あの襖絵の子どもたちは、この家で神隠しに遭った子どもたちの姿だったのだ。あの女でさえ、彼岸へと渡っていく幼子の手を止めることはできなかった。

「私に遠慮せず、あなたは屋敷の中を探しに行けばいい。自分の身は自分で守れます」

「眼もまともに開けられない奴がよくそんな強がりが言える」

「あなたこそ式もおらず、丸裸でどうするというんです。残りの式というのも門前に置いてきたのでしょう？」

図星だったらしく、忌々しげに舌打ちする音に少しだけ溜飲が下がった。

「生意気なことを」

「足手纏いなのは自覚していますが、今は動けません。時間が惜しい。行ってください」

「そこまで言うのなら、好きにさせてもらおう。だが家の中があちこち捩れているからな。お前はここを動くなよ。探し物が増えると面倒だ」

「生憎、まともに動けそうにないので逃げることも叶いません」

ふん、と鼻で笑って帯刀が座敷を出ていった。単純に家探しをして見つかるような場所にあるとは思えないが、そんなことは帯刀とて百も承知だろう。

あの女の記憶の中にある初代当主は、若い頃は気のいい青年であったように思われた。純粋で向こう見ず、およそ商人らしからぬ男であったようだ。山で罠にかかった獣を助けてやる程度には心ある人間だったのだろう。どのような思惑があったのか。それは当人にしか分からない。男は女に変化した怪異と恋に落ち、子を儲けた。しかし、生まれ落ちた子を抱かせることもなく取り上げて隠し、店の繁栄を約束させて術で縛りつけてしまった。大店の主として人間の女を娶り、三人の子を儲けて家を継がせた男の真意が私には分からない。

我が子を奪われた母の恨みは、確かに他に類を見ないほど強力な力となっただろう。今日の駿河屋の繁栄も頷ける。だが、我が子を取り戻した母の怒りは鎮まるのだろうか。生きて戻れば、或いは怒りは消えるかもしれない。しかし、自身を縛るものがなくなれば災いを一族郎党に振りまくのではないだろうか。

「それも仕方ないか」

これまで繁栄を享受してきたのだから、当然の帰結だろう。繁栄の暁に待つものは、没落と決まっている。栄華を極めたものが、朽ちていく様を眺めるのも悪くはない。むしろ私好みの結末になるだろう。どれほどの人間が、それに巻き込まれるのかと思うと、仄暗い愉悦を感じずにはいられなかった。

もしそうなったなら、帯刀はどうするだろうか。怪異と人の調停者という観点から言えば、帯刀が介入する余地はない筈だ。先祖の蒔いた災いの種がどう芽吹こうと、繁栄を享受してきた者は甘んじて結末を受け入れるべきだろう。

しかし、このまま見つけられなければ私たちは此処で朽ち果てることになる。屋敷の中とはいえ、食料が無限にある訳ではない。水道の水も果たして蛇口を捻れば出てくるかどうか。

痛みは少しずつ引いているが、やはり眼の痛みが酷い。血涙も治ってきてはいるが、まだ手拭いで触れると血が付着している。ゆっくりと薄目を開けてみると、どうにか周囲を見ることができた。

部屋の角にある燭台のついた雪洞の灯が淡く座敷を照らし上げている。

「痛みに波があるようだが、じきに治るだろう」

帯刀はまだ戻ってくる様子がない。

時折、物騒な物音が微かに聞こえてくるが、気にしないことにした。今の私にやれることは何もない。無闇に出歩いてしまえば、それこそ取り返しのつかないことになるという確信があった。

見つけるまでは此処から出さないつもりなのだろうが、そもそもこの屋敷の中にあるという確信もないというのに。

「……まさか」

不意にある考えが脳裏を過ぎった。

膝をつき、壁に寄りかかるようにしてどうにか立ち上がると、障子窓へと歩み寄った。障子を開けると、漆黒の闇で塗り固めたように外の様子が見えない。

「屋敷の中の会話はお前に筒抜けなんだろう？　だったら、今すぐに屋敷の中を元に戻せ。私にはお前の子どもの居場所が分かる」

声をかけてみるが、返事はない。

やはりダメか、とその場に腰を下ろそうとして、目の前の闇が淡く溶けるように消えていく。襖を開けると、その向こうには極普通の廊下があり、その奥から満身創痍になった帯刀が戻ってくるのが見えた。

「お前が見つけたのか。急に綻んだな」

「それよりも、その有様はなんですか。傷だらけじゃないですか」

「雑多な小物があちこちにいてな。片っ端から相手をしていたら、このザマよ。心配するな。お前なんぞとは鍛え方が違う」

式もないのに、よくやるものだ。

「そんなことより、見つけたのか」

「まだです。ただ、まず間違いないかと」

縁側に立ち、沓脱にある雪駄を履いて庭へ下りる。その後に帯刀も続いた。庭のあちこちに置かれた石灯籠には火が灯されている。

よく手入れのされた枯山水の庭だが、あの女の記憶に出てくる屋敷にはこんなものはなかった。ただし、配置された岩の苔生し方を見る限りは、おそらく初代の当主が作らせたものだろう。

枯山水の庭。そのちょうど中央に、一際大きな岩が尖った先端を上に向けて置かれていた。

「なるほど。そういうことか」

「ええ。枯山水で、庭の中央にこれほど派手な石は用いない。材質も他と違いますし、目立ちすぎます」

「確かに、その石だけが他の石組みと調和していないな」

帯刀も気づいたのだろう。私が声をかけるよりも早く、石鼓をここへ呼んだ。

「あれを横倒しにしろ。庭を荒らさぬよう慎重に」

「御意」

男が砂敷を踏んで岩の根元までやってくると、一抱えはあろうかという巨岩を両手でぐいと押し倒し、まるで傘でも置くように静かに傍へ倒してみせた。

「おそらく、この下に」

砂敷を踏んで岩のあった場所へ向かうと、案の定、石を安定させる為に深く掘られた土の下に何かが見えた。手を伸ばして掴むと、それは石でできた円形の筒のようだった。取り出してみると、殆ど朽ちかけているが、蓋が開かないよう紐できつく結ばれていたであろうことが分かった。その形状は、どう見ても骨壷のそれだ。

「よく分かったものだ。庭にあると」

「屋敷の中には見つけられず、初代当主の性格からして、屋敷の外に持ち出すとは思えない。そうなれば、屋敷ではない敷地の何処かにあると考えるのが自然でしょう」

「初代が作らせた庭の枯山水を壊そうという者はまずおるまい。我が子を弔うには、うってつけの場所だったという訳か」

この丁重な弔い方を見れば、大方の察しはつく。

「オシロサマが産んだ子は死産だった」

そう言葉にした瞬間、縁側にあの女が立っていた。身動き一つせず、ただ真っ直ぐにこちらを見ている。布で隠された下の表情は、私には分からない。

私は骨壷を胸に抱いたまま、その母の元へ歩み寄った。

「亡き当主に代わり、お返し致す」

恭しく掲げた骨壷を、女が手に取り、胸に掻き抱く。そうして、震える指で蓋を外した。

ああ、と鈴の転がるような女の声がした。

次の瞬間、顔につけていた布が落ちた。同時に衣装がその場にくしゃりと脱げ落ちたかと思うと、白い何かが、その名に相応しい、月のように白い尾を翻して屋敷の屋根へとしなやかに跳んだ。

それは巨大な白狐だった。右耳の先端を刺し貫いているのは、朱色の簪《かんざし》か。口元に咥えているのは、小さな人間の子どもの頭蓋骨のように見える。

轟、と一陣の風が吹きつける。目も開けていられない突風が去ると、脱ぎ捨てた衣装さえも消え失せていた。

呆然と立ち尽くす私の頭を、帯刀の無駄に大きな掌が乱暴に撫でる。目元が見えそうになるので、慌ててその手から逃れた。

「何をするんです」

「よくやった」

その言葉に、思わず絶句した。

「貴様がいなければ解決できなかったやもしれん。流石は俺の不肖の弟子だ」

「……不肖は余計では」

くくく、と帯刀は笑って上機嫌に葉巻を取り出すと、その先端を切り落とした。

「お前もどうだ。仕事終わりの一服は格別だぞ」

「遠慮します。肺に悪い」

私が言い捨てると、帯刀はますます愉快そうに笑った。

「呆気ないものですね」

「なんだ。大虐殺でも始まると思ったか？」

「ええ。拍子抜けです」

「人間じゃあるまいし。獣がそんなことをするかよ。仇その人ならいざ知らず。我が子を取り戻したかった。本当にそれだけなのだろうさ」

「許したのでしょうか」

「どうだろうな」

思えば、初代の当主は人外の妻との間に授かった子が死産だった為、人外の妻が家を出ていくのではないかと恐れたのではなかろうか。我が子を喪った悲しさよりも、まだ憎まれる方が良かったのかもしれない。繁栄だのなんだのは後付けだったのではなかろうか。

勿論、全ては憶測だ。

どう受け取るのかは、あの女次第なのだろう。

「駿河屋は潰れると思いますか」

「よかろう。賭けるか」

「……止しましょう。賭けが成立しなそうだ」

残された人間のことなど、もはや眼中にもないだろう。

取り戻した我が子と過ごす以外に優先すべきことなど、何があるというのか。

文夜

私の元へ一枚の葉書が届いたのは、年が変わって久しい一月末日のことだった。

文面には新年の挨拶と共に、去年の暮れから入院していたという旨が毛筆で記されていた。葉書の宛名には妻の名があり、差出人には『木山』とだけある。

身内や親戚、知り合いに木山という苗字の者は思い当たらない。

文面を読む限り、まだ妻が鬼籍に入ったことを知らないようだった。

妻が亡くなったのは昨年の夏のことだ。春に体を患い、床に伏すようになってからは早かった。花が朽ちていくように痩せ細り、夏の盛りを迎える前には静かに息を引き取った。最期まで美しかったが、頬のこけた顔で繊細に微笑う姿には心が痛んだ。

半身を裂かれたような喪失感は、今もまだ私を苛んでいる。

この木山という人物のことが妙に気にかかった。筆致と文体から鑑みるに、恐らくは男性だろう。それなりに旧知の間柄のように感じられるが、妻の口からそのような話は出たことがない。

一体、どのような関係なのだろうか。

ともかく文机に座り、手紙をしたためることにした。時節の挨拶を添え、訃報を知らせる内容を簡素に書き記す。そうして便箋を折りたたもうとした時、一つの考えが脳裏を過った。

書き終えたそれを握り潰し、新たな便箋へ筆を落とす。

妻の訃報の後に、関係を問う内容を可能な限り穏便に書き記した。礼節に欠く行為だとは思ったが、どうしても問い質さずにはいられなかった。

投函して一ヶ月以上、返信はなかった。

気分を害してしまったのかもしれない。不躾に、あのようなことを聞くなど、やはりするべきではなかったのだ。私は自分の短慮を後悔した。

そうして、三月も半ばを過ぎた頃、一通の封筒が届いた。

宛名には私の名前があり、差出人には「木山」とある。思わず、その場で封筒を破り、便箋を開いた。

内容は私への挨拶に始まり、妻の冥福を祈る一文が丁寧に記されている。そして、その後に興味深い文章が記されていた。

『奥様からお預かりした品が御座います。是非、ご主人様に受け取って頂きとう御座います。尚、私と奥様の関係は、教師と生徒のようなものですから、危惧しておられるような心配は無用であります』

この木山という男は、まだ若者であることが窺い知れた。

「教師と生徒、か」

戦前から、妻は小学校の教師をしていた。その頃の生徒だろうか。もしもそうなら、文を交わし合っていたとしても不思議ではない。だが、預かっているという品物とはいったいなんなのだろう。

仏壇に線香を上げながら、妻の遺影を眺める。遺影の中の彼女は美しく微笑んでいた。気に入っていた牡丹の着物、あれは確か私の母が遺したものだ。

そういえば、妻が亡くなる少し前に奇妙なことがあったのを思い出す。

○

その日は朝から煙るような細雨が降りしきっていた。

仏間に布団を敷いて横になっていた妻は、縁側のガラス戸を叩く雨を無表情に眺めていた。

微熱が続いているせいか、呼吸が荒い。こけた頬には張りがなく、生気に乏しかった。

「すいません。あの、外に猫がいませんか？」

白湯を持ってきた私に、妻が申し訳なさそうに聞いてきた。

「猫？」

「ええ。黒い猫です」

「今日は雨だから、猫も外を出歩かんだろう」

「もし、見かけたなら戸を開いて中に入れてやってくださいますか？」

「猫の毛は気管によくないだろう。治癒してからにしなさい」

「雨で濡れて凍えているかもしれません」

妻は老いてから益々、生き物を愛するようになっていた。昔からよく捨て猫だの、捨て犬だのを拾って庭で飼っていたが、どれも長生きはしなかった。庭に埋めてやる度に、妻がさめざめと泣く姿を見るのが辛かったのを思い出す。

「分かった、分かった。もし見かけたなら家に入れておこう。奥座敷なら良いだろう」

「寒いようでしたら、火鉢も使ってあげてくださいね」

その時、ミャア、と鳴き声がした。それは廊下の方から聞こえたように思う。襖を開け、廊下へ顔を出すと、奥座敷の方からまた、ミャアと確かに猫の鳴き声がする。

「ほら、猫がいますよ」

「どこかから入り込んだな。待っていなさい。すぐに見つけてくるから」

薄暗い廊下の灯りをつけ、奥座敷の襖を開ける。一見して猫の姿は見当たらない。灯りを点けて座敷中を見渡しても、やはり姿は何処にも見当たらなかった。

ミャア、と声がする。だが、姿は見えない。

おかしい。鳴き声は目の前から聞こえてきた。だが、そこには何もいない。何も視えない。

私はなんだか気味が悪くなり、座敷を後にした。

妻は私の顔を眺めながら、楽しげに微笑んだ。

「視えましたか？」

「いや、声はするんだがな。いったい何処に隠れているのやら」

「恥ずかしがりなんです。今度はようく目を凝らしてあげてくださいな」

「動物は好かんよ」

それから何度か猫の鳴き声を聞いたが、終ぞその姿を見つけたことはなかった。

◯

二度目の手紙を送って間もなく、その男はやってきた。

「はじめまして。木山と申します」

男と呼ぶにはまだ若い。背が高く、痩せぎすで線が細い。学生帽を被った細面にはまだ幼さが多分に残っていた。芝居の女役をさせても良いような、妙な色香がある。

「この度は御愁傷様でした」

「御丁寧に有り難う。まあ、上がりなさい。座敷で話そう」

奥座敷で卓を挟んで向かい合い、沈黙が下りた。おそらくは自分の祖父ほども歳の離れた私に気後れする風でもなく、堂々と私を見据える姿は歳相応のそれに見えない。

「今日は遥々、ご足労だったね。遠かっただろう」

「いいえ、それほど」

「見たところ、まだ学生のようだが。今日は平日だろう？」

「両親の命日ですので、許可をいただいております」

「……そうだったのか。ご両親が」

「はい、先の大戦で。以来、祖父と二人で暮らしております」

「そうか」

沈黙が降りる。目の前の青年に違和感を覚えずにはいられなかった。私が彼くらいの年頃の時には、堂々とああして自分のことを話せていただろうか。まるで、こちらのことを見透かしているような態度が気になった。

「妻とはどういう関係なのか、聞かせて貰えるかね？」

直接的な私の問いに、彼は僅かに微笑んだように見えた。

「気になりますか」

「当然だろう。君とうちのとでは親子以上に歳が離れている。気にならない方がどうかしている」

「奥様は祖父の教室の生徒でした。戦前よりの付き合いと聞いております」

「失礼。君のお爺様は何を指導なさっているのかね」

「書道です。特にこれといった賞を持っていた訳でもありませんが。奥様はよく出入りなさっていまして。私も幼い時分から随分とよくして頂きました」

そういえば、昔から手習いに通っていることは知っていた。書道とは思わなかったが、言われてみれば確かに妻の字は美しかった。

「そうだったのか。私はてっきり、君の方が教え子だと思っていた」

「私は生徒だと思っていますよ。奥様はよく唄を教えてくださいました。故郷の唄を」

「すまない。気を悪くしただろう」

安堵した心地になり、思わず足を崩した。杞憂にも程がある。私はいったい何を心配していたのか。

その時、微かに墨の匂いがした。

気がつくと、彼の傍にひと抱えはありそうな行李が無造作に転がっている。さっきまでこんなものはなかった筈だ。

「それはなんだね」

「奥様からお預かりしたものです。本日はこれをお届けに来ました」

うっそりと微笑って、彼は行李を重たそうに横にする。すると、行李のあちこちに滲んだ血のようなものが見えて、思わず息を呑んだ。

「何が入っているんだ」

「中をご覧になれば、お分かりになりますよ」

開けるな、そう叫ぼうとして言葉が喉から出てこないことに気がついた。声どころか、瞬きさえできず、金縛りにあったかのように目を逸らせなかった。

行李の蓋が開く瞬間、血塗れの胎児が見える。しかし、それは瞬きと共に消え失せ、中には小さな木製の勾玉《まがたま》が転がっているだけだった。傷をつけない為の配慮なのか、使い捨てた習字紙を丸めて緩衝材のように敷き詰めている。

「なんなのだ、これは」

「奥様が祖父へ預けられたものです。ご自身の死後に処分してほしいと仰っていたのですが、祖父がご主人へお返しすべきだと。私自身は、正直惜しい気もするのですが。この色は、中々に僕好みだ」

その物言いに、総毛立った。

「こんなものを貰っても困る。なんなのだ、これは」

「奥様が仰るには、御神体だ、と」

「なんだと」

「何処かで祀られていたものかもしれませんが、詳しくは……」

「妻は、どうしてそんなものを」

「理由は存じかねますが、御神体ですから。何か余程叶えたい望みがあったのでは？」

そんなものはない、そう言おうとして息を呑んだ。

木の勾玉が、机の上に転がっている。そして胎児のように身じろぎした。

「う、動いた！　動いたぞ」

「目の錯覚ですよ」

木山は立ち上がり、学生帽を目深に被る。

「では、私はこれで。役目は果たしました」

「おい、待て！　こんな気味の悪いものを置いていくな！」

「私は預かっていたものを、お返しに伺っただけです。本来なら線香の一つでも上げていきたい所ですが、ご容赦ください」

座敷へと出た彼を追い、廊下へ出ると、そこにはもう誰の姿も見当たらなかった。

○

行李を固く紐で縛り、とりあえず押入れの奥へ封じ込めることにした。近いうちに処分してしまわなければならないが、仮にも御神体であるならば相応の手順が必要だろう。

「本当に妻が、あんなものを持っていたんだろうか」

私の知る妻からは、とても想像できない。

戦前から戦中、そして戦後と二人で手を取り合って生きてきた。一人息子も立派に育て上げ、三人の孫にも恵まれた。妻は子や孫にも優しく、満ち足りていた筈だ。あんなものに何を願うというのか。

「馬鹿馬鹿しい。あんな若造の言葉をそのまま信じてどうする」

妻のことは、私が一番に理解している。慎ましく、思慮深く、夫を立てることのできる器量の良い妻だった。あれほどできた妻はそうはいない。

襖を閉じたところで、玄関から物音がする。

「旦那様、こんにちは」

「ああ、ツネちゃんか。どうぞ、中へ入ってくれ」

よいせ、と立ち上がって玄関へ向かうと、割烹着姿の若い女性が手に籠を持って温和に微笑んでいる。近所に住む彼女のことは幼い時分より、よく知っていた。家事のできない私のことを案じ、奉公に来てくれている。

「悪いね。いつもいつも」

「山菜を頂いてきましたから、今夜は天ぷらにしようかと思います。旦那様の好きなお煮しめも仕込んで帰りますから、楽しみにしていてくださいね」

「旦那様なんて呼ばなくていいと何度も言っているのに。こんな年寄りの世話を焼きに来てくれているだけで有り難いことだよ」

「お給金を頂いているんですから、線引きはきちんとしておかないと。それに父と母も花嫁修業だと喜んでいますから、気になさらないでください」

「いつもすまない。親父さんの腰の調子はどうだい」

「相変わらずです。縁側で俳句ばかり詠んでいます」

「ははは、相変わらずだなあ」

ツネちゃんも今年で成人になる。妻の元教え子でもある彼女は、孫のような存在だ。彼女の晴れ着姿を妻もきっと目にしたかったに違いない。

「そういえば、どなたかお客様がいらしてましたか？」

「あ、ああ。珍しくね」

「香水の匂いがしましたから」

「今時は男も香水なんてものをつけるのかね」

「ええ。そういう時代なんです」

戦前生まれには想像もつかない。しかし、時代はめまぐるしく変わった。これからも変わり続けるのだろう。

「旦那様。まだ時間は良いのですか？」

「ああ、そうだった。寄り合いに顔を出さんとならんのだった。悪いけれど、留守番を頼めるかい」

「はい。いってらっしゃい」

若い娘さんに送り出されるのは少々気恥ずかしいが、その心遣いが有り難い。彼女が嫁ぐ時には御祝儀をうんと弾まないとならない。

家を出て緩やかな下り坂を歩きながら、ぼんやりと腕を組んで考える。あの木山という若者の言葉をどの程度、信じられるだろうか。妻は教え子だったというが、彼の祖父と私たち夫婦はそれほど歳は離れていないだろう。そもそも妻が私に黙って他所の男と会っていたというのは、俄には信じ難い。それに、あの気味の悪い御神体とやらはなんなのか。

「悪い夢でも見ているようだ」

藪蛇という言葉が脳裏を過ぎる。あの時、あんなことを書かなければよかったのだ。自分から災いを招いてしまったような気がした。

ふ、と顔を上げると、御笠橋《みかさばし》の欄干から身を乗り出して大勢の人が何かを眺めている。只ならぬ空気だった。

「どうかしたのかい」

近くにいた若い夫婦に声をかけると、青ざめた顔で首を左右に振る。

「見ない方がいいですよ。どなたか亡くなっていますから」

「ああ、それは痛ましいことだ。しかし、こんな浅い川で溺死するというのも珍しい」

私の言葉に旦那の方が顔をしかめる。

「あれは溺れ死んだ人間の有様じゃありませんよ」

視線の先、浅い川底に引っかかったように漂う男。それは一見して奇妙な遺体だった。露出した顔や手足が枯木のように朽ちかけている。対照的に胴体は生々しいほどだ。

「まるで出来損ないのミイラだ」

「よしてください。気持ち悪い」

そうして立ち去っていく夫婦を尻目に、私は食い入るように遺体を眺めていた。遠くてよく見えないが、どこか見覚えがあるような気がした。

「おい。あれは酒屋の一郎《いちろう》じゃないか？」

野次馬の誰かが呟き、あちこちで納得したように声があがった。

「そうだ、そうだ。一郎だ」「酒屋の倅に間違いない」「おい、誰か親父を呼んでおいでな」

辺りが騒然となる中、私は愕然と目の前の遺体を眺めていた。酒屋は我が家からさして離れていない。赤ん坊の頃から見知っている。息子が遊んでやっていたのを昨日のことのように覚えている。いい加減嫁を貰え、とつい最近話したばかりだった。他人の空似だという思いとは裏腹に、見間違える筈がないと冷静に考える自分がいる。

手足から血の気が引いていくのが分かる。初めて空襲を体験した、あの夜のようだ。親しい者が前触れなく、刈り取られるように命を落としていく。

「爺さん。大丈夫かい。顔色が酷いぞ」

「あ、ああ。すまない。肩を貸してくれんかね」

若者の肩を借りて、橋の袂にあるバス停のベンチへ腰かけた。胸の動悸が激しい。

「大丈夫かい？　医者を呼ぼうか」

「いいや、大丈夫だ。ありがとうよ」

気をつけてな、と若者が橋の方へ戻っていく。ここからでも一郎の姿がよく見えた。思わず手を合わさずにはいられなかった。

「ナンマンダブ、ナンマンダブ」

暫くそうしていると、胸の動悸もマシになってきた。妻がいつ迎えに来ても後悔はないが、往来の真ん中でくたばる訳にはいかない。できることなら、畳の上で往生したいものだ。

その時、不意に視線を感じて顔を上げると、橋脚の間に何かが立っていた。それは苔生したような色をした裸の幼児で、表面が濡れたように赤くてらてらとしている。黒々とした光沢のない瞳が、真っ直ぐに私を見ていた。

あまりの恐ろしさに目を瞑ると、次に視線を向けた時には跡形もなく消えている。

ぶるり、と身震いがし、何故かあの木山という男が持ってきた勾玉のことが気になった。

「まさか」

立ち上がった所をタクシーが通りかかったので、手を振って止める。

「はい。どこまで？」

「坂の上だ。急いでくれ」

「坂の上だって？　お客さんねえ」

運転手は露骨に嫌そうな顔をしたが、財布から紙幣を二、三枚渡すと笑顔でドアを閉めた。

唸りをあげてタクシーが坂道をあっという間に駆け上がっていく。家の前の道を箒で掃いているツネちゃんの姿に思わず胸を撫で下ろした。

「あそこだ。あの家の前で止めてくれ。釣りはいらん」

「へい。まいど」

タクシーを降りると、驚いた様子でツネちゃんが目を白黒させている。

「まぁ、もうお戻りですか？　お忘れものでもなさいました？」

「いいや。そうじゃないんだが、寄り合いは休むことにしたんだ。急用を思い出してね」

「そうですか。でしたら、すぐにお茶を淹れますね」

「ああ、いやいや。ツネちゃんも今日は帰ってくれて構わないよ」

「いいえ。まだ来たばかりですから、お掃除もできていませんし、夕餉の支度もまだです」

「いいんだ、いいんだ。今夜は適当に済ますから気にしないでいい」

なんとか彼女を言いくるめて見送ると、私はすぐに門を閉じて屋敷の中へ戻る。家中の戸締まりをして、押入れの中の行李を取り出した。

いつの間にか降り出した雨が、薄い窓ガラスを淡々と叩いている。しん、と静まり返った屋敷に雨音だけが響いていた。

「そんな筈はない。ありえんことだ」

行李の蓋に手をかけ、一息に外した私は息を呑んだ。思わず取り落とした行李の蓋が畳の上に転がる。

赤黒い血に斑《まだら》に染まった習字紙。赤くぬらぬらと濡れた木の勾玉。

それは今朝見た時よりも一回り肥大していた。まるで血を吸って成長したとでも言うように。

酷く錆臭い、血の香りが座敷に漂っていた。

〇

手紙に記された住所を頼りに、あの木山という青年の家を訪ねることにした。行李から取り出した勾玉をサラシに巻いて、家にあった桐箱へ入れてから鞄へ詰める。時折、鞄の中で身悶えするように桐箱が動いたが、冷静に努めた。

春は遠く、刺すような冷気に身体が凍える。老体に鞭打ってやってきたはいいが、冷たい空気が肺を刺し、咳をする度に、身体が軋むように痛む。

屋敷町は空襲に晒されることがなかったと聞いていたが、これほど古い町並みが残っているとは意外だった。路地の石畳も美しく整えられ、かつて妻とやってきた頃のままだ。古書店や骨董店が多く軒を連ねている様子は昔と何も変わらない。

途中、通りかかった警官に道を尋ねると、住所は屋敷町の外れにある、小高い丘の上だと教えて貰った。

「いや、助かりました」

「失礼ですが、あんな所へどんな御用で？」

中年の警官は険しい顔で、警察帽を目深に被り直す。

「知人を訪ねるだけですが」

それが何か、と問う前に警官が声を低くして耳元で呟いた。

「あの丘の上には木山さんの御屋敷しか、もう残っていませんよ。戦前には幾つかの家がありましたが、どの家も没落して、今じゃ竹林に飲み込まれちまいましたから。その木山さんの家にしたって、数年前に御隠居が亡くなってしまったから、もうあの家には若いお孫さんが独りで暮らしているだけですよ」

「亡くなった？」

彼は祖父と二人で暮らしている、と話していた。

「ええ。ご自宅で首を吊りましてね」

「そんな」

「悪いことは言いません。あそこに出向くのはお止しなさい。元々、あの丘は塚だったんです。本来、人が住んでいい場所じゃないんだ」

あなたも祟られますよ、と警官は念を押すように囁いて、軽く敬礼してから踵を返した。

件の丘というのは、なるほど近くから見てみると、確かに巨大な塚のようにも見える。高く生い茂った竹林が風に揺れて、笹の葉が擦れて恐ろしい音を奏でていた。ぼこりぼこり、と鞄の内側で其れが蠢いているのが分かる。

「ここまで来ておいて、尻尾を巻いて逃げ帰るというのも性に合わんわ」

口に出して言ってみると、胸の内に火が灯ったような思いがした。

舗装されていない坂道は左右に蛇行していて、まるで人を拒んでいるようだ。

私は何度もつまずきそうになりながらも、一歩ずつ登っていく。手すりの一つもないので、立ち止まれば転がり落ちてしまいそうな気がした。それでも、どうにか丘の上まで辿り着くと、尻餅をついてしまった。

ぜいぜい、と胸が喘ぐような声をあげている。目の前がチカチカとして、とても立ち上がれない。手首の脈を測ると、出来損ないのエンジンのようだった。

「なんのなんの」

えいや、と立ち上がり、鉛のように重たい鞄を手に道を進む。竹林に挟まれた小路は薄暗く、気温もずっと低く感じられた。道の奥に潜む闇の中から、こちらを見ている何かの気配をひしひしと感じ、背筋がぶるりと粟立った。妻はこんな場所に通っていたのか、という思いが疑念と共に浮かび上がる。

やがて、大きな古い屋敷の前へ出た。門の庇から吊るされた提灯が辺りを仄かに照らし上げている。

「丸に百足《むかで》の家紋とは、如何にも気味が悪い」

表札には『木山』とあり、ぐるりと敷地を囲う漆喰の塀、その表面の凹凸が揺れる灯りに照らされて、幾つもの人の顔のように見える。

門扉を手で押すと、門はかかっておらず、音を立てて内側へと開いた。門から玄関まで、広い中庭を真っ直ぐに飛び石が続いている。古風な池があり、奥には古い土蔵が見えた。池の魚が跳ねて、どちゃり、と水面を弾く。

呼鈴を押し、声をあげる。

「もし。どなたかいらっしゃるか」

声が庭に響き渡り、慌てたように魚がまた跳ねる。

暫くして、玄関のガラス戸の奥に明かりが点く。人影がこちらへとやってきて、音もなく戸が開いた。

「ああ、貴方でしたか」

うっそりとした声。薄く笑んでいるような貌《かお》が今は不気味で仕方がない。

「突然の訪問、申し訳ない。少し話せるかね」

「ええ。構いませんよ。どうぞ」

沓脱を上がり、廊下を進む彼の後に続く。

暗い板張りの廊下に、前を行く彼のやけに細い肩と白い頸が浮かぶ様が、どこか幽霊画のようだった。

「君は独り暮らしだそうだな。どうして嘘をついた」

「ああ、バレましたか」

振り向きもせずに、悪びれる様子もなく笑う。

「私も嘘を申し上げるのは偲びないとは思っていたのですが、故人の願いを無下にすることもできなかったんです。お許しください」

「許す許さないという話ではないだろう」

「では、何がお望みで？」

「真実を話して欲しい。君の話は、何処から何処までが嘘なんだ。妻が君の祖父の弟子だったというのも嘘なのか」

「いいえ。正しく、貴方の奥様は祖父の教え子でしたよ。ただ書道というのは嘘です。他にも嘘ばかりついていました。私は貴方にアレを届けさえすれば、それで良かったのですから」

「妻は、何を教わっていたんだ」

「なんと言えばいいのでしょうか。いや、言葉を選びますね」

廊下の一番奥の座敷へ入ると、そこには夥しい数の古書が乱雑に散らばって、足の踏み場もない。

「申し訳ない。私も今は余裕がないのです。どうぞ適当に座ってください」

本をどかし、畳の上に腰を下ろす。木山は反対側の柱に背中を預けて座る。室内は薄暗く、表情が読めない。吐く息は白く、指先がかじかんでいくのを感じた。

「妻は、ここで何を」

「呪術ですよ。魔術、妖術と言っても良いですが。そうしたものを習得する為に祖父の元に来ていました」

「呪術、だと」

「邪法などと呼ばれたりもしますが、呼び名に意味などありませんよ。端的に言えば、人を呪うものです。貴方の奥様が習っていたのも、同じものですよ」

含み笑いに満ちた声。こちらを哀れむような声音に虫唾が走る。

「馬鹿馬鹿しい。どうして、妻がそんなものを習う必要がある」

あはは、と木山が愉快そうに笑う。

「何が可笑しい」

「可笑しいですとも。傑作だ。やはり、あの人には才能があった。祖父が心を奪われるのもよく分かる」

「どういうことだ」

「いいですよ。お話ししましょう。種明かしは大好きだ」

悪意を隠しきれない様子でそう宣《のたま》う、目の前の男が酷く邪悪なものに見えた。

「貴方ですよ」

「は？」

「貴方の心を奪い、独占すること。それが、あの方の望みでした。その為に多くの供物を捧げ続けた。死後も、その呪いが解けてしまわぬように」

「何を、言っているんだ」

「魅了の魔術だ。呪いと言ってもいい。祖父の元へ奥様がやってきたのは、学生時代のことです。愛する男を自分のものにしたい。自分だけのものにと」

つまり、私はまじないによって妻を愛していた、と？

「馬鹿馬鹿しい。くだらない妄言だ」

「では、一つお聞きしましょう。貴方、ご実家とは今もお付き合いがありますか？」

あまりに突拍子もない問いに、眉を顰める。

「何を馬鹿な。絶縁したとも。妻の為だ。当然だろう」

「空襲で家を燃やされた妹さん一家からの懇願を、無下にあしらったそうですね」

「無論だ。妻と子ども以上に優先すべきものはない」

「ご両親の葬式にも、行かなかった」

「妻の誕生日だったからな」

何を当たり前のことを言っているのか。

「ふふ、本当によくかかっている。狂乱と魅了。一体どれほどの供物を捧げたのか。一四、二四ではきかないだろうに」

何が言いたいのか、まるで理解できない。

鞄からサラシに包んだ勾玉を取り出し、突きつける。

「そんなことより、この勾玉はなんなのだ」

「ああ、それは祖父からの贈り物です」

「妻のものではないのか？」

「元は奥様のものでしたよ。しかし、願いが成就したのですから、もう必要ないでしょう？祖父は自身の死の間際、これに願いをかけました。彼はきっと奥様のことを好いていたのですよ」

「意味が、分からない」

「本来なら、それで話は終わっていたのですが、まさかこうして家を訪ねてくるとは思いませんでした。あのまま貴方の周りにある命を糧に、これは成長していた筈なのに」

残念です、と音もなく近づいた男の細い指が、さも愛しそうな動作で、それをそっと撫でる。

「祖父の願いを叶えるのは、きっと私の役目なのでしょうね」

不意に掌が灼けるように痛んだ。勾玉から伸びた鋭い枝が数本、まるで木の根のように右手の掌に突き刺さっていた。指先、手首へと激痛がのたうちながら蠢いている。ぱっくりと切り裂かれた掌の中へ勾玉が埋没していくのを見て、私は絶叫した。

得体の知れないものが自分の腕を侵していく恐怖。

木山は悠然と微笑みながら、悶え苦しむ私を眺めていたが、不意に目を見開き、立ち上がった。

「ああ、そうだ。そうとも。そうすべきだ。夢のまま終わらせるだなんてもったいない」

畳の上で悶える私の右肩を、木山は思い切り足で踏みつけた。衝撃と痛みに骨が軋む。ぼきり、という太い木の枝が砕けるような音がして、急に痛みが遠退いていった。

横になった視界の中に、肩口から落ちた私の右腕があった。それは生々しい人の肉というよりも、彫刻された木の腕のようで。ぼんやりとした頭で肩口に触れると、硬くてゴツゴツとしている。

「お爺様の願いよりも、私の願いの方がずっと美しい筈だ」

木山が嗤っている。

「夢から覚め、現実を知った時、貴方の魂はどんな風に濁り墜ちるのかな」

それは罅割れたような、邪悪な微笑みだった。

●

気がつくと、私は自宅の居間で横になっていた。

「う、うう」

起き上がろうとして、右腕の付け根が酷く痛んだ。触れると、やはり右腕がない。断面はまるで木の節のように固まってしまっていた。

しかし、あれほど恐ろしい思いをした筈なのに、やけに頭がすっきりとしていた。まるで今までずっと頭の中にあった靄が、綺麗に晴れ渡っているような気さえする。

立ち上がり、台所でコップに水を注ぎ、三杯も飲み干す。酷く喉が渇いていた。幾ら飲んでも口の中が渇いてしょうがない。

不意に、壁にかけられた家族写真に目が行った。そこに写ったものを見て、思わずコップを取り落とし、足元でそれが粉々に砕け散った。

「は？」

信じられない。そんな筈がない。

胸の動悸が激しい。悪寒で胃の中がおかしくなりそうだ。

居間の壁にかかった家族写真、そこには私と見知らぬ女が二人で写っていた。骸骨のように痩せこけ、髪を振り乱し、陰鬱に嗤っている。

「誰だ、これは。息子は、私の息子は？」

不意に、疑問が浮かんだ。

「息子？　私に、息子？」

いた筈だ。愛しい一人息子が。しかし、どうしても、その名前が思い出せない。誕生日も、血液型も、通っていた学校の名前も。

「あ」

息子の妻や、孫たちの名前も思い出せない。

「あ、ああ、ああああ」

濡れた紙が、描いていた絵もろとも消えていくように。

あった筈のものが、指の間から溢れ落ちていく。

「あああああ！　あああああ！　うわああああああああ！」

何もない。何もない。何もない。

ここには、見知らぬ女と私の写真しかない。それが何枚も、何枚も、何枚も、何枚も飾ってある。

見知らぬ女。美しい妻とは、似ても似つかない邪悪な顔をした女が、嗤っている。

残された左手で顔を掻き毟る。

私の一生、私の生涯、それらが崩れ落ちていく。

仏間へ駆け込む。老いた足は、もうまともには動かない。

「嘘だ！　嘘だ！　嘘だ！　嘘だ！　騙されんぞ！　私は！」

仏壇に飾られた遺影、そこにはあの邪悪な顔をした女が勝ち誇ったように微笑んでいた。

プツン、と頭の奥で決定的な何かが千切れる音がして、膝から力が抜けた。右の視界が血のように真っ赤に染まる。どさり、と薄暗い仏間に転がり、呼吸が次第に止まっていくのを感じる。

ミャア、と猫の鳴き声が聞こえた。

気がつけば、仏間を埋め尽くすように、大勢の首の折れ曲がった猫が徘徊していた。廊下にも数えきれないほどの生き物の死骸が蠢いている。
『一体どれほどの供物を捧げたのか』
木山の言葉が脳裏を過ぎる。

窓の外、傘をさした若い男がこちらを見ている。
その貌はまるで、美しい絵画を目の当たりにして感極まったように、嗤っていた。
命の火が絶える、その最期の瞬間まで、私は絶叫していた。
声にさえならぬ断末魔は、雨音に掻き消されて、薄闇の中、滲むように沈んでいった。

白秋

初秋を迎える頃、屋敷町から近衛町辺りの地域では毎年、白秋祭《はくしゅうさい》が行われるのが恒例だ。京都の祇園祭のように派手な山車《だし》が出るわけでもないのだが、地元では非常に愛されている。
白秋祭は宵祭だ。陽が暮れて、家々の軒先にそれぞれの家紋の入った提灯が吊され、祭りは始まる。旧街道沿いには様々な出店が並び、大勢の人で通りが埋め尽くされていった。

夏のボーナスで買った一眼レフのレンズ越しに眺める屋敷町は、古風で艶やかな、宵祭に相応しい美しさがあった。シャッターを切るたびに、美しい宵祭の空気と被写体が共に切り取られていく。これだからカメラは止められない。

「そんなにくるくる写真を撮ってたら、疎水に落ちるわよ」

心底呆れながら小言を言う彼女を振り返り、その仏頂面をカメラに収めた。

「ちょっと。撮らないでって言ったじゃない」

「自然体がいいんだよ。ほら、恵美《えみ》らしいだろ？」

「嘘。だって全然そっち向いてなかったもの」

撮ったばかりの写真を見て、恵美は私の肩を強く叩いた。

「仏頂面じゃないの！　目も半分しか開いてないし。撮るなら一緒に撮りましょうよ」

「ダメダメ。そんな普通の写真なんか要らないよ。せっかく車で二時間もかけてきたんだ。もっと楽しまなきゃ。ほら、この光景なんかすごく絵になるだろう？」

「はいはい。勝手にどうぞ。あたし、肌寒いからコーヒーでも買ってくるわ。ブラックでいい？」

「ああ。頼むよ」

「あんまり遠くに行かないでね。それから携帯電話はいつでも取れるようにしておいて。すぐに連絡がつかなくなっちゃうんだから」

「はいはい」

彼女は不機嫌そうに肩をすくめて雑踏へ消えていく。どうして彼女の心が揺れないのか、まるで見当がつかなかった。やたら値段ばかり張るカフェの小洒落たランチは喜ぶくせに、こういう美しいものには心が動かないというのは感性に欠ける。

屋敷町にやってくるのは初めてだが、なんとも趣きのある街だ。風情がある、とでも言えばいいのか。古い武家屋敷が残る地域だというが、長屋や古い商家を改装した古民家や雑貨店が観光客を呼び、年季の入った古書店や古道具店がひっそりと店を構えているのも良い。

何処を撮影しても、本当に絵になる。

カメラのファインダー越しに行き交う人々を眺めていると、不意に何かが泳ぐように雑踏の間を通り過ぎていった。一瞬、柳の枝に隠れて見えなくなり、思わずカメラから目を離す。

疎水の向こう、朱色の橋の向こう側でそれを見た。

「なんだ。今の」

橋の近くまで走り、カメラの倍率を上げる。すると、人々の腰ほどの背丈の子どもたちがまるですり抜けるように雑踏を駆けていくではないか。子どもたちは全て女児のようで、髪を肩辺りまで伸ばし、袖の長い着物のようなものを着ていた。そうして、その誰もが白い狐の面を被っている。腰から白い狐の尾のような毛皮を下げていて、それがなんとも愛らしい。

「祭の余興かな」

そう言えば何処からか御囃子のようなものも聞こえてくる。

「いけない。もっと近くで撮らないと」

朱色の橋を渡りながら、夢中でシャッターを切る。小さな女の子というのは、最高の被写体だ。もう少し少女と呼べるような年齢が好みなのだが、贅沢は言っていられない。もしかすると、彼女たちの誰かが一人になる機会もあるかもしれない。幸い、恵美は暫く帰ってこないだろう。

「それにしても、一体どこへ」

観光案内所で貰った地図を広げる。疎水の向こう側はどうやら神社の裏手に繋がっているらしい。なるほど。何か神事でもしているのかもしれない。観光客向けではない、地元の人間だけが楽しむようなものを。

こちら側を行き交う人々はなんだか趣向が凝っていて、誰も彼もが何かの仮装をしていた。シンプルに獣の面を被る者、翼や尾を取りつけた者など随分と騒がしい。

「お兄さん、お兄さん。何かお探しですかい？」

振り返ると、猿の面を被った小男が立っていて、思わず悲鳴をあげそうになった。

「お兄さん。お面はどうです？」

猿の面が歪んだ笑みを浮かべていて気味が悪い。その下の邪悪さを隠しきれないような顔をしていた。

「お面ですか」

「ええ、ええ。あっしはお面屋なのですよ。どうですか、お一つ」

小男は背負っていた背嚢《はいのう》を下ろし、中から様々な面を取り出してみせた。

「生憎ですけど、自分は」

断ろうとするこちらの声を遮って、男が大袈裟に声をあげる。

「そうですな。お兄さんには、こいつが宜しいでしょうな」

差し出されたのは、泣いている少女を模した面だった。今にも嗚咽が聞こえてきそうな、不吉な面に思わず絶句する。その顔は、何処かで見覚えがあるような気がしたからだ。

「なんですか、これ」

「なに、ちょいと試してみなせぇ。顔につけてみたら案外、具合がいいなんてこともある。浮世の憂さも忘れられる。こいつも出会いだ。一つの縁ですぜ。被ってみて気に入らなけりゃあ、また違うのを選んだらいい」

ニコニコと笑いながら強く推されるので断り辛い。下手に揉めるよりも、適当に付き合ってしまった方が波風が立たずに済むだろう。

「なら、一つだけ」

「素直で宜しい。さぁさ」

手に取ると、じわりと滲むような温かさがある。

紐を解いて顔へ当てようとした、その瞬間、横から誰かに手首を強《したた》かに打たれた。

「痛っ！」

お面が地面に転がるよりも早く、お面屋が面を掴み取る。そして見上げた瞬間に、怯えたように身を縮ませた。一歩、二歩と後ろへ下がって距離を取る。

「柊の姉さんじゃあ、ございませんか。どうしてこんな所に？」

柊と呼ばれたのは着物姿の美しい女性で、長い髪を頭の上で結い上げ、鬼灯《ほおずき》柄の帯を締めている。息を呑むほど美しい、という言葉がしっくりくるほどの美女だ。

「私の縁ある土地で勝手な振る舞いはさせませんよ、お面屋。お前は手癖が悪いですからね。面倒です。いっそここで、その手を斬り落としてしまいましょう」

「ひひひ。怖い、怖い。帯刀のジジイがくたばったと思ったら、姉さんが目を光らせていたとは。これなら前の方がよほど自由にやれたものを」

「口が過ぎますよ。さぁ、疾《はや》く失せなさい。石鼓をけしかけられたくなければ」

「そうしますとも。あっしもまだ喰われたくないんでね」

お面屋がこちらを向いて、心底勿体無いとでも言うように、大きなため息をこぼした。

「お兄さん、残念でしたなあ。どうぞ、またご贔屓に」

そう言うと、お面屋はまるで猿のような身軽さで行き交う人の中へ消えていった。

「危ないところでしたね。あの面をつけていたら、今頃は幽鬼の子のようになっていましたよ？」

しかし本当に信じられないほどの美女だ。整った顔立ち、手入れの行き届いた黒髪。着物で分かりにくいが、その下には美しい肢体が隠れているだろう。

「あの、何かお礼を」

「礼には及びません。宵祭の晩には、貴方のような迷子が時折現れるものですから。本当に感謝されるようなことではないのですよ」

「迷子？　いや、私はそこの橋を渡って」

振り返った先、そこにはあの朱色の橋はおろか、近衛湖の疎水さえ見当たらない。見えるのは延々と続く縁日の屋台だけだった。

「だって、ついさっき橋を渡ったばかりで」

何が起きたのか理解できない。確かに私は、あの朱い橋を渡ってきた筈だ。そもそもこんな場所がある筈がない。

「貴方のように稀に視えてしまう人が、こうして迷い込むことがあるのです。大丈夫。わたくしが送り返してあげましょう。ただし、決してわたくしから離れないよう。そして誰にも自分の名前を名乗ってはいけませんよ」

「あの、ここは何処なんですか。神社へ出る筈だったんですけど」

なんだか何もかもが奇妙だ。辺りの建物もやたら大きい。木造だが、造形も規模も日本のそれとはまるで違う。あちこちに提灯が吊るされ、同じくらいなんの肉か分からないものを、店先に吊るしている露店がある。そして、その露店商の誰もが人ではないように見える。ではなんなのか、と問われると「分からない」としか言いようがなかった。

馬の頭をした大男、蜘蛛のような下半身の女。下顎が鰐《わに》のように尖った老人。まるで人に化けようとして失敗したような有様のモノたち。

恐ろしさに背筋が粟立つ。カチカチと奥歯が鳴るのを止められない。

そうだ。ここは、どう考えても普通じゃない。

「此処は、あちら側、としか言いようのない彼岸のような場所なのです。人ではないモノどもが集う場所。決して遠くはない、背中合わせの異界。わたくしもここへは弟子を捜しに来たのですが、貴方のようにきっと何処かで迷子になっているのでしょう。まぁ、あの子には加護がありますから、放っておいても死ぬことはない筈。まずは貴方を送り届けましょうか」

「はは。頭がおかしくなりそうだ」

「まるで自分がマトモだと言わんばかりですね」

人を見透かすような言葉に、内心どきりとした。

「自分は、つまらない普通の人間ですよ」

「悪い人」

柊さんは含みを持たせるように笑って、煙管の紫煙を空に吐く。甘い煙。化け物たちはその煙が嫌いなのか、ゲホゲホと咳き込みながら迷惑そうに私たちを避けて通っていく。

「あくまでもわたくしたちはマレビト。招かれざる客です。今日のような晩には、どうしても境界が曖昧になってしまう。夏祭りもそう。でも、白秋祭は特別。貴方、白秋祭の謂れをご存知？」

「確か北原白秋《きたはらはくしゅう》という名の詩人から取ったのだと聞きました」

「詩人、ね。彼は歌人と呼ばれる方が喜ぶでしょう。邪宗門という詩集に【秋の瞳】という作品を載せているのですけれど、その縁のある方がこちらにいたとか」

「秋の瞳？」

「ええ。『晩秋の濡れにたる鉄柵のうへに、黄なる葉の河やなぎほつれてなげく　やはらかに葬送のうれひかなでて、過ぎゆきしＴｒｏｍｂｏｎｅ《トロムボオン》いづちいにけむ。はやも見よ、暮れはてし吊橋のすそ、瓦斯点る……いぎたなき馬の吐息や、騒ぎやみし曲馬師の楽屋なる幕の青みを　ほのかにも掲げつつ、水の面見る女の瞳。』」

　くすくすと笑いながら、煙管を吸う彼女は楽しそうだ。

「ロマンチストだわ。まるで、わたくしのお師匠様のよう」

　私は目の前の美女に恐れを抱かずにはいられなかった。こんな奇妙で恐ろしく、不気味な場所で微笑むことができる彼女のことが、なんだか急に恐ろしい存在のように思えたからだ。

「あの、私は此処から無事に出られるんでしょうか」

「あちらで誰かを待たせていらっしゃるの？」

「恋人です」

「素敵。わたくし、恋というものをしたことがないものですから。憧れますわ」

　不意に、視界の端にあのお面をつけた幼女たちの姿が見えた。着物の袖を揺らしながら、異形の群れへ飛び込んでいくのを見て、やはりあれらも人ではないのだと思い知る。道理で浮世離れした美しさがある筈だ。

「あの子たちの姿を見て、思わず橋を渡ってしまったんです。このカメラで撮ってみたい、そう思ってしまった。軽率でした」

良いコレクションになる、そう思ったのが間違いだった。自分の手には負えない。やはり支配できないようなものに憧れを抱くのは間違っていた。

「あら。あの子たちも元々は人なのですよ？　貴方のように迷い込んだか、神隠しに遭ったのか。理由はさておき、そのままこちら側から帰れなくなってしまった子どもたちの成れの果て。淋しくていつもああして遊び回っては、一緒に遊んでくれる誰かを探しているのです」

「道連れにしようとしている訳ですか」

「いいえ。決してそのようなつもりは、あの子たちにはありませんよ。結果としてはそうだとしても、彼女たちに害意や悪意はないのですから」

私は言い返そうとしたが、恐ろしくなってやめた。彼女の不興を買って良いことなど何もない。もしも彼女に置いていかれたら、私は二度と向こうには戻れないのだから。

嫌だ、嫌だ。それだけは絶対に。もしもそうなれば、きっと誰かがあの部屋に入るだろう。そして、彼女たちを見つけてしまうに違いない。彼女たちを誰かに見られることだけは、耐えられない。

私は、柊さんの後に続きながら、異界の祭を目に焼きつけるように歩いた。

腕が六つもある露店商の主、人の腕らしきものを齧る女、眼窩から花を生やす少女、鹿の下半身を持つ少年。それらが入り混じる宵の祭り。提灯の明かりに仄かに照らされた町並みは、どこまでも幻想的だ。

「ああ、先に断っておきますけれど、こちらのものは決して持ち帰らないように」

「持ち帰ってしまったなら、どうなるのですか？」

どうもこうも、と彼女は可笑しそうに微笑う。

「鈴をつけた鼠を、猫が見つけられない道理がありますか？」

脳裏を八つ裂きになる哀れな鼠の屍が過ぎる。

「貴方のように紛れ込んでしまう人は少なくありません。帰り道が分からないまま、彷徨い続けることになる。大人は、あの子らのように順応することもないのです」

「それは死ぬということですか？」

「いいえ。生きてもいないし、死んでもいません。此岸と彼岸の境目を、まるで綱渡りのように彷徨っているだけ。前にも後ろにも進めないままに。ご心配なさらずとも、貴方はあちらへ送り届けてあげます」

私は心中を見透かされたような気がしてドキリとしたが、心底安堵した。安堵すると、なんだか急に腹の虫が鳴った。そういえば、さっきから何とも言えない芳しい匂いが漂ってくる。

「お腹が空いてきたのでしょう?」

「ええ。なんだか、凄く美味しそうですね。ああ、なんて旨そうなんだ」

炭火で炙られ、肉汁を滴らせる何か。それらが串に刺され、何度も濃厚なタレに潜る様子に、思わず唾液が溢れそうになる。

「うふふ。召し上がりますか?」

「はい。是非」

「駄目です。食べてはいけませんよ。こちらの物は決して口に入れてはいけません。たとえ、どんなに良い匂いがしても、どんなにお腹が空いていても。決して」

「口にしたら、どうなるんですか」

柊さんは答えず、薄く笑みを浮かべたまま踵を返してしまう。私は呆然と立ち尽くしたまま、空腹というよりも最早、飢餓にも近い衝動を噛み殺し、彼女の後を追いかけた。

どれほど歩いただろうか。延々と続く参道が終わり、淡く光る白い鳥居が目の前に現れた。

鳥居の前には一人の青年が立っていて、なんだか酷く眠そうな顔をしている。

「お師匠様。何処にいらしたんです」

「呆れた。目を離した隙に逸《はぐ》れてしまったのは貴方の方でしょうに」

「そうでしたか。こんな恐ろしい所に一人きりでいたので、気が気じゃありませんでした」

「嘘ばっかり。どうせ欠伸を噛み殺していたのでしょう？　油断ばかりしていると、また雷が落ちますよ」

「それも悪くないですね」

彼は薄く微笑んで、こちらを見た。

「こちらの方は？」

「迷子です。朱い橋の辺りで拾いました」

「どうも」

はじめまして、と差し伸べられた左手。火傷の痕なのか。肌が引きつり、歪な痣が広がっている。

「さぁ、まずは貴方からあちらへ帰らないと。わたくしたちはまだやらなければならないことがありますから。道案内は此処まで」

柊さんはそう言うと、私の顔へ人差し指を向けた。そうして、すっと右へ指を差し示す。

誘導された視線の先に、鳥居の向こうに伸びる道が現れた。この暗闇の中、ぼんやりと白く光る道が蛇行しながら何処までも続いている。

「こちらの物は何一つ持っていくことは許されません。準備は宜しくて？」

「ありがとうございました。あの、本当に助かりました。もし外で会えたなら、その時はお礼をさせてください」

「もしも再び会うことがあれば、どうぞよしなに」

遠慮がちに微笑む姿も美しい。この弟子だという男が酷く羨ましかった。師弟だというのなら、身の回りの世話もしているに違いない。

「この鳥居を出たら最後、何があっても決して振り返ってはいけません。何があろうとも、決して」

柊さんは繰り返しそう言って、私の背を軽く押した。

右足が鳥居を越えた瞬間、背筋がぶるりと震えた。

背後に何かが立っている。一つではない。大小様々なモノが耳元や頭上で息を吐き、鼻をひくつかせている。視界の端を、何かが過ぎる。

「うぅっ」

歯の根が合わず、カチカチと音を立てる。指先にナニかが触れ、耳たぶを軽く噛んだ。悲鳴を押し殺し、腕を強く組んで歩くことしかできない。ここで振り返ってしまえば、それこそ終わりだ。

歩けば歩くほど、背後のそれらは数を増やし、影を濃くしていく。吐息は囁きに変わり、ついには私の父母や兄、恋人の声でこちらを向けと言う。

「ううう、ううう」

恐怖に怯えながら、一歩ずつ歩みを進める。立ち止まってはダメだ。きっと助からない。

不意に、自室の壁に飾った少女たちの写真が脳裏を過ぎる。あれらを誰かに見られるのは、死ぬよりも辛い。

「ううう、うあああ！」

どれほど歩いただろうか。

時間にすれば数日、あるいは数分だったかもしれない。時間の感覚はとうに狂っている。

気がつくと、私は神社の鳥居の脇に一人で立ち尽くしていた。激しく人の行き交う往来を眺めながら、震える膝を抱いて腰を下ろした。まだ身体が恐怖に震え、涙が止まらなかった。

帰ってこられた。戻れたのだ。

「あ、いたいた！」

聞き覚えのある声に顔を上げると、缶コーヒーを手にした恵美が立っていた。

「何処に行ってたの？　探したじゃない。え、何？　なんで泣いてるの？」

「ど、どのくらいだ。あれからどれくらい経ったんだ」

「数分よ。ほら、あそこの自販機で買ってきて戻ったらいなくなってて。そしたら鳥居のとこで蹲っているんだもの。心配したわ。何かあったの？」

「い、いいや。なんでもない。その、悪い夢を見てたんだ」

話したところで信じて貰える筈がない。どうして信じられるだろう。

「ふーん。あ、そうだ。カメラ貸してよ。私も写真撮りたくて」

「ああ、いいよ。好きにしてくれ。俺はもう少しここで休んでおくから」

カメラを手渡すと、恵美が今日撮った写真を眺めて笑う。

「こんなに似たような構図で沢山写真撮って。本当に好きなのね」

あら、と恵美の指が止まる。

「ねぇ、この写真は何？」

その一枚を見た瞬間、全身の血が凍りついたような気がした。

それは、あの朱い橋の向こうにいた狐の面を被った童女だった。堅く練り上げたような闇の中に、白い狐の面が浮かび上がっているようにも見える。

「ああ、そんな、あぁぁ」

柊さんの言葉が脳裏を過ぎる。

『鈴をつけた鼠を、猫が見つけられない道理がありますか？』
くすくす、と楽しげに笑う声、声、声。
不意に、背後に何かが立った気がした。

そっと、誰かが私の両眼を手で覆う。
叫ぼうとした私の口を誰かが塞いだ。
いくつもの小さな手が、私をひたひたと取り囲んでいる。
遥か遠くで、恵美の悲鳴が聞こえたような気がした。

死坑

その依頼人の名は義兼慎三《よしかねしんぞう》といった。
電話の相手の名前には聞き覚えがある。死の坩堝とさえ言われた県下で最も有名な心霊物件、美嚢団地に残る最後の住人の名だ。

『もういい加減に団地を出たいと思うんだが、年寄りの一人暮らしでね。どうしても団地から出ていくことができない。悪いが、迎えに来て貰えんだろうか？』

ついにこの時が来たのだという思いがあった。あの美嚢団地を解体する為には、住居者の方に転居をして頂く必要があった。他の部署と連携しながら、どうにか一人ずつ説得していたのだが、この義兼さんという老人にだけは最後まで連絡をつけることができずにいた。

「ご連絡ありがとうございます。いつ転居なさいますか？」

『もう疲れたんだ。いつでもいい。とにかく急ぎたい』

これまで一度も連絡がつかなかった相手なので、どんな偏屈な人物かと警戒していたが、どうやら杞憂だったようだ。

「承知しました。それでは可能な限り早く伺いたいと思います」

受話器を耳に挟んだまま、手帳で千早君のスケジュールを確認する。明日であれば、朝から問題なく動けるだろう。

「義兼様。明日はご都合いかがでしょうか」

『構わんよ』

「では、明日転居の手続きに伺いたいと思います。宜しくお願いします」

電話を切り、スケジュールを手帳に書き込みながら、不意に義兼さんの話していた最初の言葉が脳裏を過ぎった。彼は『どうしても団地から出ていくことができない』と言った。高齢による肉体の不自由から来る言葉だと解釈したが、果たして本当にそうなのだろうか。

あの美嚢団地だ。一筋縄でいくとは思えない。それでも、あの負の遺産とも言える県営団地を解体することができれば、これ以上の犠牲者を出さずに済む。把握しているだけでも百人近い人間が、あの団地の敷地内で亡くなっている。殆どが事故や自殺によるものとされているが、近づくだけで呪われるという噂話に嘘はない。

これは一つの大きな区切りのような気がした。

受話器を手に取り、千早君の携帯電話へ電話をかける。数回コール音がした後、ノイズのような音が響く。こういう一種の抵抗のようなものがある時は、彼が夜行堂にいることが多い。

『もしもし』

「もしもし。大野木です。美嚢団地で依頼が入りました。以前、話していた最後まで残っていた入居者の方から連絡があり、退去したいということです」

『ふーん。出たけりゃ、出ればいいじゃん』

「それが一人では出られないとかで。直接、此方へ連絡がありまして」

『……なんで対策室の電話番号を、その人が知ってんの？』

「……あ」

言われてみれば、おかしな話だ。私は義兼さんと面識はない。今まで連絡は一切つかなかったし、直接お会いしたこともちろんない。

「誰かに対策室のことを聞いたのでは？　前に退去を手伝った方から聞いたとか」

自分で言っておいてなんだが、その可能性は殆どないだろう。美嚢団地は広大だ。棟の数も多く、ましてや、あの一つ一つの棟が異界のようになってしまっている場所で、どうして近所付き合いなどがあるだろう。

『まぁいいや。今更、そんなこと考えても仕方がない。いつ行くの？』

「先方が急ぎたいということで、明日あちらへ伺うことにしました」

電話の向こうで千早君が渋い顔をしているのが手に取るように分かった。

『……気が乗らねぇ』

「そこをなんとか。これで美嚢団地を解体することができます。毎年、あの団地へ肝試しに行って犠牲になる人を無くすことができるんです」

『入るなっつーとこに入って、呪われる奴のことなんかどうでもいい』

元も子もないことを言う。よほど気が進まないらしいが、その気持ちは痛いほど分かる。

私もできることなら二度とあの団地には近づきたくはない。あの濃密な死の気配は、生者ならば誰でも忌避するべきものだ。

「これで最後ですから。私一人ではどうしても力不足なのです」

『はぁ。仕方ないか』

電話の向こうで微かに女性の声が聞こえる。

「千早君。今、どちらに？」

『夜行堂。こないだ回収した雛人形を届けに行くって話してたろ？』

「もうとっくに届けに行ったのだと思っていました。まだ行っていなかったのですか」

一週間以上前の話だ。あんな曰く付きの品を部屋に隠し持っていたとは。

『うっかり忘れてた』

「そうですか。とにかく、明日はよろしくお願いしますね」

『ああ。早朝から行く。少しでも明るい、こっちに有利に働く時間に行かないと。それとその爺さんだか婆さんだかを見つけたら、すぐに連れ出しておしまい。他にはなんもしない』

義兼さんの話は何度か説明していた筈だが、性別さえ覚えていないらしい。なんとも彼らしいというか、なんというか。

「承知しました。では、詳しくは帰宅してから話しましょう」

『了解』

電話を切って、一息つこうと全自動のエスプレッソマシンの元へ移動する。ボタン一つで豆を挽いて、好みの濃さに抽出してくれる専門の機械は、備品ではなく私が購入して持ち込んだ私物だ。

ストレスを感じている時は、カフェインを摂取するのがいい。忙しい自分へのささやかなご褒美。

県庁の北庁舎、四階の一番奥の部屋という陸の孤島のような僻地だが、こうして慎ましやかにジャズを流しながら、ソファに腰かけ、ゆっくりとエスプレッソを飲んでいても咎められることがないのは良いことだ。

ぐい、と一息に飲み干す。苦味と香ばしい豆の香りが口の中に広がり、鼻腔から抜けていく。砂糖をスプーン二、三杯分乗せて、混ぜずに口にするとデザートのように楽しむこともできるが、それは余暇の飲み方だ。あくまで今は小休止、息抜きにすぎない。

これから方々へ手配をしなければ。義兼さんの転居先、福祉課との連携は欠かせない。藤村部長にも事情を話しておかないとならないだろう。

「やるべき仕事は山積みですね」

こういう時、室員が一人でもいれば少しは負担が減るのだが、藤村部長は人員を増やすつもりはないと断言した。理由は単純、いざという時に犠牲になる人間は少ない方がいいからだ。

前任者の尼ヶ崎《あまがさき》さんの苦労が偲ばれる。長年この対策室を一人で切り盛りしていた実力は本物だ。あの方が上役として残っていてくれたなら、負担もかなり減っていただろう。定年退職をした彼に、再雇用をお願いしに出向いたこともあったが、丁寧に固辞されてしまった。

その際、何気ない会話の中で尼ヶ崎さんが『美嚢団地には、何か怪異の根のようなものがある』と話していたのを思い出す。

あの県営団地は当初から心霊現象が起きていた訳ではない。およそ十年ほど前から段階的に、燃え広がるように頻発していった。それは団地内での痛ましい死が多く語られるようになった時期とほぼ同じ。病死や老衰を除いた突然の死。すなわち事件、事故、あるいは自殺の詳細を調べていくと、ほんの少しだけ被害者同士の繋がりが見える時がある。それは些細なもので、巨大とは言え一つの敷地内であれば、それぐらいの関わりはあるだろうと捉えられる程度のもの。しかし、違う見方をするならば、私たちの目に映るそれは幾重にも広げられた枝葉が重なった一部なのかもしれない。途切れることなく、枝分かれを繰り返しながら、一つの死がまた次の死と繋がっている。その、ほんの一端にすぎないのだろう。

「一連の怪異の種になった、何か」

バインダーを書棚から手に取り、記録を辿っていく。私がこれまで調べた限り、美嚢団地で最初に起きた死亡事故は、団地内にある公園の遊具から未就学児が転落死したものだった。

子どもの名は安部百合《あべゆり》ちゃん（5）。一緒にいた父親がほんの少し目を離した際に起きた痛ましい事故だ。

次の死亡事故は、安部小春《こはる》（41）とある。最初の事故で亡くなった子の母親である。死因は自殺。

百合ちゃんの逝去後、その喪が明けるより前に、母親が夫を刺した傷害事件により起訴されている。夫の名は安部順一《じゅんいち》（48）。激しい夫婦喧嘩の声に近隣の部屋の住民が110番通報したところ、駆けつけた警官が腹部を複数回刺された夫と打撲を負った妻を発見。夫は病院へ救急搬送され、なんとか一命を取り留めたという。妻はその数日後に警察病院から脱走、同日内に団地内の住居にて首を吊ってしまった。

「……痛ましい。ですが、これは違う」

感触として、これではないと感じる。全く論理的ではないが、この仕事はどういう訳か直感を信じた方が真実に近いということが不思議と多い。

次に起きた事件は、住人の投身自殺だ。最上階の部屋のベランダから、そこに住む高田亜《たかだあ》耶《や》（47）が飛び降りた。遺書の類はなかったが、状況的に事件性はないと判断されている。

安部さんの住む棟とは、公園を挟んで向かいに当たる棟だ。

ふと、パソコンを使って美嚢団地、事件のあった日時、そして公園というキーワードで検索をかける。当時の新聞記事などは散々調べたが、ネットの記事というのは盲点だった。

ヒットしたものの一つに、当時の個人ブログがあった。どうやら近隣に住む噂好きの誰かが書いたようで、百合ちゃんの事故後、黄色いテープが貼られた公園をベランダから撮影した写真が添付されていた。見ていて決して気持ちのいい記事ではないが、重要な手がかりを見つけたような気がした。

しかし、彼女の事故の数日前の記事に『美嚢の公営団地でシングルマザーが急死』という見出しがあるのに目が留まる。記事の内容には『亡くなったのは鷹元千賀子《ちかこ》さん。第一発見者は痛ましいことに彼女の実の娘である鷹元楸ちゃんだ。関係者の話では心臓麻痺らしい』とある。ブログの最新更新日は、その一ヶ月後のまま止まっている。

楸、という名前を目にした瞬間、重い鉛が胸の奥に流れ落ちていくのを感じた。

パソコンのデータベースに記録されている美嚢団地の転居者リストを慌てて確認する。そこには確かに鷹元千賀子の名と、実子である鷹元楸の名が記載されていた。

人を止まり木にする鴉の死霊。あの怪異を創り出した少女。死を自在に操る赤と緑の虹彩。人ならざる眼を持つ彼女の名を、まさかこんな場所で目にするとは思わなかった。

「美嚢団地に怪異の種を蒔いたのは……」

以前、私が見たのは正にこの時のことだったのだろう。水溜まりに沈む自身の母親の傍で、傘を手に心底楽しげに踊る美しい少女。

込み上げてくる猛烈な吐き気を堪えながら、掘り当ててしまった邪悪な物の巨大さに身震いせずにはいられない。美嚢団地から出られないという義兼さんの言葉が、今になって酷く恐ろしいもののように感じられた。

○

翌朝、鉛色の空には分厚い雲がかかっていた。雨雲からいつ最初の雨粒が落ちてきてもおかしくはない、そういう空模様だった。

美嚢団地の住人は残り一人だというのに、あちこちの棟からこちらを覗き込むような視線をひしひしと感じる。視線をそちらへ向けると、そこには決まって何もいない。カーテンもなく、窓ガラスさえない部屋たちがぽっかりと口を開いたように佇んでいた。

時折、物凄い音が団地中に響き渡る。まるで屋上から何かが飛び降りたような音だった。まさか人間が飛び降りているのではないだろう、と思っていても確信が持てない。

「人間じゃない。エアコンの室外機が壁から外れて落ちてるんだ。頭上には気をつけて」

「老朽化も限界がきていますね。急がないと」

件の義兼さんが住んでいるのは第七棟の四〇六号室。

それにしても、どうしてこんなに薄暗いのか。

そもそも棟と棟の位置関係が悪いのだ。これでは建物の影がいつも通路側へ落ちてしまう。

「昼間にやってきても気味が悪いことに変わりありませんね」

「此処は半分、あの世のようなもんだからな」

そう言う千早君の右眼は既に青い火を帯びているようだった。心なしかいつもより顔色が悪いのは、きっと彼にしか視えていないものがあるのだろう。

「大丈夫ですか」

「大丈夫。でも、大野木さんはあんまり団地に目をやるなよ。ベランダの奴らといい、何か様子がおかしい」

その様子を想像しそうになり、平静を装っているが、その声音はいつもより数段強張っているのが分かり、思わず足元へ視線を落とす。先ほど感じたアレは気のせいなどではなかったのだろう。

「一体、此処はなんなのでしょうか」

千早君は答えないまま、第七棟の入り口へ入っていく。エントランスには灯りもついておらず、郵便受けには名札が一つも入っていない。こんな所へやってくる郵便局員もいないだろう。いや、住人がいる以上は届けに来るのだろうか。流石に、その方に同情せずにはいられない。

「その爺さんを見つけたら、すぐに団地を出よう。荷物をまとめてる暇は多分ない。モタモタしていたら巻き込まれる。そういう嫌な予感がするんだ」

普段とは違う神妙な声に、事態の深刻さを思い知った。

「分かりました。迅速に行動しましょう」

電子音が鳴り、エレベーターの扉が開いた瞬間、思わず悲鳴をあげそうになった。小さなエレベーターの中で、こちらに背を向けてぎっちりと並ぶ人間の背中。身動き一つせず、呻き声一つあげない、その姿に血の気が引いていくのを感じた。

やがて、扉が音を立てて閉まっていく。

「……階段を使おう」

「千早君。さっきのは、その」

「肝試しに来て、帰ることができなかった連中だよ。言っとくけど、今は何もできない。この棟そのものを解体する以外の方法がないんだ」

淡々と視えた事実だけを口にする様子に、言葉を失わずにはいられない。千早君の右眼が燃え上がるように青く揺らめいていた。

「そんな奴が此処にはゴロゴロいる筈だ。遺体が見つかる人はまだいい。それさえ出てこない奴がどれだけいるのか」

見当もつかない、と千早君は言う。

目には見えない、認知されないまま行方不明になっている犠牲者がどれだけいるのだろう。

世間に認知されているのは、膨大な数の犠牲者のうち幸運な少数でしかないのかもしれない。

非常階段を使って四階に上がるまでに、三度も室外機が地面へと落ちて砕け散った。まるで身を投げた人間のように無惨にひしゃげる様子に、背筋が凍える。どこか警告じみていて気味が悪い。

「義兼さんはよくこんな場所で最後まで独りで生活していましたね。余程の事情があるのでしょうか」

「理由なんて人それぞれだろ。逃げたくても、逃げることのできない奴はいつだっている」

千早君の言うことは一理ある。だからこそ、転居後の住まいなどの確保にも余念はない。

四階の通路に異変らしい異変は何もなかった。

四〇六号室。表札には掠れた文字で『義兼』と書かれている。

インターホンを鳴らそうとして、不意にその音に気がついた。美しいソプラノの歌声。讃美歌のようだが、何処から聞こえてくるのか。

「歌声？　こんな場所で？」

「……大野木さん。悪いんだけど、こっちは任せた」

千早君が青く燃える右眼で、頭上を見上げている。何が視えているのか分からないが、件の部屋なら間違いなく此処だ。

「このタイミングで、何処へ行くんですか」

「一応、念の為だよ。義兼さんを見つけたら先に車に行ってて。五分待っても俺が戻らなかったら、それ以上は待たずに帰ってくれていい」

千早君はそう言うと、踵を返してさっさと非常階段へ戻っていってしまった。

「……なるほど。ここからは私の仕事ですか」

危険な状態に陥った時、千早君は常に自分をより危険な場所へ置く癖がある。実際、彼でなければ解決することのできないことがあるのは事実なのだが。

「いや、これも任されたのだと思いましょう」

義兼さんの方は任されたのだ。何もかも彼に背負わせずに済んだというのは、及第点ということだろう。最初の頃に比べれば、私もそれなりに役に立っているという証のような気がした。

改めてインターホンを押すと、罅割れたブザー音が鳴り響く。

「おはようございます。県庁から参りました、大野木と申します。義兼慎三様はご在宅でしようか」

一瞬、室内で変死している老人の姿を想像してしまい、その考えを払拭するように首を振った。

しかし、中から返答はない。

もう一度、インターホンを押そうと手を伸ばす。

開いてるよ、と中からしわがれた男性の声がした。

ドアノブを握り、重い金属製のドアを開ける。恐る恐る中を覗き込むと、玄関の向こうに廊下が見え、その向こうの畳の和室に胡座をかいて座る男性の姿があった。

「失礼ですが、義兼、慎三さんですか？」

「他に誰がいるんだ。どうぞ、上がって」

無事であることにほっと胸を撫で下ろして玄関へ上がる。靴を脱いで揃え、鞄を胸に抱いて、薄暗い廊下を進んだ。引っ越す準備は万全のようで、シンクには水気一つない。

「悪いね。もう電気が止まっているから」

義兼さんの年齢は八十を超えている筈だが、年齢よりは幾分か若く見える。顔色が悪く見えるのは、部屋が暗いせいだろう。照明の一つでも点けばいいのだが、私も準備が甘かった。

「いえ、お気になさらず。今回は退去をご希望ということで伺いましたが、確か部屋から出られないと仰っていましたね。もし経済的な理由がおありでしたら、こちらで当面暮らせる場所をご用意させて頂きます」

「住む場所も用意してくれるのかい。手間をかけさせてしまったね」

「はい。こちらは立退をお願いする立場ですから。ご迷惑をおかけして申し訳ありません」

「いやいや、アンタが謝ることなんかないやな」

義兼さんはそう言ってから寂しげに笑う。

「本当はもっと前に諦めるつもりだったんだ。でも、人間ってのは往生際の悪さが最後の最後に出てくるもんでね。それが間違っている、道理に外れたことだと分かっていても願わずにはいられなかった。あの時、あんなことを願いさえしなければもっと早くに楽になれていたのになあ」

相槌を打つのに困る。なんの話をしているのか。

「あの子がね、もう此処は閉めると言うんだな。お役御免だ。だからいい加減にここから出ていこうとしたんだが、これがまた上手くいかない。仕方がないんでそちらに泣き言を言う羽目になっちまった」

「あの子？」

「ああ。あの子はアンタらのことをよく知っているようだったよ」

彼はそう言うと、後ろの棚の上にあった写真立てを手に取った。

「ほら、この娘だよ」

そこには天使のように愛らしい、幼い少女が義兼さんと団地の公園で写っている。彼とはまるで似ていない。そう思った瞬間、これが誰なのかようやく気がついた。

「鷹元、楸」

写真を持つ手が震える。

「そうそう。楸ちゃん。天使みたいだろう？　この子はね、うちの隣に母親と二人で暮らしていたんだ。この団地であの子のことを知らない住人はいなかったんじゃないかな。アイドルだよ。なんというか、人の心を掴んで離さないんだ。まだ六つやそこらなのに、しっかりした子でね。母親以外は、みんなこの子のことが大好きだった」

「母親からは愛されていなかったと？」

「ああ。心を病んでいたようでね。夜中になると、よく怒鳴り声が聞こえてきたものだ。可哀想に。あんな愛らしい子の何が気に入らなかったのか」

義兼さんはそう言って、ベランダに続く窓を開けた。どんよりとした曇り空の切れ間から、白い光が地上へ差している。

「好奇心旺盛な子でね。色んなことを質問された。命とは、魂とは、死とは何かってね。大人でも答えられないようなことを、あの子はいつも考えているようだった。今にして思えば、それもこれもあの子には不思議な力があったからだ」

「力、ですか」

「そう。あの子はね、死というものを操ることができる。コップの水を自在に注いだり、こぼしたりするように死というものを扱うことができるんだ。年寄りが馬鹿馬鹿しい冗談を言っているように聞こえるだろうが、誓って本当だとも。事実、私も彼女によって死を没収された一人なのだから」

没収、という言葉に寒気がした。死を取り上げられたというのはどういう意味なのか。がたり、と何処かで物音がする。

「嘘だと思うのなら、襖を開けてみてくれ」

嫌な予感がした。開けるべきではないと頭では分かっているのに、開けなければ前に進めない。

「すまない。こればかりは、私自身ではどうしようもないんだ」

襖を開けると、隣の部屋に一人の老人がうつ伏せに倒れていた。相当な時間が経過しているのだろう。遺体はほとんどミイラ化しており、枯れ木のような手が苦しげに畳に爪を立てたままになっていた。顔を覗き込むと、それは義兼さん本人のように見える。

「あの日、胸の痛みに倒れた私に向かって、あの子は言ったんだ。死なないようにしてあげようか、と。意識の途絶える直前、私はあの子に懇願した。まだ死にたくはないと」

情けない話だ、と力なく笑う彼の顔をまともに見ることができない。

「いい歳なのだから、お迎えが来てもなんてことはないと普段から笑い飛ばしていたが、死というものがあれほど暗く、恐ろしいものだとは知らなかったんだ。だがね、あそこで死んでおくべきだった。こうして、生きてもいなければ死んでもいないまま、部屋から出られなくなるなんて」

義兼さんが自嘲気味にそう言って写真立てを伏せると、金属製のフレームが瞬時に錆びついていく。

「あの子の母親が死んだのを皮切りに、この団地は死の坩堝になってしまった。あの子がそんな風にしたのだろうが、誰にも止められなかった。死者が増えれば増えるほど、生者が強く死に引かれてしまう」

それももう終わりだ、と彼は言った。

仏間の奥にある小さな仏壇、そこには初老の女性の遺影があった。

「一人では行けないんだ。どうか弔って欲しい」

私は頷いて、仏壇に置かれたおりんを鳴らす。柔らかい金属の音が室内に響き渡る。手を合わせて目を閉じ、彼の冥福を祈った。

しばらくして目を開けて振り返ると、そこにはもう誰もいなかった。呆然と立ち上がり、黙祷を捧げる。

○

本来、屋上には上がれないのだろうが、わざわざ梯子が立てかけてあったので遠慮なく使わせて貰うことにした。こういう時、左腕しか使えないのは地味に辛い。

先日からの雨の為か。屋上には薄く水が張っていて、にわかに晴れ間を覗かせ始めた空を鏡のように映していた。ここが美嚢団地などでなければ写真の一枚でも撮りたくなるような眺めだ。

しかし、案の定というかなんというか、屋上には想像していた通りの人物が立っていた。

黒いセーラー服に身を包んだ少女。すらりと伸びた白い手足、黒くて艶やかな髪を腰まで伸ばし、顔はまるで人形のように整っている。見ている人間の心を掴んで離さない容姿と魅力が、彼女にはあった。しかし、俺の右眼にはどうしようもなく禍々しく視える。

あの時霊視した少女が今、目の前で讃美歌を歌っていた。

美しく澄んだ歌声が伸びて、音の波紋が静かに落ちる。

「よう」

声をかけると、彼女はこちらを振り返って嬉しそうに微笑んだ。まるで華が咲いたような美しさだが、さっきから足の震えが止まらない。

「こんにちは」

少女特有の高い、あどけなさと儚さが入り混じったような声。

「私、お兄さんのことを知っているわ。千尋《ちひろ》のお母さんの後始末をしてくれたのよね。敵討ちを見逃してくれた、優しい見鬼。あの不思議な店にも出入りができる稀有な人」

虻川《あぶかわ》千尋の名前はよく覚えている。クラスメイトや教師たちからのいじめを苦に自殺してしまった少女。彼女の母は自身の家に伝わる外道箱《げどうばこ》という呪具を使い、自身の命を贄にその復讐を果たした。

「あなたとは一度、こうして直接会ってみたかったの」

「鷹元楸。お前、一体何がしたいんだよ」

目的、理由。そういうものを考えてみたが、鴉の呪霊の時にも決定的なものは感じ取れなかった。

「さぁ、何がしたいのかしら。自分でもよく分からない。だって、気になることが沢山あるから」

「気になること？」

「ええ。だって、こちら側は面白いものばっかり。何もかも気になるわ。大叔父様には魂の色が視えたけれど、私にはそんなものどうでも良い。誰も彼も、私からすれば大した違いなんてないもの」

「お前、木山さんの身内だろう」

生まれつき人の魂の色に惹かれていたという見鬼。帯刀老の一番弟子にして、俺の兄弟子。死んで尚、この町に様々な影響を及ぼしている、いわば諸悪の根源だ。

その集大成が、目の前のこいつであるような気がしてならない。

「私はね、死を蒐集するのが好き。死を集めて、混ぜて、与えて、そうして大きな『門』を開きたいだけ。この団地はね、死の坩堝なの。そうなるように、私が決めたんだ」

くるり、と可憐に少女がステップを踏む。ローファーの爪先が水面を蹴る度に、波紋が揺れて広がっていく。

「でも、どんなに死を集めても、新しい『門』は開かなかった。できるのはせいぜい『穴』くらい。きっと量だけでは駄目なのね。量と質とどちらも大切なのかも。また別の方法を探さないと」

「だから、もう此処はいいのか」

「そう。だから観測者として残しておいた、おじさんもいらない」

義兼慎三はやはりもう生きてはいなかったらしい。そっちは大野木さんに任せておいたが、悪霊でなければ上手いことやるだろう。

「でも、あなたのことは気になるんだ」

そう言って、こちらへ視線を向ける。赤と緑の虹彩が、禍々しく揺れているのを見た瞬間、思わず嘔吐しそうになった。あの眼だ。あれがマズい。

邪視というものがある、とかつて帯刀老に聞いたことがある。邪眼、魔眼なんて言い方もするが、内容は同じ。見た者に害をもたらす瞳ということだ。その気になれば一瞥しただけで相手の命を奪うこともあるとか。

こいつの眼は、そういう類のものだ。

「その右腕はどうしたの？　なんで繋がったままなの？　あちら側に侵されていくのに、どうして使うのをやめないのかしら。命が惜しくはないの？　遅かれ早かれ死ぬのに。どうして、それを早めるような真似をするの？」

詰め寄ってきた白い手が、俺の右腕を掴んだ。感覚だけの右腕が青白く浮かび上がる。

「本当に不思議。こんなこと有り得ない筈なのに。すごく気になる」

「腕を掴むな。離れろ」

右腕が痛む。まるで茨が手首に巻きついたみたいだ。折れてしまいそうなほど細い腕をしているのに、どこにそんな力があるのか。

「眼も不思議。私の視線を散らそうとしているみたい。ああ、これが浄眼というものなのかしら」

「どうでもいいから、手を離せ」

自分よりも遥かに小柄な少女が、恐ろしくて仕方がなかった。

こいつは夜行堂の主人よりも、自制が利かない分、うっかりこちらを殺しかねない。初めて羽虫を捕まえた子どものように、無邪気に、好奇心のままに生をもぎ取る。

「だって、気になるもの」

「気になるのなら、何をしてもいいのかよ。子どもみたいな奴だな」

俺の軽口に鷹元楸は微笑む。どこまでも無垢な、歪み一つない完璧な笑みに悲鳴をあげそうになった。こんな化け物は見たことがない。右眼で視ても、正体が判然としない。途方もなく巨大なものを目にしたように、焦点が合わない。

「名前を聞いてもいい？」

「嫌だ」

「どうして？」

「木山は気に入った人間の名前を奪う悪癖があったと聞いてる」

呪術で名前を奪われた人間は、記憶さえも奪われてしまう。一度奪われてしまった名前を取り戻すことは容易ではない。大抵の場合、人生の一部を奪われたまま、拭うことのできない欠落を抱えたまま人生を送り、死を迎えてしまう者の方が遥かに多いのだ。

「私はそんなことしない。でも、教えてくれなければ貴方の周りの人に聞かなきゃいけなくなる。それでもいいのなら、そうするけれど」

「……千早だ。桜、千早」

「素敵な名前ね。すごく綺麗」

「そうかよ」

右腕と右眼が灼けつくように痛む。頭の奥が割れそうだ。とても立っていられないが、こいつの前で気を失えばどんなことになるか分からない。それに、まだ大野木さんの無事も確認できていないのだ。

「『門』ってなんなんだよ」

「出入り口のことだから、呼び方はどうでもいいの」

「出入り口？」

それはこの世とあの世のという意味だろうか。いや、こいつはそんな生易しいものじゃない。目の前で星が瞬いている。痛みで思考がまとまらなくなってきた。

「そう。この世界の外側との出入り口」

鷹元楸の瞳の色が硫黄色のそれへと変わった。

焦点が合わない。立っていられなくなり、膝をつく。立ち上がろうとするが、まるで力が入らなかった。このままうつ伏せで倒れると溺死する。

「ぐ、う」

どうにか仰向けに倒れると、視界の端に大勢の人間が立っているのが視えた。膨大な数の死者たちがこちらに背を向けて立っている。

「見て」

鷹元が立てた人差し指。その先端にほんの数ミリほどの黒い球体が現れた。そこへ周囲に立つ死者たちが薪をくべるように次々に吸い込まれていく。そうして全員を呑み込んだ球体は、ほんの僅かに大きくなったように見える。

「残念。やっぱりこれくらいの死者じゃ、この程度の『穴』にしかならないんだ」

鷹元が指を下ろすと、穴は収縮するように小さくなり、やがて完全に視えなくなってしまった。

瞼が鉛のように重い。脳味噌が負荷に耐えられず、今にも気絶しそうだ。

それでも、唇を噛み締めて目の前の化け物を睨みつける。

「ふざけんなよ。人の命を、なんだと思ってる」

犠牲になった人たちに、なんの罪がある。

平凡な生活を送っていた人たちが、どうして犠牲にされなければならない。こいつさえいなければ、今もきっと日常を送っていただろう。

「またね。桜君」

馴れ馴れしさに悪態をつくことさえできず、俺の意識は水の中へと沈んでいくように落ちていった。

○

義兼さんの部屋を後にし、すぐに千早君へ電話をかけたが一向に繋がらない。

あの部屋で話を聞いてから、妙な胸騒ぎがしているのだ。早く合流したいのに、こういう緊急事態に限って電話に出ない。いや、出られないのか。

「探しに行くしかありませんね」

階下に降りたのではないかとも思ったが、あの歌は上の階から聞こえてきた。最上階から虱潰《しらみつぶ》しに各階を見てまわれば、千早君を見つけ出すことができるだろう。

そう思って非常階段を最上階まで向かうと、屋上へ梯子がかけられているではないか。

「かなり古いもののようですが、まさかこんな所には」

おるまい、と念の為登ってみると、一面の水溜まりになった屋上に千早君が倒れているのを見つけた。

慌てて駆け寄り、首筋で脈を測る。きちんと心臓も動き、呼吸もしているようだ。

最悪の事態を避けられた安堵に、思わずため息が漏れた。

「ああ、肝が冷えた」

怪我の類もない。どうやら気を失っているだけのようだ。

上半身を抱き上げると、体温がかなり下がっているのが分かり、ゾッとする。

ここにさっきまで誰かがいたのだろう。讃美歌、いや、あのレクイエムを歌っていた誰かは千早君と会話をし、彼をなんらかの手段で気絶させ、そうして此処を去った。

誰がそんなことをしたのか。

なんとなく、その答えが分かるような気がした。

「千早君。起きてください。千早君！」

強く頬を叩くと、ややあってから呻き声をあげて瞼が開いた。

「……まぶしい」

「雲が晴れてきましたね。午後からは雨だと聞いていましたが」

千早君が辛そうに身を起こして、辺りを見渡す。

「……大野木さんが来た時に、誰か見かけた？」

「いいえ」

「そっか。あいつと会った。話もした」

「鷹元楸、ですか」

ああ、と頷いて目元を押さえる。

「大丈夫ですか。顔色が悪いですよ」

「大丈夫。でも、あれは俺たちの手に負えそうにない。少なくとも、今は手も足も出ない」

「それでも。今はとにかく無事であることを喜びましょう」

こうして生還すると、心の底からそう思える。

「義兼さん、死んじまってたろ」

「はい。まだ部屋の方に遺体があるので、警察に通報しないといけません。きちんと荼毘《だび》に付さなければ」

私の知る限り、義兼さんにはもう身内はいない。このままでは共同墓地に入ることになるのだろうが、できることなら奥様の眠る場所へ共に葬って差し上げたい。

「そっか」

「なんというか、団地全体の空気が一変したように感じるのは気のせいでしょうか」

雲が晴れて明るくなってきたからか。妙に気分が清々しかった。あのまとわりつくような視線も、囁くような声や気配も何も感じない。

「あいつが全部、『穴』にしちまったからな」

「穴？」

「ああ。でも、俺には球体にしか視えなかった」

千早君の言いたいことが分かり、私は内ポケットから手帳を取り出し、そこに円を描いて黒く塗り潰す。

「穴を二次元に書くと、こうなりますよね」

「え？　ああ、うん」

「では、この円形を三次元にするとどういう形になりますか？　円盤状のままでしょうか」

「そっか。球体だ」

「そうです。三次元空間での穴は球体になります。全方位から落ちる訳です」

なるほど、と千早君が珍しく感心している。

「鷹元楸の話によれば、死を集めると『穴』が開くらしい。その為に、この団地は死の坩堝にされたんだと。まぁ、結局これだけの数の人間の死を使っても、ほんの数ミリの『穴』が数秒間開いただけだったけどな」

「一体なんの話ですか」

「あいつの目的。最終的には、自分が通れるくらいの『門』を開けるんだと」

イカれてる、と投げやりに足を放り出す。

「……意味が分からない。そんなものを作って、どうしようというのでしょうか」

「分からない。でも、あいつは自分の好奇心を満足させる為になら、どんなことでもやる」

極小の穴を作るだけで、これほどの悲劇が引き起こされているのだ。その『門』とやらを作るには、比較にならないほどの惨事が必要になるのだろう。想像するだけで震えてくるが、それはどこの管轄が担うべき憂いなのかと問われれば、恐らく私の仕事になるのだろう。

頼りきりだった御山の管理人である彼も、元凶であるあの男も、今はもういない。

「帯刀老が俺に託した後始末ってのは、こいつのことか」

溢すように、千早君が呟く。

「そう言えば、言っていましたね」

「うん。具体的なことは何も話してくれない爺さんだったけど、一番弟子の後始末か。なるほど、それは確かに俺の仕事かもな。最後の弟子の役目だ」

死に目にすら逢えない破門された身だけどな、と自嘲するように水の滴る頭を掻く。

「きっと、安心して亡くなったのだと思います」

「そうかな。そうだといいな」

鉛色の空の晴れ間から、光の梯子が幾つも地上へ差し込む様子はどこか絵画じみている。

千早君が静かに怒りと覚悟を抱えているのが、その横顔から見て取れた。

美嚢団地に蒔かれた種。それと同じか、それ以上のものが人知れずこの町には眠っているような気がした。それらはきっと私たちが想像するよりも遥かに深く、この町に根を下ろして、その先端を伸ばしている。そんな気がしてならない。

既に花開いたものもあれば、枯れて朽ちたものもあるだろう。だが、目覚めの季節を今や遅しと待っているものもきっとあるのだ。

最後の住人も死に絶え、ついに朽ち果てた団地は、その役目を終えたように何処か寂しげに見えた。

松楓

美しい渓流を滑るように流れていく紅葉。まだ僅かに緑を残したものから、真紅に染まったもの。それらが上流から競うようにやってくる様に思わず目を奪われる。

「大野木さん。ぼーっとしてると足滑らせて落ちるぞ」

そう呼び止められて、いつの間にか崖の淵まで近づいていたことにゾッとした。あと一歩、先に進んでいたなら急斜面を転がり落ちていたに違いない。

「ありがとうございます。千早君に言われなければ危ないところでした」

「紅葉に気を取られるのもいいけど、もっと真面目に松茸を探してくれよ」

「面目ありません」

竹で編まれた小さな籠を腰に結えた千早君が、実に慣れた様子で山道を進んでいく。素人の私の目から見ても、千早君の動きは山歩きに精通した達人のものだと分かる。修行時代に散々、深い山の中を駆けずり回ったと本人は言っていたが、まさしくその成果と言えよう。

まるで鹿のような身軽さで、足場の悪い獣道をひょいひょいと進んでいく。

「きのこを見つけても、勝手に触るなよ。食えそうな毒きのこも沢山あるからな。地味な奴は大丈夫なんて判断が一番危ないんだ。派手でも毒がない奴もある」

そう言う千早君は実に楽しそうだが、私は松茸が食べたいのなら駅中の物産展で購入してしまうタイプだ。労力と探す時間を考えれば、どう考えても購入する方がコストパフォーマンスが良い。

だが、そんな正論を説いたところで彼は止まらないので、私はただ黙々と彼の後をついていくのだった。これも体力作りの一環だと考えれば、高地トレーニングと言えなくもない。

そもそも、どうしてこの山で松茸を探しているのかというと、以前解決したとある案件で、この山へやってきたのだが、私が目を離した隙に依頼人が車から失踪、森の中へ消えてしまった。彼女を捜索すべく、何時間も山の中を探し回る途中で赤松の群生地を発見したのだ。

『大野木さん。秋になったら此処に松茸を探しに戻ろうな』

この時は場を和ませ、責任を感じていた私を慰めてくれたのだと思っていたのだが、やはりそんなことはなかった。

今朝、いつもより早く目覚めた千早君がリビングに来るなり『今日はきのこ狩りに出かけよう』と言い出した時には彼の言っている言葉の意味が理解できなかった。私はその瞬間まできのこ狩りのことなど一切聞かされていなかったからだ。

だが、結局は彼の口車に乗ってこうしてきのこ狩りに来ている。森に入って既に一時間が経過しているが、松茸はおろか椎茸一つ見つかっていない。

「おかしいな。これだけの山で見つけられない訳がないのに」

柔らかい黄色い落ち葉を踏み締めて立つ千早君が不満げに言う。

「修行をしていた時には、よく山菜などを採っていたのですか」

「ああ。もっぱら気分転換にな。葛葉さんにくっついて籠を肩に担いで歩くんだ。大野木さん、どうしてきのこ狩りは竹籠でないといけないか知ってる？」

「そうですね。胞子が地面に落ちるようにですか？」

千早君がつまらなそうに口を尖らせるので、どうやら正解していたらしい。

「葛葉さんは山菜やきのこを見つけるのが上手だったな」

「では、柊さんもお手伝いを？」

「あの人はやらない。食うばっかだよ。貴族みたいに屋敷でふんぞり返ってる。まぁ、小さい頃は葛葉さんとよく採りに行っていたらしいけど。俺がいた時は二人で連れ立って歩いている所は見なかったな」

「はぁ、仲が悪いのですね」

私がそう言うと、千早君が意地の悪い笑みを浮かべた。

「大野木さんも女を見る目がないな。柊さんは反抗期なんだよ。帯刀老も言っていたけど、柊さんは葛葉さんの真似をしていつも着物を着るようになったり、話し方を真似たりしてるんだってさ。母親と娘みたいなもんだよ」

ああ、なるほど。

雰囲気こそ違うが、どことなく共通点を感じてしまうのはその為か。

「可愛らしい所があるんですね」

「まぁ、これを本人に言うと本気で怒るから、絶対に言わない方がいいよ」

そうは言うが、柊さんが怒っている姿など想像がつかない。いつも悠然としていて、雅やかな美しさのある彼女がどんな風に怒るのか。少し興味が湧いた。

「千早君は怒らせてしまったことがあるんですか？」

「あるよ。何回かだけは」

何回もある、とは言わない辺りがなんとも千早君らしい。

「何をしたんです」

「別に大したことじゃないよ。なんだったかな。なんで怒られたんだっけ」

千早君の様子からして、きちんと反省したということはないのだろう。

「あ、そうだった。ほら、あの屋敷って家電なんかないんだよな。電気ないから」

「ああ、確かにそれはそうかもしれませんね」

確かにマヨイガとまで言われるあの屋敷に、電気が通っているとは思えない。

「それでも何故か電話は使えたりするんだけど、とにかく現代的なものが何もないんだよな。コンセントもなかったから携帯もすぐに使い物にならなくなったし。冷蔵庫もないから保存も利かない。夏になっても氷の解けない氷室があったから、そこで食材は保存していたんだけど、やっぱり不便だったよ。街でしか手に入らないようなお菓子は特に貴重だったんだ」

もうなんとなく話のオチは読めたような気がした。

「あの人も女子だからさ、甘味に目がないんだよね。もう三度の飯よりスイーツだよ」

あの柊さんが甘味に夢中になっている姿が想像つかない。

「大切にしてたプリンを俺が食っちまった」

「……やはり」

そうではないかと思っていたが、案の定その通りだった。

「葛葉さんが仲裁に入ってくれなかったら、死んでいたかもしれない」

「それほどでしたか」

「うん。あの人、ちょっとした特技があってさ。嘘が通じないんだよな。で、帰宅してすぐにバレた。怒鳴ったりしないんだ。静かに怒る」

「それは叱られます。当然です」

なんというか仲の良い姉弟のようで、少しだけ羨ましい。きっとそんな二人のことを葛葉さんは微笑ましく眺めていたのではないだろうか。

「大野木さん。赤松だ。ほら、あそこ」

「どれです？」

「これだよ、これ。これが赤松」

嬉々として指差す千早君には申し訳ないのだが、私には普通の松との違いがそもそも分からないので、どう反応したら良いものか困ってしまう。

「普通の松と、何か違うのですか？」

「そもそも種類が違う。大野木さんの言ってるのは黒松。これは赤松」

「……なるほど」

言われてみれば確かに幹が赤いというか、赤銅色をしているように見えなくもない。

「あとは葉だな。この針、触ってみてよ」

「嫌ですよ。刺さってしまうじゃありませんか」

「刺さらないって。ほら、痛くないだろ？」

掌に押しつけられるが、まるで痛みを感じない。針葉樹なのに葉が柔らかいとは。よく見れば葉の色も淡い緑色をしているような気がした。

「なるほど。これが赤松ですか」

「そう。松茸はこいつの根元にしか生えない」

「そうらしいですね。どうして赤松の根元にしか生えないのでしょう」

「知らね。こだわりでもあるんじゃね？」

心底興味がなさそうに言うと、千早君は早速辺りをくまなく探し始めた。私も怒られまいと赤松の根元をじっと観察して回る。

しかし、結論から言えば、ボウズだった。

「……これはアレだな。もう誰かが採っていったんだ」

「そうですか。それは残念ですね」

そう口では言ったが、もうこれで帰宅できるのだと胸を撫で下ろしていた。こんな山の中でヘトヘトになるだけの休日は嫌だ。

「大野木さん。きのこは自分で採った奴を食べるのが一番美味しいんだ」

そんなことはないだろう。苦労をせずに気軽に食べられる方が美味しいに決まっている。

少なくとも今回の出来事で、松茸に関してはそうだと断言できるようになってしまった。

「クソ。地元の連中に先を越されたか」

「仕方ありませんよ。ここは国有地ですし。誰かの所有地という訳ではありません」

「そうかもしんないけど。ここも帯刀老の管理していた山なんだから、俺にだって権利はある」

破門されているというのに、どうしてこうも強気なのだろうか。私ならばつが悪くて近づくこともできないだろう。故人とはいえ、合わせる顔がないと師弟関係を口にすることも憚られるというものだ。

結局、毒きのこ一つ見つけることのないまま、私たちのきのこ狩りは終わった。

○

帰り道、千早君は車内でずっと不満を垂れ流していた。天然の舞茸やしめじの素晴らしさを熱く語り、見つけられなかった我が身を嘆く。よほど悔しかったのだろうが、そんな話ばかりを聞かされた私もすっかり夕飯はきのこが食べたくなってしまった。

「一度家に戻ってから買い物へ行きましょう。夕飯はきのこ鍋にしようかと思います」

車を駐車場に停めて、エレベーターで我が家へ戻る。こんな全身泥だらけの格好を近隣の方に見られるのは抵抗があるが、もう今更だ。

「大野木さん。家のドアになんかぶら下がってる」

言われて通路の先へ視線を投げると、確かに私の部屋のドアノブに何かがぶら下がっている。セキュリティがあるので、外部からということはないだろう。もしかすると、ご近所の方だろうか。

千早君がことともなげに近づき、それを手に取った。ひと抱えほどもある蔦で編んだ籠の中には、帰り道で彼が話していた沢山の種類のきのこがぎっしりと詰められている。

「これは、一体」

手紙の類こそないものの、籠の中には美しい紅葉が彩るように飾りつけられていた。

そのうちの一枚を千早君が手に取ると、その右眼が淡い青色に染まる。

「やっぱり。葛葉さんだ」

「なんと」

部屋の鍵を開けて中へ入り、インターホンを確認すると、エントランスではなく、家の前のカメラに葛葉さんの姿がしっかりと映っていた。楓の葉をあしらった優美な着物姿の葛葉さんは籠をドアノブにかけると、悠然と微笑んで一礼して最後に小さく手を振って消えてしまう。

「入れ違いになってしまったようですね。今度お会いする機会があれば、何か御礼を差し上げないと」

「大野木さん、見てみろよ。松茸がぎっしりだ」

リビングで今にも小躍りでも始めそうな喜びようだ。

「急に夕飯が豪華になりましたね。味付けのリクエストはありますか？」

「あ、俺きのこ鍋の作り方なら知ってる。修行時代に食ったやつ」

「でしたら、帯刀家の味に仕上げてみましょうか」

松茸といえば土瓶蒸しだが、流石に家で作ったことはない。それにこれだけの種類の天然きのこの調理は、やはり作り慣れた家庭の味に勝るものはないだろう。

テーブルの上にカセットコンロを置き、鍋にミネラルウォーターを注ぐ。そこへ軽く汚れを拭き取ったきのこを食べやすいサイズに切って入れていく。きのこから出汁が出るので、弱火でじっくりと沸かしていくのが大事だ。味付けは醤油、塩、酒とシンプルに仕上げる。

「肉は鶏肉がいい。あんまり柔らかくない奴の方が美味いよ」

「贈答品で頂いた地鶏がありましたから、それを使いましょう」

骨付きのぶつ切り肉なら、さぞ旨みが出ていいだろう。

「他に入れる物はありますか？」

「牛蒡があるといいな。こう鉛筆削るみたいに切ったやつ」

「ささがきのことですね」

水洗いした牛蒡を鍋の上で削っていく。もう出汁が出ているのか、鍋のスープが薄い金色に色づき始めていた。山で採れたばかりの松茸、舞茸、しめじ。秋の味覚そのものといった具材に口元が緩む。

「これだけでも相当美味しそうですね。次は何を準備しましょう？」

「え、これで終わりだけど」

「春菊を入れたいのですが」

「大野木さん本当に春菊好きだよな。でも、シンプルな方がきのこ鍋は美味いからなぁ」

千早君は少し悩んでいたが、すぐに首を縦に振った。

「いいよ。春菊くらい。俺は食べないけど」

「美味しいのに」

苦いのが嫌いなのだろうか。あの苦味が良いのに。

「そういやさ、篠宮さんから手紙届いたんだろ？」

「はい。つい先日、対策室宛に届きました。呪いの後遺症もなく、恋人のリハビリを手伝っているそうです。事故についても書かれていましたし。色々と頑張っている最中のようでした。千早君にも御礼をと」

「そっか。元気そうなら何よりだ」

そっけなく言うが、千早君も安堵しているだろう。

蓋をして、きのこにしっかりと火が通ったら完成だ。いや、最後に葛葉さんがくれた紅葉を数枚、汚れを拭き取って飾りつける。これで彩りも完璧だ。

「できましたよ。さぁ、頂きましょう」

「散々歩き回ったからな。腹が減ったよ」

蓋を開けると、松茸の芳醇な香りが匂い立った。

「出汁も美味しいので、きのこと一緒に楽しんでください」

取り皿にきのこを並べ、鍋つゆを注ぎ入れる。卓上に常備してある柚子の皮をかけて、千早君へと手渡した。いただきます、と彼が箸を手に取るのを見届けてから冷蔵庫へ向かう。

「あれ。大野木さん、食べないの？」

「食べますよ。ひやおろしを買っていたのを思い出しまして。やはり日本酒でしょう」

金沢から取り寄せた地酒を酒器に移してから、切子グラスを手にテーブルへ戻る。

「先に食べてくれて良かったんですよ」

左手に箸を持ったまま、大人しく待っていた姿に少し驚く。

「せっかくの鍋だぞ。こういうのは一緒に食い始めるもんなんだよ」

「それは、すみません。お待たせしました」

いただきます、と改めて二人で手を合わせてから箸を手に取り、まずは鍋つゆを頂く。出汁の芳醇な香りと風味、それから松茸やきのこの旨みがじんわりと滲むように広がっていく。

「うまい。最高。うまい」

千早君は相変わらずの語彙の少なさだが、頭を抱えて唸っているので相当美味しいのだろう。

松茸の味わいもさることながら、天然の舞茸やしめじの味の濃さは驚きだ。旨みだけなら松茸に勝るとも劣らない。適度な歯応えもあり、今までの常識を覆されたような思いだ。

地鶏も大変良い仕事をしている。味わいは勿論のこと、弾力のある肉を噛み締めるたびに旨みが口の中に広がっていく。なるほど。唸りたくなるような味わいだ。

「あー、美味しいですね。いや、実に美味しい」

「だろー？　やっぱり美味いなー」

松茸を噛み締めてから、その余韻を追いかけるようひやおろしを口にする。きのこのそれとは違った、フルーティな吟醸酒の味わいが口の中に広がっていく。思わず笑ってしまうほどの美味しさだ。

「ふふふ。日頃の疲れが吹き飛んでしまいますね」

旬の食材を食べ、人が丹精を込めて醸した酒を口にする。これ以上の贅沢があるだろうか。

葛葉さんも食卓に招きたいと思うが、きっと彼女は固辞するだろう。

怪異である彼女は、やはりどこまでいっても人ではない。

ほんのひと時、僅かな間の交わり。それ以上のことを望むのは互いの為にならないことを、私はもう知っている。

それに彼女なら今頃、亡き主人の墓前で盃を傾けているように思う。

今夜のこれはきっと、彼女のお裾分けなのだ。

了

引用文献：『邪宗門』北原白秋（「秋の瞳」青空文庫）

嗣人（tuguhito）
熊本県荒尾市出身、福岡県在住。
温泉県にある大学の文学部史学科を卒業。
在学中は民俗学研究室に所属。
2010年よりWeb上で夜行堂奇譚を執筆中。
妻と娘2人と暮らすサラリーマン。
著作に『夜行堂奇譚』『夜行堂奇譚　弐』がある。
@yakoudoukitann
https://note.com/tuguhito/

夜《や》行《こう》堂《どう》奇《き》譚《たん》　参《さん》

2023年7月13日　第一刷発行
2023年9月4日　第二刷発行

著者……………嗣人
カバー・口絵………げみ
ブックデザイン……bookwall
編集……………福永恵子（産業編集センター）
発行……………株式会社産業編集センター
〒112-0011
東京都文京区千石4-39-17
印刷・製本………株式会社シナノパブリッシングプレス

ⓒ2023 tuguhito Printed in Japan
ISBN978-4-86311-371-8　C0093
本書はウェブサイトnote発表の作品を大幅に修正し、書き下ろしを加えたものです。
本書掲載の文章、イラストを無断で転記することを禁じます。
乱丁・落丁本はお取り替えいたします。